U0055030

大師

・馬斯多塔・

GRANDMASTER

MASUTOTA

# 秩序之石

約翰——著

*Content*

# 目次

# 前言　始源

首先我要請諸君不要被這個章節名稱嚇到了，以為我要探討某個深度的事物起源。答案很簡單，就只是向各位闡明，為什麼上一本由我親自具名的書，雖然在銷售成績不錯但卻惡評如潮的狀況下，我仍然執意要寫下第二本。

關於上本書，「一派胡言」是許多人共同的評論，甚至認為是由某個小說家冒名頂替的偽作，更遑論未能如我預期的那樣大幅減少我被騷擾的次數。也因此我這位不入流的法師，注定要繼續背負著不相稱的盛名，即便我試圖解釋過了。

沒想到書商班尼居然要展開更大的冒險，他希望能將書籍翻譯成泰卡文或薩蒙語，然後在北地銷售。

基於一種責任感，我提醒班尼儘管那是出自人們的誤解，但我在北地的巨大聲望是在邦卡的形象所無法比擬的；這類澄清式的內容，反而容易被認為是虛構，不做任何辯解或許才是最佳的策略。沒想到班尼居然回答：「由約翰大師親自為自己的故事提供另一種說法，必定能吸引別人的興趣。」

此外，班尼也認為上一本書中並未敘述任何一件大家耳熟能詳的故事，極可能就是造成風評不佳的主因。因此班尼希望不論我用何種心態詮釋，務必將這個最初冒險的故事寫下來。就這樣我又開始提起我的筆了。

我要補充一下，在開始寫作之時，正好被凱薩琳撞見，她很不以為然說著：「一位坐在書桌前的時間遠超過冒險的蹩腳法師，寫出來的東西有什麼好看的？」當她得知我的故事曾經出版成冊時，則說如果讓她撞見那個叫班尼的傢伙，一定要讓他把書名改成〈凱薩琳大冒險〉。

她還特別警告我，不要為了增加新書的內容，而跑去進行不必要的歷險，這樣只是給她添加無謂的麻煩而已。

這其實是對我的一種莫名其妙的指控，起碼在這本書所提到的內容，正是因凱薩琳而起。

當然，如果她知道我這樣下筆，一定會暴跳如雷。所幸她從來對我的作品不屑一顧，因此我懇求任何閱讀本書的讀者，也不要對她透露隻字片語。如果這樣的話，那即便你們宣稱自己救過約翰大師，我也不會反駁。

馬斯多塔曾在獵手村和一個老人閒聊。老人說了一個曾經和一頭發狂的牛互搏的過程，馬斯多塔則說由於他年輕時對抗過暴怒的龍，因此完全理解那種場面。

在老者鄙視的眼神中，馬斯多塔告訴他：「這是屬於個人的經驗，即無證人能證實我的話；你也無法舉證我是騙人的。你所能做的，就是完全否定我的內容，或是完全相信它。」

諸君，如果你們也願意完全相信它，那麼我們的故事就可以開始了。

# 第一節　紅寶石

發生這件事情時，我人正在黑木之門接受招待。黑木之門是一個位於東北方依靠貿易為主的港都國家，所採用的食材除了來自遠方的香料外，就是豐盛到咋舌的各種海產。

我最喜歡的一道菜色，是由一種在海邊隨手可撈的巨大蝦子，這蝦子的尺寸對於出生內陸國度而我來說，相當不可思議。廚師將這種蝦子經過蒸煮，並灑上各種來自遙遠國度的香料，產生的結果竟然比魔法還神奇。

然而我每次吃完這道美食之後，嘴唇、舌頭以及喉嚨均會發癢，御醫診斷後認為這種巨蝦和我的發癢有關，只要不吃這個食材就沒問題了；稍微了解醫療法術的洪斯說詞也大同小異。國王為了表示對我的尊重，特別下令宮廷廚房在我停留期間，停止供應這道菜餚。

當然我不可能一直受到國王的招待，待的越久心情越急躁。我深怕萬一國王出現有什麼需要有人去完成的不可能任務，一個背負盛名又吃閒飯的大法師，是不可能悶不吭聲的。

沒多久我擔心的事情發生了，有個不知道從哪冒出來的法師，佔領了一個小鎮。他自稱研習了數十年的魔法，如今神功大成準備征服世界，而小鎮就是他的第一個據點。雖然他擊敗了小鎮的治安武力，但由於他隻身一人之故，小鎮中絕大多數人趁混亂時逃掉了。

這位法師立刻察覺自己的弱點，於是發出告示邀請人們加入他的行列。「懷才不遇者、有冤難伸者、有志難伸者」，告示宣稱專門接納這三種人，居然很快他就聚集了約一百多人。

國王當然不會允許這種事繼續發展，便派遣討伐隊伍出動。在討論這件事時我也在場，當時我想這裡有這麼多將領、法師、策士與戰士，我應該可以避開麻煩才對。沒想到在宮廷擔任職的小約翰用眼神暗示我應該出面，小約翰雖然是奧特老哥的弟子，但由於曾隨同我前去攻擊藍月之城，對我的力量過度高估。我趕緊輕微搖動頭部並用堅毅的眼神拒絕他。結局是國王從內部派遣了五位大法師，並精選百名戰士前往。

坦白說我一直為這支隊伍的勝利祈禱，然而茱莉安女神似乎沒有接受我的心願，結果是討伐隊失敗並損失慘重。第二次討伐會議時，由於國王親自請託，讓我無法拒絕。或許有人會說：「你可以拒絕啊！」關於這點，我只能回答：當你看到了這樣隆重的請托排場和國王表現的禮節，任誰都無法拒絕。除非你要準備用傲慢與冷漠得罪整個黑木之門。所以話說回來，名實相符是一件很重要的事情。起碼不用擔心哪一天忽然被看破手腳。

正當我煩惱之際，小約翰跑來跟我說他終於了解我的智慧所在了。

我當時想不過是吃幾頓飯就要送死了，哪來甚麼智慧？沒想到他就開始解釋了。

「剛開始本來我對老大悶不吭聲是有意見的，甚至懷疑你是否真的要袖手旁觀。」老大是奧特老哥的弟子們對我的暱稱。

小約翰接著嘴角上揚：「後來我才領悟老大真正的想法。」

「什麼想法？」其實我唯一的想法就是逃避危險。我好奇別人如何解讀，但不便當場說出。

「老大身為客人自然不能搶了當地法師的光彩。另外，如果第一個出擊並獲得成功，別人或許會說：『這沒什麼了不起的，我也能做到！』之類的話。」小約翰舉著食指自問自答的說：「那用意在哪裡呢？等確定無人能完成任務，再出面收拾殘局，這樣的話所立下的功勳任何人也無法否認了。」他說完後靠近我小聲說著：「只是心機稍微多了些。」

我和小約翰一起笑了出來。小約翰笑的原因我不明白，但我則是因為太荒謬而笑出來。之後我想到因為盛名之累而來到此，也因虛名不得不踏上不歸路，甚至埋怨起馬斯多塔，為什麼要將生擒吸血鬼城主的功勞灌在我頭上。就在我想這些事的時候，小約翰一臉佩服地說：「老大已經在想對策了。」

我後來倒是有想到了一計，就是對方願意投降的話，我請國王封他爵位，豈不皆大歡喜。

就這樣，我、小約翰還有一名叫費爾南多的法師，三人要去處理這件事了。我們在軍隊護送下來到了小鎮邊緣，小鎮似乎因慘烈戰鬥之故，許多房子破敗不堪。先前聚集來的無賴也沒看到，只有幾個人在牆後探頭探腦的偵查。

小約翰與費爾南多猜測大本營應該是鎮上最好的房子，於是我們朝那裏移動。我們越往大宅接近，在旁邊「偵查」的傢伙越多。當我們到門口時，已經有九個人手持武器在門口警戒了。

小約翰拔劍大聲說：「帶我們去見你們頭目！」門口的嘍囉緊張的面面相覷，似乎不知如何處理。我也拔劍並唸著火球咒文，一手舉劍一手舉著拳頭大的火球讓他們訝異，其中一個大喊：「又來一個魔法戰士了！」於是全員爭先恐後跑進大宅子內。

我們走到大廳看到一名老法師坐在大椅子上，周邊圍了九個人警戒著我們。老法師的白袍掛滿了許多豪華項鍊，頭上帶著黃金的頭環，右手拿著龍爪造型的白色法杖。另外就是臉上的皺紋，就像乾掉的橘子一樣皺褶不堪。

老法師喘著氣站起來說：「你們以為用車輪戰就能擊敗我？告訴你們，來一批死一批！」說完後老法師的手下紛紛附和。

「這位大師如何稱呼？」我問，小約翰則當場口譯。老法師回答很簡短：「我的名字終將響徹世界，不過將死之人不需知道。」

小約翰有些憤怒，他向老法師介紹：「這位是約翰大師，這樣你就知道是死在誰手上了。」說完後老法師的部下輕微騷動了一下。

老法師舉手唸了幾個字後哼了一聲，「這種弱者也自稱大師？難怪派一堆雜魚來消耗我體力。」

「五位大法師被稱為雜魚？」費爾南多倒抽了一口氣，我則暗自叫苦。

「喔，那五個人還算是對手，不過後面來的就太差勁了。就像你們今天派來的兩個隊伍，雖然略懂魔法，但無法消耗我的力量。」老法師面露得意說著。我才知道在國王的討伐隊外，還有許多想要成名或領賞的隊伍前來。

「老人家，你還沒遇過多隆斯坦吧！」小約翰露出了等等你就知道的表情，但我知道自己沒有被稱為「多隆斯坦」的資格，因為這名詞的語意就是「如同龍一般」。

「多隆斯坦？」老法師彷彿聽到笑話拍手笑不停：「這傢伙是多隆斯坦的話，我就是神了。」

被激怒的小約翰大聲說：「等等讓你知道世界有多大！」

想到這樣氣氛不利招降對方，我連忙舉手擋住小約翰發言。

沒想到大笑中的老法師忽然表情痛苦，他左手緊握胸口，用右手指著我說：「可恨！被你這小丑……。」說完跌坐回椅子上，蒙女神寵召了。

我猜他可能是想說：「可恨！被你這小丑矇到了。」或是「可恨！被你這小丑成名了。」

費爾南多則驚訝看著我的手說：「心臟控制咒文？」話一說完老法師的手下紛紛丟下武器投降了。為了證明任務完成，我們讓人將老法師屍體抬回去覆命。檢視屍體的法師與醫師認定死因為心臟突然停止，加上費爾南多的證詞，失傳千年的心臟控制咒文便成為王城的熱門的話題。

由於這個功績，國王承認我們得到的老法師身上戰利品，並且賜下了一筆錢。我將錢財均分三份，每人各拿一份；並且將白色法杖送給費爾南多。費爾南多對我的大方感到意外與驚喜，並再三確認是否是在開玩笑。費爾南多說手持著龍爪法杖，隱約感覺法力增強了，但我握了一下倒是沒有感覺。

我想起〈魔法名人錄〉第二卷中的加爾德大師。這位千年前創造心臟控制咒文的法師，一生非常低調，不喜愛當眾施展法術。僅有兩次例外，一次是乾旱時的大祈雨，在他祈雨後不久居然傾盆大雨；另一次則是行刺國王失風的刺客，在逃走時被加爾德大師以心臟控制咒文擊殺。不久後，加爾德大師宣布心臟控制咒文過於邪惡而終身不再使用。

想到這裡，我忽然和加爾德大師心意相通了。返回王宮後我也宣稱這個過於邪惡的咒文，將被我終身封印，並在黑木之門的首都廣場舉行封印儀式。

當然，俗話說「好運不會連續兩次」，如果再冒出個作亂的法師或其他的魔物，可能我就要命喪異鄉了。於是我推說收到莊園的來信，必須返家一趟了，這才結束這趟旅程。而黑木之門的國王為了表示禮遇，派一小隊人馬護送我回到莊園。

不可諱言這小隊的人對於我的這次任務十分好奇，在回程路上我便告訴的他們一切。除了隱去我的心路歷程外，就只有在用詞上稍做修飾了，甚至沒有隱藏費爾南多法師的存在。但我講到這裡可能有人覺得這個故事既熟悉又陌生，沒錯，這就是那個很受兒童喜愛的〈巫妖王與兩個約翰〉。

故事裡費爾南多不存在了，我和小約翰用各種戲謔的魔法擒住了九個巫妖，最後用「心臟爆裂」殺死了巫妖王。但請相信我，這絕對不是我告訴別人的版本。

我快回到莊園前，遠遠便眺望到凱薩琳站在大門口，引頸期盼我的歸來。當我正為這一幕感到溫馨之時，守衛費司特上氣不接下氣跑來，他說我比預定日期晚了半個月回來，也讓凱薩琳在這裡等了四天，因此她氣炸了。

我一下馬後馬上被人擰著耳朵上了另一輛馬車，接著便往紅寶石莊園疾駛而去。我這才感受到我受人尊敬的傳統，正如同我與黑木之門的距離那樣逐漸地遠去。或許你們會說是我失約於別人，但我並未和任何人有約定，日期的意義，僅在於我出門前，向莊園的人預測這趟行程的時間而已。

剛開始一路上除了風聲、馬的嘶叫聲和輪子滾動的聲音外，甚麼都沒有。為了打破這樣的沉默，我咳了一聲準備發言。

「現在不要和我說話。」凱薩琳表情微怒的駕著馬車。

不過矛盾的是，她說完立刻又開始說話。「都是你害我惹上麻煩的。」語畢，她瞪了我一下，彷彿一個法師要有讀心術那樣。當然，讀心術是不存在的。但如果你對一個人有長期的了解，那透過某些動作或表情及說話方式，大概可以猜出他要做甚麼。比如說我莊園裡有個守衛，就不提名字了，他說話前如果用拇指碰了鼻子一下，那八成要開始吹牛了。

不過凱薩琳並沒有伸出拇指，而是舉起食指的說還記得這個吧。我看到上頭有個玫瑰金的指環，這是當初馬斯多塔送她的戒指——巴隆的指令。差別的是戒指由當時的鐵黑色，變成了凱薩琳喜愛的玫瑰金色。

「你的意思是這個戒指帶來麻煩，還是發生其他的事？」

「是有麻煩了。」凱薩琳停了一下繼續說著：「上個月我第一次用了這個戒指。因為我想試試雷明頓先生說的話。」凱薩琳口中的雷明頓，正是馬斯多塔在凱薩琳那邊的稱呼。

雖然凱薩琳從馬斯多塔那裡獲贈「巴隆的指令」，又親自見證了馬斯多塔與卡蓮娜的激烈對決，但可能正是這樣的場面太不真實了，所以過了快一年，凱薩琳才想起這個叫做巴隆的指令的戒指。但我想這也不能怪她，要是不熟的人忽然送我東西又說出不可思議的用法，缺乏冒險心的我，可能永遠不會嘗試，至多臨死前才會試試。

「所以事情是……。」我拉長了尾音。

「就是我看到石桌上有顆寶石，然後我拿回來了。」凱薩琳說著，轉過頭看我一下。

「寶石？石桌？」我想了一想，「是馬斯多塔，也就是那個雷明頓說的，那個戴了戒指後進去的地方？」

凱薩琳點點頭。

根據凱薩琳的描述，她唸了馬斯多塔說的的咒文後，眼前張開了一個清澈卻見不到底的水池。在不知猶豫多久之後，凱薩琳才有勇氣踏進水幕內。凱薩琳說：「和想像中的不太一樣。」

本來我想說：「哪裡不一樣了？」或是「到底是什麼樣子？」但還沒有開口她就為我解答了。水幕後幾乎稀鬆平常。廣大的天空無片雲，一側是看不見太陽的黎明曙光，另一邊則不見落日的黃昏餘暉。此外，無邊無際的石漠雖然寸草不生卻涼爽宜人。視野內沒有任何人、物出現，除了一座看似祭壇的石桌。

遇到了這種情況，多數人都會朝著唯一且顯眼的地方走去，凱薩琳也不例外。當然，這個石桌上幾乎空空如也，只有一顆葡萄大小的血紅色寶石，放在桌子上。這顆寶石沒有搭配任何盒子或底座，看起來就像是有人隨手擺在那裡一樣。

由於這珍貴的物品看似無人要的樣子，凱薩琳想了一下，認為可能是一種禮物，就將它置入口袋了。之後她又逛了一會兒，確定不會遇到任何東西後，凱薩琳再次使用了戒指與咒文，帶著撿拾到的寶物回來。

「目前聽起來還不錯，所以妳有得到一份禮物。」我說。

「哪是什麼禮物！」凱薩琳抗議著：「我回家後把它放入首飾盒，結果首飾盒在一周後就被撐破了。」

「被撐破了。」我不敢置信自己聽到的，凱薩琳則是點點頭後再覆誦一次：「被撐破了。」

一顆葡萄粒大小的寶石，居然撐破首飾盒，可見它至少有蘋果一樣的尺寸了，我第一個聯想到的是凱薩琳要發財了，但我立刻又想到，如果只是發大財，應該不會急成這樣。

果然沒多久在對話中，我聽到了「它好像繼續在長大」這幾個關鍵字。然而我也問她，「那麼阿爾薩斯人呢？」我想起我推崇的大法師，也是凱薩琳的養父。阿爾薩斯可說是這世界上少有的強大法師了，只不過是運氣太差，遇上了馬斯多塔而敗陣下來，因此在馬斯多塔的莊園裡擔任了一段時間的總管。

「他去旅行了。每年總有幾個月，是他離開莊園四處走訪的時候。」凱薩琳說完，我立刻能了解。畢竟他在著作裡的豐富知識和閱歷，決不可能是坐在莊園裡喝茶就能憑空誕生出來的。

我想，凱薩琳之所以會來找我，應該是一種沒辦法的辦法。俗話不是說：「垂死之人什麼藥都吃。」不過這句不能給凱薩琳看到，不然我將成了垂死之人。看到這裡各位應該有所感動，每個字句我可是冒著危險寫下來的。

由於我對狀況一無所知，但我在馬車上偶而還是會問幾句相關的的問題，雖然答案有通常是無解。不過我還是會把美食這話題拿出來聊天，不然就是打打嗑睡，就這樣時睡時醒到紅寶石莊園。

我每次來到這裡都想著，表面上只有十來名法師在閒晃，但這樣的莊園居然是一個擁有近百名法師成員的本部，實在是不簡單。順便一提的是有些貴族擔心聚集這麼法師，可能是要圖謀不軌，但我告訴大家理由其實很簡單，就只是為了承接委託案件賺錢而已。

一下馬車我立刻被拉去凱薩琳的房間，這也是我首次進入她的閨房。然而我還來不及仔細觀賞，凱薩琳就指著牆角的邊桌叫我看那個。

我往凱薩琳指的方向看去，邊桌上有個像南瓜大的紅寶石。這麼大的寶石我想任何領主，不，任何國王也會不禁動容。但我立刻回到現實，走向桌子準備把寶石搬到空曠的地方再作打算。然而我伸出手時，剛好聽到凱薩琳的制止聲，正當我還搞不清楚狀況時，感受到有股酥麻又震撼的力量，從我的右手經過我的心臟到左手，接著我就不醒人事了。

不知多久後，就在我準備張開眼睛的前一瞬間，我聽到一個略帶沙啞但又威嚴的男性聲音說著。

「羅塔斯多多諾……。」

「羅塔斯多多諾……。」

顯然這聲音一直在喊著，雖然我已經醒了，但恐懼讓我沒有勇氣張開眼睛。

「羅塔斯多多諾……。」

「羅塔斯多多諾……。」

聲音不放棄的繼續喊著，一方面我的恐懼慢慢減少了，另一方面如果我再不回應，對方也不會放棄的呼喊，反正伸頭縮頭都是一刀，於是我決定張開眼睛。

沒想到張開眼睛後，整個世界只有黑色和橘色的線條在扭曲搖擺著，讓我頭暈想吐。唯一正常的影像是一隻比馬還大的白色犬型生物，他看到我後講了幾句話，但我聽不懂，並且身體也不舒服，於是彎著腰揮揮手，表示完全不瞭解。

犬型生物他咳了兩聲，開始講出了我聽過的語言，泰卡語。可惜我除了問候及罵人的話外，其實沒懂多少。

雖然感到不舒服，但我儘量維持禮貌，並解釋著我並不精通各種語言。此時對方又咳一聲，說出我聽的懂的話：「鎮定一點，你看到的景象就會是所謂的『正常』了。」

看他如此說明，我開始相信對方沒有惡意。我深呼吸幾口氣，心情漸漸平復，眼前景象也和心境一樣慢慢靜止下來。這時我發現，自己身處在黑夜的丘陵之上，天空無雲也無星辰，倒是周邊下垂的橘光，有如一片片掛在天空的絲絹那樣緩慢擺盪著，十分好看。

「我們一定要用這麼難聽的語言對話嗎？羅塔斯多多諾。」對方慢條斯理說著。

「很不幸的，我們只能用這樣難聽的語言對話了。」我邊笑邊說邊打量著對方。

對方用詭異的方式笑了兩聲說：「沒錯，我早已知道卻多此一問，請原諒。」

雖然乍看是白色犬型生物，但仔細一看，巨大的體型早已經超過一般犬種的尺吋不說，頭頂上還長著三對如新月般的角。最前端也是最短的一對角如同海洋般，湛藍中有著白色波紋在移動；其次是一雙白色的角，但卻在不同角度中散發著七彩的光澤；最後是漆黑無比的大角，顏色漆黑，卻可見黑暗中閃耀著繁星的光芒。

當然，對方並未像狗一樣會吐舌頭或搖尾巴，相反地如同龍族的雙眼與長嘴發出威嚴且危險的氣息。

「沒事的，請問你是巴隆大人嗎？」我覺得用大人稱呼，應該是得體的。

「我才不是巴隆那個弱小的傢伙。布涅，羅塔斯布涅。」

沒想到我猜錯了，為了怕激怒給對方，我趕忙致歉。「原來是布涅領主，請問是我帶給布涅大人麻煩了嗎？」我唯一能想到的，是凱薩琳拿的寶石一定是重要的東西，所以布涅領主來找我算帳了。

「麻煩？你並沒有帶來麻煩啊。」布涅他嘴角上揚神祕一笑。我實在無法拐彎抹角，便直接的說：「請問紅色寶石原本是你的嗎？如果我朋友不小心帶回來了，還請多多原諒。」

「那顆寶石是我放的。不過那是一個禮物，送給凱薩琳大人的。」

沒想到布涅居然知道凱薩琳的名字，我不知道這樣算好事嗎？我只能抗議的說：「哪是什麼禮物？可是那個寶石會一直在變大耶。」

布涅點了頭說：「它確實會變大，除非被阻止，成長將沒有止境。」接著神祕笑著：「當大到一定程度後，它還會開始滾動並輾平所到之處。」

「所以誰會想要這種禮物啊。」我才剛說完，布涅頭往上看說：「這種美麗又強大的寶石，巴隆應該會想要吧。」

「布涅大人，你把凱薩琳和巴隆搞錯了。」我提醒他。

「沒有弄錯。」他不懷好意笑了笑：「她戴上那戒指，就像是巴隆親自來訪一樣，我怎麼能失了禮節。」

「可是她不是巴隆啊！」

「她就代表巴隆！」

我跟布涅又爭論幾句，發現他老是咬著相同的議題不放，分明就是強詞奪理。

「好吧，就算是凱薩琳代表巴隆好了，那請你收回禮物。」我無奈說。

「禮物怎麼可以收回！」聽到布涅這樣說我正感到絕望時，他又說話了。

「除非這是你羅塔斯多多諾的請求。」

布涅這樣說，讓我有如在溺水時抓住了岸邊的蘆葦那樣。於是我連忙點頭說：「沒錯，這正是我希望的。」

這時布涅仰起頭看著天空說：「既然我已經答應了你羅塔斯多多諾的請求，那你也該答應了我的要求。」

雖然我好像頓悟了什麼，但對方難到不知道我能力薄弱，或是說跟本沒有能力。有可能他跟其他人一樣對我產生了誤解，於是我決定要誠實的告知一切。

「其實我的能力和魔力並不是很強大……」我還沒有說完，布涅已經說他知道。

「那為什麼……」我又還沒說完，布涅嘆了口氣便接著說：「只能找你幫忙了。」

「我？」

「沒錯。」

我搔了頭說：「那我會盡力了，只不過如果超過我的能力，我也只說抱歉了。」我說完後布涅點點頭說，「不是很難的事。」

「嗯，那就好了。」我想或許只是一個形式而已，有時候問題的解決就是需要走個『形式』。

「那麼你可以要求一桶上好的果實酒怎樣？」就在我說話的同時，布涅也說話了。由於幾乎同時說話，所以我沒聽清楚。我問了「剛剛說什麼？」

「莫拉克，幫我找到這傢伙。」布涅說。

我當下對這名字有印象，但想不起來在哪聽過。布涅似乎看穿我的心思，於是補充著說明：「是吸血鬼，或是說是一個始祖吸血鬼。」他說完我立刻想起來了，就是以前馬斯多塔要找的那個吸血鬼。由於是吸血鬼的始源者之一，被稱其為莫拉克大君。

「是那個傳聞中的莫拉克大君嗎？」我確認一下。布涅則是答回：「嗯。不過不是什麼大君，只是小偷罷了。」

「小偷？」

「沒錯，這傢伙居然從我的眼皮下拿走秩序之石。」

「那個秩序之石是有什麼特別的功能嗎？」我問完後覺得有些蠢，畢竟有時候紀念品也是很重要的，比如說國王贈送的獎章。布涅說我沒猜錯，接下來他講了甚麼身體構造、魔法與醫療法術的原理之類的，由於我不甚了解，也無法轉述了。

當我告訴布涅我不太了解這些深奧的魔法時，他嘆了口氣。然後對我說：「簡單說吧，拿腫瘤比喻你應該懂吧。秩序之石能讓身體組織有如腫瘤那樣強壯，但卻不致於像腫瘤那樣只吸取養分又無作用，甚至失控而危害身體。」

面對布涅簡化的答案我還是搖頭。布涅聲音出現些許不耐煩：「反正就是那傢伙用秩序之石，長生不老了。」布涅說完後我笑嘻嘻說「原來如此」，他則是閉眼吐氣。

「等一等。」我忽然想起什麼。「該不會要我去對付莫拉克吧？」當下湧出莫明的憤怒：「你這樣的強者不自己去找他，還讓我去送死。」說完又補一句，「我連對戰普通的吸血鬼奴僕，都很吃力了。」

其實我有點心虛，對付吸血鬼奴僕不是很吃力，而是根本無力。

「冷靜點，羅塔斯多多諾。」布涅用安撫的口吻說著，「只是請你找到莫拉克，其他的交給我就行了。」

布涅這麼說，顯然任務難度下降了許多，但依舊是強人所難。我想起奧特老哥，這件事如果是由知名大賢者來處理的話，肯定會盡善盡美的。

「由名滿北地的大賢者，我老哥——奧特來處理如何？」我邊講邊想要如何說服奧特老哥。

「很遺憾無法委托奧特大人。雖然他是君主大人的弟子，但事情關於名譽，領主的問題還需由一個身分體面的人負責處理。」布涅剛說完，我提醒他奧特老哥的法力遠在我之上。

「這件事能請託的對象，只有君主大人，至少也是領主，才能挽回我一時疏忽的顏面。」布涅接著不懷好意笑著：「其實我無法分辨你和奧特大人誰強些；就好像你無法判斷兩隻螞蟻，誰的力氣大一點。」

我聽完覺得這話語太傲慢了，便反唇相譏：「既然你那麼強大，那為何不自己去找莫拉克？」

「本來也是該如此。」布涅用鼻子吹了口氣，他說：「幽界中越強大的存在，在你的世界所能停留的時間越短。」

「這我知道。如果你逗留久一點，那麼就會逐漸衰弱或死亡吧。」我想很多故事都是這樣的。

「並非如此。」布涅繼續說：「身為內在意識與秩序的領主，我在你的世界太久，會造成你們人類意識的崩潰毀滅。我不在乎這個，但摧毀君主大人的遊樂場，這樣會觸怒他的，所以才有這次的見面。」

「怎樣？」布涅說：「這樣雙方的請求成立了嗎？」

「那你有很急著找回來嗎？」我問。

「時間對我沒有意義，重點是有人去處理了。」布涅又警告：「這樣找回秩序之石就是你的問題了。如果找不回來，你永遠將受到所有領主恥笑。」

雖然布涅嚴肅說著，但我心裡可樂了。既然沒有時間限制，那只要有動作，就表示我盡力了。至於那些從未見過的什麼領主要如何鄙視我，我根本不在乎。但為了不讓布涅認為我在敷衍他，我還是認真問下去。

「那如果找到莫拉克，我們要如何聯絡？」

「我會給你一只短笛，吹了它我就出現了。」布涅答。

「笛子在哪？」

「我會派人交給你的。」布涅接著說：「如果沒有其他問題的話，你該回去了。」

「回去？」我還在納悶著，布涅卻張開嘴巴，彷彿要將我吞噬那樣越來越靠近。雖然我往後退，但不及他前進的速度。驀地，布涅大吼一聲，接著我就在床上驚醒了。

我的叫聲嚇到了坐在旁邊照料的女傭人。這位叫珊迪的中年女士說她被嚇了兩次：一次是我醒來前不久，忽然巨大寶石旁憑空開了一個無色的洞，伸出一隻像枯樹枝的手臂放下了一個東西，接著把寶石拿走了；另一次是我醒來前的大叫一聲。

雖然珊迪叫我不要起床，但因為我覺得沒有大礙還是起床了。下床後把短笛拿起來看，與其說是短笛，不如說是個很輕又結實無比的木製哨子，這表示我之前並不是在作夢。

沒多久凱薩琳和幾名紅袍法師趕來了。凱薩琳側頭看一下桌子，發現之前麻煩的東西不見了，露出笑容說：「你總算有派上用場了。」

「這次是很驚險的經歷。」正當我準備開講時凱薩琳卻說：「過程不重要，結果才重要。」然後便要離開了。不過臨走前她忽然轉頭過來說：「那留下來吃完午餐再回去吧。」既然她這麼說，我當然盛情難卻。

大概是要化解凱薩琳一走了之的尷尬，幾名紅袍法師圍著我說些感謝的話語，順便問有甚麼需要嗎？我發覺原來自己因為躺了一天，錯過好幾餐讓而產生飢餓感。一名紅袍法師笑著帶我到廚房，我便在那裡吃了些麵包和葡萄酒。

當我的肚子感到滿足時，山謬老爹也就是紅袍法師會的副會長遣人來找我了。

帶領我的法師引領我到了一處精緻的廳堂，山謬老爹正坐在一個寬廣的方桌旁。

「麻煩你解決難題了，請坐。」山謬老爹說完帶路的法師就離開了，顯然帶路的法師沒有要同坐的意思。

山謬老爹問我是否餓壞了，話說完沒多久兩個女傭分別端著蘑菇濃湯與餐具，凱薩琳則捧著一個雞肉派出來了。山謬老爹可能看出我表情有些驚訝，便笑著說這種雞肉派正是凱薩琳的拿手料理。

很快的就有人幫我盛滿蘑菇濃湯，接著凱薩琳便切了一大塊雞肉派給我。換做平時我一定喜出望外，但現在飽足感充滿肚子，只能怪自己為何要到廚房裡找東西了。

「想必餓很久了。不用客氣，快吃吧！」凱薩琳催促著。

「嗯，看起來非常美味。我要享用了。」雖然我這樣說，但大概是動作太緩慢了，不像是想吃的樣子，所以凱薩琳有些不高興。

「有那麼難吃嗎？」薩凱薩琳眉頭一皺，口氣中帶有怒火。

坦白說味道不錯，但我吃幾口後肚子因裝太多食物已經感到痛苦，即便如此我還是說：「很好吃啊。」沒想到凱薩琳更生氣了，留下了「不想吃就不要吃。」這句話，便憤而離席了。

「奇怪，味道應該是不差啊？」山繆老爹品味了一口，發出不解的疑問。

山繆老爹身體稍微前傾並放低音量說，「你們莊園的廚師真的那麼厲害、還是你已經嘗遍世界美食？」他停了一下繼續說：「如果真的不好吃，也要勉強裝成好吃的表情，這樣才會讓女孩子高興。」

我苦笑的把事情原委說了一遍，山繆老爹聽完後，笑著說他會找時間幫我和凱薩琳解釋。我們後來又聊了一會兒，都是和布涅的「禮物」有關的，你們都已經知道了，就不贅述了。

後來山繆老爹派人準備了馬車，並贈送了許多簍葡萄。這種葡萄和美女莊園的葡萄不太相同，主要是市場賣的那個食用品種。這類葡萄甜度較低、皮薄風味淡薄而不適合釀酒。但口感比起釀酒用葡萄好上許多。另外，我也得知「紅寶石莊園」中的紅寶石，其實指的是葡萄。

我離開紅寶石莊園時，沒看到凱薩琳，所以她那時還沒來得及聽到解釋。要求山繆老爹在如此短時間內擺平這個事情，確實強人所難。當然，如果有真正的大能者，那麼什麼困難就迎刃而解了。

或許大家跟我一樣希冀有像馬斯多塔的人來解決問題，但我立刻聯想到，馬斯多塔製造的魔法人偶：傑克五號還在莊園的大廳上。

這樣讓我迸出一個奇妙的戰略：只要運用在傑克五號的自動偵測能力，用馬車載著它像耕田那樣把世界繞一圈，不僅可以找到莫拉克，搞不好還能順便除掉這個吸血鬼。

這戰略的瑕疵在於世界太大了，我還不一定能走完全程，更何況莫拉克不可能一直待在原地不動。因此我修正為找到莫拉克，再用車子載著傑克五號趕到現場，如此麻煩就解決了。

但這也有一個問題。就是布涅領主已經答應親自解決了，決戰之事我何必多此一舉。於是我順著這個戰略大綱，尋找可行的辦法。就這樣，我在思考這個看起來依稀可行的方案中，回到了莊園。儘管這個方案有如神廟中預言用的薰香那樣，看似清晰卻又縹緲難測。

然而人類無法揣測天意。

回到莊園後已經是黃昏了。在夕陽餘暉下，我下了馬車。費司特帶著驚奇的臉跑到大宅前的廣場迎接，但尾隨在後的山達克則是面無血色。其餘的人表情複雜，有喜有憂。我盤算了一下，除了廚房的人以外，幾乎都到齊了，有種山雨欲來的氣息。

「大消息！」

「糟糕了！」

費司特和山達克幾乎同時說話，其中還夾雜少數人插嘴。不過兩種聲音一喜一悲，形成了巨大的反差。

「不要急，一個個慢慢的說。」我以代理園主的身分發令，果然立即恢復秩序。

聽完所有說詞後，我對這個事件有了概念。事情就發生在前不久。對費司特來說，傑克五號在他眼前跨出紫杉木底座開始走動，這件事就是一個神蹟。反之，對山達克來說，沒什麼事比王座前的天使離開世界更不祥了。

當時費司特正要將食材搬到廚房。就在路過大廳中，傑克忽然動起來離開了底座。震驚又興奮的他尾隨傑克身後大喊大叫，誇張的方式吸引了包括山達克的所有守衛和部分僕役。

走出大宅的傑克五號在廣場停了下來，單手向前一推便出現了幽界的出入口。眼看著傑克即將離開，山達克跪下並用如喪考妣的聲音吶喊：「天使大人，您走了誰來保護我們！」沒想到如此一喊，居然讓傑克停下腳步。

傑克伸出食指往右一指，地面出現了常見捲起落葉的小旋風。然而小旋風越捲越大最後跟兩層樓的大宅同高。連帶地夾帶的砂石，也在不知覺中變成如西瓜大小的巨石，強大渦流中甚至出現電流。

「那一定是從未見過的風暴元素。」當時山達克講到這裡時，我問他：「那元素呢？」山達克表示就在眾人咋舌不已時，一切又嘎然而止。風暴元素的強大旋風瞬間消失，掉落的巨石堆疊成跟兩人般身高的石柱。我聽到這裡時東張西望，果然在不遠處有個由十顆大石頭組成的柱子。

在這之後，傑克就這麼走進了那個看不透的透明入口，再也沒有消息了。

等我對事情有一個概念之後，發現自己打的如意算盤根本就是一場夢，正所謂人的盤算永遠比不上茱莉安女神的安排。

當時面對這樣的情境，我不禁在心裡吶喊著，並準備抱頭煩惱一番。當我意識過來時，因沉溺情境而雙手舉到半高了。這樣突兀的態度讓全部的人都看著我，眼神彷彿在等著法官判決那樣。雖然我和莊園的人一樣充滿困惑和不安，但為了維持自己的顏面，我繼續將兩手伸直，最後握拳大喊：「安全！」所有的人此時才表情舒緩，露出了笑容並開始聊天了。

為了讓大家更放心，我宣布那是「守護者石柱」，並且晚上就在石柱前舉辦宴會慶祝。

那一晚喝的大醉，以至宴會如何結束都不得而知。然而在酒醉之夢中，我似乎看到了布涅領主，他似乎張嘴講了什麼，然後用眼神示意我注意某個方位。我往那個方向看去，一個巨大如房子的紅寶石向我滾來，就在壓住的剎那我驚醒了。

我醒來後，發現自己躺在床上，而窗戶邊的月亮還在東方。旁邊地上的巴布和加斯東正在揉眼睛跟打哈欠，看來是這兩個守衛把喝醉的我抬回房間後，自己也不勝酒力倒地了。

加斯東先開口了，「請原諒我們不小心睡在您的地板上，約翰先生。」

「沒關係，畢竟你們力氣也用完了。」我說。

「約翰先生是作惡夢嗎？您似乎驚叫一聲。」巴布搔著頭笑著說：「沒想到您這樣的法師也會做惡夢。」

「嗯，是很可怕的夢。」我語重心長說著：「我在夢中被數十隻以上的魔龍包圍住。」

「沒想到法師連惡夢也不尋常。」巴布一臉敬佩的樣子，跟著點頭認同。說完這話他們便站起來欠個身子步履蹣跚走了出去。

守衛們把門關上後，我開始想著剛才和布涅領主的相遇，究竟是真實的，還是只是夢境而已。因為這關係到找回布涅失物，是真的有急迫性；還是因為我準備欺騙他，所以良心不安做惡夢。

想到這裡我摸了褲子口袋，將用來聯絡布涅領之主的哨子拿出。我翻了抽屜找了條皮繩，將它綁好掛在脖子。萬一遇到了布涅，我也可以隨時拿出哨子，表示對他交給我的任務沒有忘記。

另外，我也想到天亮後派人去王城裡，招募高手協尋秩序之石。這樣的話就算找到的機率渺茫，但至少已經付諸行動，對自己對布涅都說的過去。

想到這裡後再回去睡一覺，果然沒有做惡夢了。

## 第二節　不法之地與不法之徒

招募高手尋找秩序之石的事情，出乎意料之外很快就告一段落了。

第二天我請費司特和阿貝魯到王城裡幾個有名的傭兵公會、冒險者公會及酒店發出了推薦懸賞單，憑藉著懸賞單的個人或團體，即便經鑑定不是秩序之石，也付給個人或團體一日工資當車馬費，當然帶來的東西還是可以帶回去。不過不管有無懸賞單，只要經鑑定是真品，就可得到五十枚金幣。

數十張的懸賞單很快就被索取完了。不到兩天，馬上就有人拿了來路不明的石頭要來領賞。

或許，你們會認為這些人雖然拿著莫名奇妙的物品來，但我也無法證明這些東西不是秩序之石。關於這點我早已有合適的對策。

宣稱找到秩序之石的個人或隊伍，我都會招待這些客人們用餐，經過了飯桌上的閒聊後，我大概就有底了。不論他們提什麼魔龍、神祕洞窟、邪惡法師還是某個寶箱內找到的，只要在我胡謅出來的啟動咒文中沒有發出光芒，我便遺憾宣布不是秩序之石。這道理很簡單，因為他們沒說出關鍵字：莫拉克。

當然有幾則特別的。

首先是莊園裡的小孩們在附近的小溪撈到了一個奇特的石頭。由於上面的白色紋路剛好有酒瓶形狀，和我常穿的那件皮甲上紋路相似，加上全莊園的人都知道我在找一個石頭，於是他們來拿來給我。

雖然他們沒有懸賞單，但我還是請所有的人陪我吃藍莓派。小朋友們天真的問這可能是秩序之石嗎？我則告訴他們真正的石頭，其實在一個厲害小偷手上。

為了不讓他們失望，我則請廚房每人發兩塊餅乾致謝；而他們則決定以這個稀有的石頭做為回禮。我把這個石頭放在大廳的火爐上，當成是一種紀念品。

另一則是關於某個冒險大隊。為什麼用「大隊」呢？因為他們的成員多達五十人以上。

阿貝魯通報說有自稱要領賞的冒險大隊進入莊園邊界時，讓我也嚇一跳。想說這麼多人只好請他們在大宅外用餐。我請廚房裡的人搬了幾張長桌椅子到前庭廣場，還叫廚房以最快的速度準備了麵包、葡萄酒及糕點。吩咐完後，我親自到廣場前的橋頭迎接。

然而我到門外迎接的方式可能出乎對方意料外，他們在橋頭面面相覷，一會兒才走過橋來。我這才仔細看清楚，這個隊伍的人幾乎都帶著刀劍，還有兩個弓箭手，和一般冒險隊伍重質不重量的觀念稍有不同。

我告訴他們由於人數過多，因此準備在廣場上招待他們。我話說完看著他們懷疑的眼神才想到，是否自己的方式有失待客之道。

桌子很快就被人抬了出來，對方看似帶隊面貌斯文的人從旁邊大叔的背袋中，取出一個拙劣的人形木雕，他粗暴放置於桌上說：「這是我們找到的秩序之石。」

「請問如何稱呼閣下？」我想是否因為在戶外招待過於無禮，因此用詞儘量客氣。

「不需要知道！我們供貨而你付錢，就這麼簡單。」

我想他們可能誤解了，於是堆出笑容說：「不好意思，東西要經過鑑定才行。」沒想到背袋子的大叔忿怒喊著：「那你還不快做那個他媽的鑑定！」

大叔說完後帶隊的人瞪了他一眼，大叔便後退半步。

「當然馬上就鑑定，但可以告訴我東西從哪裡找到的嗎？」我繼續保持笑容。

「我記得沒有規定要說出來源吧！」帶隊男子說：「你也算是小有名氣的人，難道是個騙子⁉」

「不不不，只是單純的好奇而已。」我趕忙解釋。

既然是這樣，那八成是來騙吃騙喝跟騙錢的。我只好對那個偽秩序之石，唸出我那胡謅的咒文。

由於一切都太荒謬了，在唸咒的半途中我笑了出來。對方紛紛七嘴八舌說著：「有什麼好笑的？」之類的話語。為了掩飾自己的失誤，我只好說：「真是抱歉了，因為唸咒中看到了你們的冒險非常精彩有趣。」

沒想到他們居然被擺出警戒姿態，還有一些人已經把手搭在劍柄上。

「交出一百個金幣我們馬上離開。」對方帶隊的人如此催促著。

我感覺這批訪客可能不對勁了。此時費司特帶著六、七個拿木棍的警衛趕到。從費司特的表情，察覺對方可能不好對付。更糟糕的是，警衛中居然沒有法師山達克。

我想起山達克和幾名守衛駕馬車去買東西了。然而經驗告訴我凡事不能慌張，或許山達克他們就快回來，事情有轉機也說不定。

由於處於劣勢，不論是人數還是力量。我想虛張聲勢可能是不錯的方法，起碼能拖延時間。我以手勢制止費司特他們說：「法師們，請收起法杖。」

我注意到費司特他們也極有默契，頃刻之間改變拿木棒的方式。但是守衛們身上沒有法袍、法杖更是與木棍無異，就算真的是法師，也是不入流的那種。

我才剛推算到這裡，對方帶隊者就以鄙視口吻說：「那幾個是法師嗎？我看就算真的是法師，也不入流！」

聽到這樣說詞，費司特居然揮了下木棒，並把左手移到臉前，一副正在唸咒文的樣子。這招恐嚇的方式如果能讓對手立即退去則還好，但如果對方擺出防禦姿勢，那就露餡了。

果不其然，許多人拔出了劍並舉起盾牌，看起來衝突一觸即發。

「費、費迪南大師請住手。」我不確定費司特是否知道我是在喊他，不過我看到他停止了，確定了他了解我的意思。

「約翰大師怎麼了？」費司特故意用低沈的聲音回答。

我頓了一下，「今天是教團的馬斯多塔節，我們只能被動殺人，不能主動出擊。」

「啊！馬斯多塔節。」費司特露出訝異地表情，隨後學著山達克以手在胸前畫出九芒星，說著：「罪過！」

只是恐嚇沒有展示力量，謊言被看破時就是末日了。不禁埋怨會演變至今，都是布涅領主害我的。但想到這裡忽然精神為之一震，只要用哨子請布涅領主出來，事後再好好道歉，這樣在找到秩序之石前，就有保命的大絕招了。

我想到馬斯多塔曾說過，虛張聲勢和真實的自信是不同的，原因就是背後是否有相應的力量。一念及此我不禁開始爽朗大笑，笑聲感染了費司特他們，讓他們也像法師般躍躍欲試起來。

「我只好破戒了，罪過。」我學著胸前畫九芒星，掏出了脖子裡的哨子。冒險大隊則開始慢慢往後移動。

只能說有了真實的自信後，花招就會一一冒出。我右手拿著著哨子，這樣隨時呼叫布涅領主，另外唸起了山達克教的基礎冰風咒語；雖然只是近距離噴出帶有冰屑的寒風，但我左手不停舞動，看起來氣勢非凡。這是費司特後來說的。

對方帶隊的人以手勢指揮撤退，隊伍訓練有素井然有序。背袋子的大叔卻不服氣喊著：「我們怎麼可能打不贏這幾個傢伙？」他們的隊長則回以憤怒的眼神，這才讓他閉嘴並跟著隊伍離開。

「約翰大師請多包涵我們的無禮！」隊長點個頭後用斷後的姿態最後離去。

守衛們此時都看著我，我則對他們眨了兩下眼睛大聲說：「神聖之日不可隨意殺人，諸位勿追了。」費司特他們也很配合地大喊：「遵命，約翰大師！」我們擺著戰鬥的姿勢，一直到視線內再也看不到那群冒險者時，才鬆懈並拍手大笑。

「演的實在太逼真了，約翰先生。」費司特笑彎腰時一邊說著。

「不是的，」我收起了笑容說：「其實我是準備召喚出可怕的傢伙。」

「是那個什麼雷米達嗎？」巴布驚訝到嘴巴張大，而費司特則是用手肘撞了一下糾正說：「是雷吉達。」然後愣住了。其他守衛則相望的說，命撿回來了。

由於我不知道如何解釋布涅的事情，就這樣隨便敷衍過去了。不過當他們心情平復後，立刻向我抗議：除非事情已無可挽救，否則不應該使用同歸於盡的毀滅性咒文。

沒想到結果反而更糟糕，於是我只好說：「沒想到唬住你們了！」隨即發出大笑聲，守衛們又愣了一下，也開始跟著大笑。這件事後來成為莊園內延續好幾天的話題，大家稱為「妙計中另有算計。」

後來我聽說那一個團體叫「卡特曼團」，是一個沒有明確性質的團體。唯一可確定的是他們追求財富。他們是冒險者，但也是傭兵、保鏢，如果有機會的話，他們也是攔路的盜賊。卡特曼團聽到了懸賞的事情，判斷可以來莊園撈一筆。畢竟會提出這樣奇怪的懸賞任務，不是背後隱藏著極大的利益或祕密；就是一個富豪在聽信了某江湖術士的話，開始找尋延長壽命或增加權力的寶物。

卡特曼團之後莊園恢復原往日的安寧，彷彿從來未曾發出懸賞那般。會有這樣的結果是因為出現了新流言：這個懸賞就是邪教中生人獻祭的釣餌。我還在酒館聽人煞有其事舉出證明，說有個醉漢拿著空酒瓶要去騙賞金，然後再也沒有人見過他了。至於這樣駭人聽聞的案件無人處理，完全是因為莊園主人和領主狼狽為奸的結果。

我想這樣的結果也許不錯，畢竟馬斯多塔已經不在，莊園的實力不如以往，若在出現大規模的團體或高強的法師，恐怕就不妙了。

當然，這樣的日子還是終究會結束。約一個月後，正在書房打盹的我忽然被輕脆的木頭敲擊聲驚醒，我猜是費司特來到了。果然不久他就氣喘呼呼的打開了書房門。

「來了！」費司特喘了一會，才繼續說：「她來了。」喘息中還帶著發生了有趣事情的笑容。容我補充一下，卡特曼團事件之後，費司特在守衛的木棍上裝了一顆藍色的木球並綁上了幾根小木條，讓棍子發出輕脆響聲，他稱這木棍為雷電法杖。後來他穿起了粗麻袋改裝的法袍，看不慣的我於是送他一塊灰色的布，讓他改成法袍。

這樣的好事導致多數的守衛表示自己也有穿法袍的必要性，於是我一律送他們一塊灰色的布。至於為什麼是灰色的，其實就只是莊園內庫存最多的布。

最後多數的守衛都擁有一件法袍成為偽法師，並在費司特要求下，法袍前後方均繪上了莊園標誌：酒瓶。當然法袍就像禮服一樣，只有在特殊時刻才會穿。平時大夥還是以打赤膊或粗棉、粗麻衣物居多。

「你說誰來了啊？」我伸著雙手打哈欠問。

「是密、密使大人。」費司特看起來要興奮的大叫。

「密使？哪來什麼密使？」我揉眼睛問：「長什麼樣子？」

費司特嬉笑著：「這我也不知道，是巴布通報的。」

「好吧！」我站起來說：「我去看看是怎麼回事。」

我和費司特下樓時，巴布身旁站著一位旅行商人裝扮的中年微胖婦人。從她背的藤編箱子和腰間手斧，可推測是販賣首飾或化妝品之類輕便貴重物的商人，因此腰間會有把足以防身的輕武器。

「商人帶去後廳，再讓莊園的人去看商品。」講完後我納悶起來：「密使呢？巴布。」隨後發現自己在陌生人前洩漏機密，立即遮住了嘴巴。

這時費司特在我身旁小聲說：「那一個旅行商人就是。」我看了他一下，巴布則說正是此人。

此時旅行商人開口了，他用著奇妙口音說：「特哈哈肯瓦大人，我是來傳遞女王的消息。」特哈哈肯瓦為我個人在巨鍾森林的名字。

我無法判定真偽，於是問旅行商人：「這樣的大事，妳怎麼證明自己？」

「肯瓦大人。」商人把箱子放下，蹲下來找東西，接著拿出最大瓶的蜜粉。

「蜜粉要給我？」我問。對方則是點頭說：「女王陛下的信就在瓶子內。」

我打開瓶子裡頭略帶花香，正是普通蜜粉。密使提醒我「最下層有字條。」於是我乾脆將整罐倒出，果然有一個用紙摺的方形紙片。我撿起來打開來看，果然是克莉絲汀女王的字「請相信提供信件的商人。」然後畫了朵長在斧頭上的花。

克莉絲汀女王和我寫信時，都會在角落畫上這樣的塗鴉，通常斧頭和花朵都不盡相同。我觀察判斷，這可能和心境有關。至於是什麼心境，這就屬於女王與我的祕密。身為克莉絲汀的忠實的僕人，請恕我不解密了。

總之，眼前的商人確實是一位密使。

我請密使可以發布女王的口喻了，密使講著：「給我最忠實的約翰：我需要位於東方及南方的你，推薦一些知名的劍士、法師到巨鍾森林協助我。這是一個祕密任務。你的女王。」說完後密使前進兩步，冷不防用雙手夾住我臉頰，然後用嘴唇貼在我額頭上。這是一種極為複雜的感覺。

密使之後就站著沒反應了。

「女王還有說甚麼嗎？」我問。密使回答也很直接：「以上就是全部了。」

我問為什麼克莉絲汀需要法師與劍士，密使直說他只是傳話的人而已。好奇的我趕快掏出口袋中幾枚銀幣，慰勞她旅途的辛苦，並邀請密使和我一起共用點心。

從密使口中大可知道一些簡單的輪廓。雖然我曾赴巨錘森林一次，但我並未注意到什麼政治局勢。除了陪克莉絲汀聊天外，多數精力都放在注意哪些貴族對我是不友善的。總之，我在多數貴族心中是一名靠逢迎女王而得勢的丑角。

我相信各位也和我一樣不喜歡複雜的政治情勢解說。簡單的說，就是雖然克莉絲汀繼任了女王，但巨錘森林中反對她的貴族勢力非常龐大，並且密謀支持女王的堂兄：佐羅公爵登上王位。

不可否認佐羅公爵也是具有某種王位正當性。畢竟他爺爺正是克莉絲汀曾祖父冊立的王位繼承人，只不過在登上王位前便染病死了，留下懷孕中的妻子。最後登上王位的是他的弟弟，也就是克莉絲汀的祖父，因此是個難解的政治問題。

另外巨錘森林和邦卡一樣有著大量領主，所以領主們的意向左右著政局。當然，我是第一個領有俸祿而無領地的騎士，這是克莉絲汀特別樹立的標竿。

在密使離開後，我思考著如何能幫助克莉絲汀。鑑於奧特老哥那邊，學有所成的弟子不是被我推薦到黑木之門、就是去了泰卡王國，只剩奧特老哥親自出馬了。雖然請他出動的機率不高，但凡事不試看看怎麼知道。

這樣有方向後，我又要展開了漫長旅程。由於前次到巨錘森林途中語言不通，吃了很多苦頭，回程時還要勞煩梅哈武武爾老哥派人作陪，才能順利返回莊園。

半獸人的溝通不是問題，而且多數半獸人都精通兩種以上的語言。半獸人的瓦倫特語容易學習，也是官方語言。雖然半獸人只佔約三分之一人口，但據說這是當初為了表達對這片土地原有主人的尊重，並增加半獸人的向心力而如此規定。巨錘森林除了半獸人外還有北地人，因此還是有流通著其他語言，更何況要穿越使用非瓦倫特語的北地諸國。學者出身的山達克精通北地主流語言，正是最佳的人選。

我的旅途方針非常簡單，就是往東到邊境邀請奧特老哥，然後往西北到巨錘森林助克莉絲汀一臂之力。至於莊園的管理，我找來包含廚房賈桂林太太在內的九名識字者，由他們每日輪流當值。遇到解決不了的問題時，就由九個人共同討論。就這樣，我和山達克開始了新一輪的旅行。

得知巨錘森林局勢原來是這樣，不禁為上次輕裝簡騎捏把冷汗。因此我在暗紅色法袍內，又穿上了皮製護甲，同時頭上也帶著皮製頭盔；身上雖然繫著城裡買的「屠龍劍」，但我還是覺得不妥，便又買了一把和自己一樣高的長矛。反而山達克依然是無杖者的打扮，只穿了印有九芒星的墨綠色法袍。另外在出發前，我寫了封信給凱薩琳，聲稱由於得不到她的原諒，我將進行一段時間的自我放逐。這報復凱薩琳的惡作劇讓我在密封信件後，笑了很長的時間。

我們盡可能的趕路，路途也大致上順利。加上由諾曼里亞領領主簽發，使用到泛黃的調解人委任狀，讓我們更快的通關。偶而也有愛好小道消息的熟識軍官，會請我喝酒並聽我說此行的祕密任務。我總是說按慣例不能出名字，然後他們喜孜孜地回說：「當然，祕聞不能有名字是慣例，否則會招來災禍。」接下來我便把奧斯卡領主那裡聽到的貴族秘聞添油加醋一番，然後賓主盡歡的吃喝一頓。

總之，在第五天下午便到了奧特老哥位於金牛山的大宅。守門的士兵認得我，所以我們就直接策馬入內，讓門口等著求見的一對主僕不可思議地看著。

我走到大宅前時，廣場上有一些生面孔的少年分別在練習揮劍與背誦基礎魔法口訣。他們看到我時露出了一副「你是誰啊？」的表情。此時奧特老哥的弟子科特，喊了聲：「老大，你來了。」便跑了過來。

科特雖然只有十七歲，但在一群初學者中儼然已是前輩了。科特的聲音不僅讓其他弟子們態度轉為恭敬，連在不遠的樹下小憩的奧特老哥也起身了。

「老弟！」奧特老哥張開雙臂歡迎，我也伸展雙手喊了聲：「老哥！」

沒想到奧特老哥居然從我旁邊擦身而過，走到山達克的面前把手放下並搭在他肩上。他說：「老弟，才一陣子不見，你的相貌怎麼變成這樣。」

我暗自驚訝奧特老哥已經老眼昏花成這樣時，他又指著我向山達克問道：「這位戰士是？」

我趕快問科特是發生甚麼事了，此時奧特老哥才哈哈大笑說：「老弟，是我開了個玩笑。」接著他對山達克說：「這位大哥，抱歉嚇到你了。」

正當我也跟著大笑時，老哥收起笑容說說：「你這樣的打扮實在不像法師。」這讓我當下耳朵發燙。

於是我小聲地說：「會穿成這樣，是因為我還不會任何魔法盾。」奧特老哥也用氣音回答：「你可以從基本的初級結界術開始。」說完後他接著大聲說：「等等由聞名的約翰大師親自示範一些初級法術。」又轉過來對我說：「我去叫廚房準備餐點招待你們。」

奧特老哥才走沒多久，科特及其他人都圍了上來。我深怕自己示範的東西他們早就會了，於是詢問他們的學習進度。科特則告訴我，新弟子們才來不久，目前正練習最基礎魔法－氣吹術。

「氣吹術？」我愣了一下。

「老大，可能是你走實戰路線，所以對這種非應用性魔法不瞭解。」科特說。

科特解釋氣吹術功能就是製造一股氣流，至多就是讓對方暫停腳步或身體搖晃。它的原理更簡單，就是在生成氣彈的初期即停止，氣彈的氣團便因散掉而產生一陣風。這是一種訓練操控氣體的的法術。我請科特告訴我咒文念法，由於這是半途而廢的氣彈術，在學會咒文之後，對我來說不是問題。馬斯多塔曾說過：「真正的強者是沒有固定的老師。」想來不錯。

我先示範氣吹術，隨後用了氣彈打掉一根樹枝，新弟子們都乍舌不已並請求傳授。於是我將咒文及施法的心得傳授，馬上就有人開心的練習起來了。然而在傳授中，有人察覺我使用的咒文開頭與奧特傳授的不同，科特則告訴他世界中魔法派系眾多，請求力量的來源自然不同。

聽完科特說詞的人則看著我，直到我說「沒錯，正是如此。」他才確信了著個答案，並佩服的說：「老大的咒文連開頭都與眾不同耶！老師的咒文都是『祈求生命之母的力量』或是『伊絲特絲女神賜予我的力量』，只有老大的氣彈術的咒文是『全知全能者與其從者在此展示力量』。」他接著小聲說，「我們和這位全知全能者沒有關聯，也不是由他或他的傳人引導魔法，真的能發揮力量嗎？」

聽完這席話我嚇了一跳，我從來不會在意開頭是什麼意思，更沒有考慮到其他人是否也能使用此咒文的問題。

「老大怎麼會傳授不能用的法術呢？」科特一邊說邊演練，順利的施展了這個法術，才讓我的心跳趨緩了下了。我認為原因可能就是他們身為奧特老哥的弟子，而奧特老哥的魔法又是馬斯多塔親自傳授的原因。

「這樣的咒文居然有被授權使用耶！全知全能者該不會就是老大自己吧？實在太狂了。」少年將頭靠過來小聲說。

「不，那個不是我。」好不容易胸前的心跳才平靜，結果背後的汗水又止不住了。

這時有個叫約基奇的少年，插嘴說他認為氣吹術或甚至氣彈術都沒有實戰用途。我一方面感謝他轉移話題，一方面用馬斯多塔曾說過的話訓誡他：「沒有最強的法術，只有最強的法師。」科特則補充說：「老大成名之戰的龍咆嘯，也是一種氣體魔法。」這讓大夥又是一陣驚呼。

約基奇問可以示範一個驚人的魔法讓他們開眼界嗎？我則想到了布涅領主的哨子，便允諾要展示一種強大的召喚術。不過正當我擺好姿勢要施展時，僕役通知我奧特老哥正等我用餐，於是在眾人的扼腕中結束了當天的課程。

用餐時我除了向奧特老哥介紹山達克外，請求奧特老哥幫助克莉絲汀女王的事也如預料被推辭了。除了原本他認為機會要讓給年輕人外，老哥認為我自己就是最好的人選了。

「此外，」奧特老哥指著內層的皮甲說著：「雖然穿上它感覺安全些，但這樣穿了皮甲又套上法袍，實在不倫不類。就算穿上板甲，在真正的法師面前也是如裸身那樣沒有用處。」

「其實我以前就背好了能量盾咒文，無奈一直施展不出來。」我搔著頭說著。

奧特老哥用手指比了一個小小的距離說：「其實這個有一點點難度。唸了咒文卻施展不開，應該是魔力不足所致。怎樣，我們從初級結界術開始學如何？」

「初級結界術？這個實用嗎？」我問。

「初級結界術就用魔力在自己的前方施展一個像鍋子大小的結界，抵抗一些簡單的攻擊。雖然談不上實用性，但能讓你練習一下施展護盾法術的手感，為未來進階的魔法奠定基礎。」奧特老哥說停了一下繼續說，「就像施展龍咆嘯一樣。不從氣彈術或氣吹術開始，永遠沒機會到達那個境界。」他表示這種耗費魔力卻防護低落的魔法，就像搬大石頭丟到水裡一樣，看似無用其實就是一種鍛鍊。

我了解到奧特老哥的好意，於是表明自己有興趣。他則開始教我咒文與要訣，還要我馬上開始練習。說真的，這種持續施放魔法來當盾牌的法術相當累人，每當我氣喘吁吁時，奧特老哥便為我倒葡萄酒或切一塊派餅，然後叫我休息一下。總之，折騰到晚餐時刻時，我肚子已經吃撐了。沒多久奧特老哥說要給我東西，他離開回來後拿著一頂旅行者常用的套頭布兜帽和一件背心式鎖子甲說著：「那麼在學會各種能量盾之前，先穿上這個吧。」我用眼神詢問著，他則回答：「鎖子甲是我的年少時的防具。雖然不是特殊金屬鍛造，也沒有魔法，但好歹是出自名匠之手，希望能保護你。」

布兜帽則是打敗某個山賊老大的戰利品。這乍看像旅行者或法師常見的布兜帽，實際是一頂皮製頭盔。它的造型和紋路如此自然，這樣的巧思讓我讚不絕口。老哥說：「戴著頭盔容易讓人聯想到法袍下有穿皮甲，而這頂帽子不會產生這樣的聯想。」

老哥停了一會兒又叮嚀：「在政治紛爭中難免會出現暗算的事情，要多小心。」我則用力點頭回應。

當然，在奧特老哥親自指導兩天後，我大致可以順利施展這類魔法了。他又贈送我一卷〈中級結界術施展要領〉，本來我正煩惱看不懂，但他已經將文章譯成邦卡文字，甚至連咒文都用邦卡語幫我標上了。我好奇怎麼沒有高級結界術，沒想到答案是根本沒有這個術。通常學會初級結界術的人，很快就了對一些能量盾的咒文融會貫通了，因此中級結界術通常沒有學習的必要。再說耗費更多魔力的中級結界術，他的防禦效果反而沒有能量盾咒文來的好。但老哥把這個給我，是為了怕對我來說能量盾的咒文施展不易，但中級結界術較容易上手。奧特老哥總能因材施教，對學習狀態的觀察和判斷，一直令我讚嘆。

至於咒文開端用詞的問題我也詢問過他。奧特老哥認為咒文開頭的的名稱，代表著法術最初的魔法傳授者和魔法引導者。

我發現奧特老哥傳授的護盾咒文，開頭是稱頌「生命之母」，這也是整個大陸咒文最常提起的古老意識體；而山達克教導的基礎冰系咒文，首段則是一位極北的冰霜魔物，至於我個人如何獲得這位魔物授權，這我也想不通。相比之下馬斯多塔親傳的咒文雖然非常基本，但開頭卻無比自信與傲慢，讓施術者覺得自己彷彿就是無所不能的魔神或魔王，而產生一種法師的尊榮感。

當我反問那些咒文提到的諸神們，又是誰對祂們魔法引導時，他則回答：「不知道。」當我問：「老哥，你不是大賢者嗎？」他則笑著撫摸著鬍鬚說：「知道的事情就說知道，不知道的事情就說不知道，這就是大賢者。」

雖然我們聊得很愉快，但奧特老哥大概也看出我要趕去巨錘森林的心思，便提醒我可以出發了。我再次確認他的意願，他則回答：「你不是早已挑選強大法師陪同了。」說完看了一下山達克。山達克則說自己的能力實在平凡。

「雖然平凡，但能持續鍛鍊近百年也是小有成就了。」奧特老哥摸了一下自己的鬍鬚。這讓我想起曾經有冥頑不靈的法師堅持要與我決鬥，最後死在山達克的手上。奧特老哥總是能適時點出我的盲點，讓我十分佩服。

另外一件佩服的事情，則是要離開當天，許多新弟子們已經可以施展我教導的氣彈術了。想當初我可是花了好幾個月，唉！更誇張地是得知我要離開，金牛山的少年們又慫恿我傳授新的法術，我現學現賣地施展了初級結界術，並解釋咒語和施法的一些困難點及心得。對於這個法術他們有些微詞，因為沒有那個很炫的開頭。

然而在我打包好行李並騎上馬時，已經有幾個人上氣不接下氣的跑來，在我面前施展這個法術，我只能微笑稱許。

這讓我有個矛盾的心得：像山達克這樣持之以恆的鍛鍊會讓你成長；但天賦好像也很重要。所以說「成功是一分的天才加九分的努力」這句話，我不知道真正的比例要如何才是正確的。此話題我在路上和山達克討論許久，從「成功是兩分的天才加八分的努力」一直到「成功是九分的天才加一分的努力」都有。話題雖然沒有結論，卻磨掉不少路上的枯燥乏味。

後來這話題我又在奧斯卡領主的宴會上和某貴族說一遍，不過他並未正面回答。他只說：「如果你真的像自己宣稱的認識許多國王，為何不直接向國王借軍隊？」說完冷笑一聲離開了。

這其實是對政治局勢的無知。。聯盟的成員是禁止干涉其他盟友的內政，這是因為創立之初，北地聯盟的國王們怕後人以此為藉口，最後入侵兼併，甚至爆發大混戰而解體。此外，雖然我也認識一些國王，不過他們看到我後願意做的，也不過就是招待一頓豐盛的饗宴而已。

由於我認為事態緊急，所以回程時並沒有在自家莊園停留而繼續西行。穿越北地諸國的行程大致順利，但到了魔空與巨錘森林邊界時，麻煩卻發生了。

不過我必需先承認，這個麻煩是自己造成的。起因是在進入邊界的城市：昂迪茲時，邊界的巨錘森林官員會例行性用薩蒙語問我們的此行目的；通常只要正常回答，例如訪友、做生意、甚至是自稱學者考察風俗民情都可以順利進入。但我一時虛榮心作祟，搶在山達克前用瓦倫特語回答：「我是騎士：特哈哈肯瓦。」我這樣的用意，除了展示自己在巨錘森林的身分外，還順便秀了一下瓦倫特語。

出乎我意料的是，對方請我到旁邊問話，要我證明自己是特哈哈肯瓦。問題從巨錘森林的目的、行程到住處，我解釋的越清楚對方越懷疑。在無可奈何的情況下，我找了張紙塗上火漆，再取下印有姓名的金戒指蓋在上面，作為一種證明文書。

這樣的證明招致更強反效果，來了一隊士兵把我請出城外。後來看到了上次那個熱情的隊長，想到好歹也一起喝過酒了，便請他作證。但隊長說他就是關卡最高負責人，並堅持我是假冒的，依慣例將騙子驅逐出境。

在遞解出境的過程中，我不停解釋並試圖恢復這位隊長的記憶，一切都像對樹木說話那樣無動於衷。在路上除了這支小隊無聲無息外，另一個就是山達克了。他好似在服膺某種命運那樣的覺悟著，這讓我後來也逐漸放棄解釋了。

就在我們不知走多遠，忽然隊長與他的手下停止前進。隊長說：「你們這些假冒者已經被驅逐，不准在進城來了。」他看我似乎要反駁，便又繼續說著：「我收到特哈哈肯瓦大人的信件，說他自己近幾年將不會進入巨錘森林。因此宣稱自己是特哈哈肯瓦大人的人，一定是冒充者。」他隨後又警告著：「這一帶的領地，不論是真假肯瓦大人一律逮捕，遇到我們這麼寬容算你幸運。」

由於這是非常明顯的造假，因此又激發了我的怒氣。我看到山達克用眼神暗示我不要再發言，但倒是他自己開始說話了。「我們確實是想借用特哈哈肯瓦大人的名義早點通關。」山達克不顧我張大眼睛繼續說著：「既然被識破了，請問我們可還有機會用真正的名字再進城一次嗎？」

「沒有辦法。」對方說完看了我一眼後說：「邊界一帶的城市都會逮捕你這樣自稱肯瓦大人的人。但我警告你不要企圖從充滿不法之徒的不法之地潛入國境。」隨後又丟了句：「快回去吧，別想沿著邊界往南走到不法之地。」一行人便轉身離開。

看著他們走遠後我看了山達克一下，他則露出似笑非笑的表情說：「看來這位隊長非常敬重您呢。」

「哪來的敬重？」我說完後忽然領悟山達克的涵義，我小聲地說：「那我們要沿著這條護城河往南走囉。」雖然是護城河，但其實是綿延兩百里以上的界河。劃分魔空與巨錘森林兩個國家。

山達克點點頭說：「這件事應該很快就傳到領主那邊了，領主應該很快採取一些措施，禁止或阻止您進入國境。」山達克又問我是否認識此地的領主，我則搖頭。

我最後和山達克的結論是可能有我即將到來的風聲，但企圖阻止我的人並不知道詳細內容。我問山達克有什麼方法，見他閉眼思考後，我直接提出了我的想法。「我們假裝往回走幾里路，然後轉向南方沿著邊界走。這樣一邊打聽不法之地的詳細位置，一邊前進。等到了不法之地附近，我們就快馬加鞭衝進去。」我一口氣講完喘了口氣，「這樣的行為無法預測，要阻止我們也來不及了。」說完我有點得意地看了山達克，他則是一臉「這是一個糟糕的計畫」的表情。然而就在我懊惱之際，他忽然說：「這一定是無法理解的試煉！」隨後甩了自己一個耳光，然後懺悔居然有信仰搖動的念頭。

由於這個舉動，因此整個行動便按照我說的方法展開了。唯一和我計畫無關的，是山達克要求我在附近的村莊住上一晚，然後他神祕兮兮離開了。我付了一個金幣給一戶人家，請他們提供住宿和食物，對方雖然答應，但希望我不要宣稱住過這裡，可能是我看起來像麻煩人物吧。第二天早上我在借宿家中喝麥片粥時，山達克帶了幾個人回來了，看起來是去找了保鑣。雖然我覺得沒有必要，但我也沒也說出來。

四名拿著匕首或木棍的雜牌兵，唯一共同點就是每人都有一個誇張的大木盾。當然，我還是要對他們保持敬意。畢竟我騎在馬上時，四個人卻是在旁邊走著；如果馬匹步伐輕快些，他們就要小跑步了。

我沒有說是雜牌兵，而是詢問了這樣的傭兵是哪裡雇來的。這才知道全部都是自願者，山達克所屬教團的自願者。雖然我與山達克相處有些時日了，但對他的宗教一向不過問；然而旅途有些時間，加上四個保鑣經常小跑步已經夠辛苦了，我不忍心為了趕路而策馬狂奔，於是放慢速度和他們說說話、聊聊天。

他們對宗教議題相當有興趣，特別的是我的行為也是「宗教議題」的一部分，因此路途中就這麼聊起來了。從他們和山達克的口中才知道，喀斯金達加教團的創始人是班拿．羅特布拉特，一位克里西亞的富農。班拿在這個南方國度過著無憂無慮的生活，直到新領主的到來。

雖然班拿和先前領主關係良好，但無奈他已經倒台了。不僅如此，新領主開始整肅與舊領主有關的人，班拿也被安上了罪名，很快便被判處死刑。當班拿要被行刑之際，剛好克里西亞發生大勝利事件。這個大勝利事件就是把北地聯盟的王族和幾名重要大臣誘騙至克里西亞，然後襲擊而死。班拿雖然因全國特赦得以免死，但從此在牢中度過了三十五年的歲月。

班拿出獄時已是六十多歲的老人了。財產早就被沒收，妻子也改嫁他人。一無所有的班拿悲憤至極，用僅有的錢買了一把匕首，準備行刺領主報仇。

然而領主出入都有隨扈在旁，一名持小刀的老者不用說刺殺，連靠近都沒辦法。班拿每天就在領主的宅邸門口徘徊，等待領主落單。

班拿一等待就是好幾年，一直未遇到合適的機會。一天，班拿看著領主在前呼後擁中回到了宅邸，忽然他覺得報仇無望，不禁悲從中來。班拿跪在地上，抬頭、舉手、無語問蒼天並開始嚎啕大哭。當時在多數的路人眼中，只覺得他行為詭異，無人問他緣由而紛紛走避。

然而正當他沮喪之際，湛藍色的天空中出現了十一條白色線條。剛開始班拿以為是流星，但拖曳著最粗的白線條的物體最先降落，不偏不倚落砸中領主大宅引起了爆炸。不只如此，房子中時而噴出閃電、光束之類的，不僅衝破領主家中的牆壁，連對街的房子也因此毀壞。在街道人群哀號聲中，班拿證明了不是單純的殞石，而是某種可怕的東西了。沒多久其他的降落也引發了類似的作用，領主的豪邸與周遭街道瞬間成為了火海。

班拿注意到雖然四周的人競相奔逃，但領主家卻一直無人走出來。等到有人出現在眼前時，班拿才發現這次毀滅事件，是由一名旅行裝束打扮的人和十位穿著浮誇異國重甲的戰士所造成的。

旅行裝束者走向班拿問著：「居然不逃跑。」班拿稱他恩人並要問大名，旅行裝束者則回答：「你可叫我為喀斯金達加，但不是你的恩人。去告訴所有人，喀斯金達加來毀滅這個國家了。」班拿則淚流滿面回答：「毀滅之後建立正義。」旅行裝束者則告訴班拿，「我不是來替你伸張正義，天助自助者。懂嗎？」之後沒再說話，旅行者接著一躍而上，化成流星向鄰城移去，其餘的重鎧武士也紛紛跟上。

班拿預感克里西亞要大轉變了。驀地，他發現空無一人的街道上有根枴杖，班拿覺得是一種天啟，於是撿起了那根枴杖，開始走向宣教之路。

我問山達克如何得證喀斯金達加和所謂「天使」的事情，他則回答班拿有繪畫天分，在經典中的插圖就是班拿親自畫上去的。另外，山達克說認出馬斯多塔的人是當時和他一起，但後來被殺的另一位吸血鬼。這位已故的老兄原本是另一位吸血鬼大君辛格萊的手下，看到不可一世的辛格萊居然被自稱喀斯金達加的人輕易打成重傷並踩在腳下，失望之餘便離開了辛格萊，投奔到莫拉克血族的邦德布雷克的所在。

因失望而投奔他處的這位老兄，在許多年後居然接受新興宗教的洗禮，並拉攏好友山達克加入，這也是當時他一眼就認出喀斯金達加的由來。之後他被其他憤怒的吸血鬼視作叛徒殺害，山達克則幸運受到保護活了下來，這些我之前已經說過了。

我們再回到主題。

班拿後來憑最初印象和四處蒐集喀斯金達加的話並加以解讀，寫成了「降臨記」和「佈道記」兩本經書。此外，喀斯金達加的新王朝誕生後，班拿曾經去見喀斯金達加，請求校訂經文，但喀斯金達加只是把經文砸在他臉上，並把班拿轟出王宮。我想這可能和馬斯多塔本人，也就是喀斯金達加一些看法點有著絕對的關係。畢竟他前半生熱衷政教合一，但後來卻強力主張政教分離。

由於未能得到完整肯定這個緣故，班拿承認「佈道記」有瑕疵。除了天降使徒外，任何教徒只要悟得更正確的真理並獲得多數人認可，即可修正經文；此外，也允許因地域或時代的不同，對戒律進行改變。這在我的觀念中，簡直沒有權威與章法可言，但這些信徒居然能找到某種平衡，令我感到吃驚。至於他們崇拜的對象只有幾百年歷史，則以喀斯金達加是宇宙具象化的表徵來解釋。

後來喀斯金達加被一群英雄「殺死」。病危中的班拿聽到消息後，則留給追隨者「當公義消逝，則神必再臨，應專心傳道，救勞苦大眾」這些字句，隨後便一命嗚呼了。

就這樣聊著這個宗教與一邊打聽不法之地，幾天很快就過去了。我們得知所謂的不法之地與不法之徒，其實就是一群人聚集在一起，拒絕領主統治與收稅而已。或許你們會問領主為何不圍剿他們？很幸運的是該地方領主本來領地就不大，而且力量也很弱，因此反抗者擊退領主幾次後，局面便這樣僵住了。我當時認為可能有點像盤據在山中的盜匪那樣。

然而我看到這個地方時，簡直驚呆了。除了我來的方向有座小山丘外，前方只有河流和寬廣的平原，而這個被稱為不法之的的地方，並不是什麼山寨，而是位於河流旁的城市。據附近的幾個村落告訴我們，這個地方叫波爾多，和魔空邊界的村落有貿易往來。我想無法和本國貿易，只和鄰國邊境往來，可能正是因為「非法」的原因。

特別的是整個波爾多都以木排做圍牆，只有北邊的一小段正在改建成石牆，顯然整個城市剛開始強化工事中；但頻繁出入的人流與貨車，又宣示著這是一座貿易的城市。後來才知道原本波爾多是一座小鎮，當農民因苛稅或其他迫害放棄農地而逃來此地時，鎮長都會予以庇護。當然，領主的追捕人如果到達，鎮長就施以賄絡讓他們回去。就這樣這個小鎮人口越來越多，最後規模大到領主無法坐視，導致領主起兵討伐。

面對領主的軍隊，鎮長臨時組織無經驗的鎮民抵抗，居然打退了領主，可見領主的軍隊之無能與腐敗。失敗的領主宣稱這裡的人全是盜賊，從此成了不法之地。「不法之地」吸引更多人來，而擴張的城市又引發領主再出兵攻擊，然後領主戰敗。週而復始，就彷彿替城市宣傳一樣，讓更多人被吸引而來。

當我們準備進城門時，我告訴山達克要低調並且快速通過，他則表示同意。為了避免引人注意，山達克要求護衛們在我們入城後再分次進入，我則對山達克的思慮表示佩服。

我看到守衛對先前入城的人既不盤查也不看任何文件，心想應該可以順利過關，沒想到門口守衛請我留步。

「這位先生請等一下。」用薩蒙語的守衛口氣並無士兵那樣盛氣凌人，但其實除了頭盔和武器外，他們大都穿著一些簡單造型的胸甲，有的甚至身上沒有防具，穿著和一般大眾沒有太大差別。

「我們是從遠一點的利夫諾村來的，經過這裡要繼續往北走去拜訪朋友。」山達克翻譯給我聽之後後，也順便替我回答了。我注意到他們盯著我的法袍看，接著又看了山達克一下。幾個守衛互看了一眼又交頭接耳，其中還有一個人小跑步離開，讓我心底暗叫不妙。

很快守衛就帶了一個同伴回來了，雖然裝扮相似，不同的是這名守衛頭盔頂上有三根羽毛，可能是隊長之類的人。

這位軍官居然開口就用瓦倫特語問：「請問您是特哈哈瓦肯大人嗎？」被這突如其來揭穿，讓我身體振動了一下。

「不，我不是你說的那個人。」我說完後立刻後悔用瓦倫特語回答。我用眼神向山達克尋求幫助，他則是閉上了眼睛和嘴巴。

「絕對錯不了。」對方張大了眼睛，好像發現獵物那樣。

「我不是那個人。」我嘆一口氣說：「如果是的話你們要把我驅離嗎？」

沒想到對方用幾乎尖叫的聲音說：「特哈哈瓦肯大人來了。」接著他轉頭下命令：「快吹號角通知市長和議會。」旁邊的守衛立刻吹了三短聲號角，接著城門上的大號角也響起了三短聲，最後則是整個城市的大號角大聲長鳴。這樣的轉變不只我嚇一跳，山達克也張開睛看著我。

軍官行個禮說：「請讓我牽著馬吧。」想到這些人有如此的舉動，應該是沒有敵意才對，於是便回答：「麻煩你了。」我看到他牽起轠繩後似乎是在揉眼睛，一直到號角聲結束後，他才用一種唯恐沒人聽見的音量大聲喊叫：「女王陛下第一心腹，特哈哈瓦肯大人蒞臨波爾多城！」

一個守衛開道，軍官拉著轠繩引導著兩個騎馬法師，這樣的簡單隊伍居然受到夾到歡呼。人們喊著我的半獸人名字並揮舞著手或手帕，讓我有飄飄然的感覺。當然，我也模仿大人物那樣舉起手向大家致意。

其中有幾個人，雖然都散落在不同地方，但相同的是他們都淚流滿面，並舉起雙手看著我。他們說了一些話，卻淹沒於周遭的音量之中，這讓我想起了班拿的事情。然而我沒有停下來幫助他們，甚至不知道他們是誰。畢竟我不是什麼大能者，力量有限。也讓我在遊行的尾聲，浮上了心虛的感覺。

## 第三節　特赦令

軍官與守衛引領我們到城市的廣場，除了大批歡迎和看熱鬧的民眾外，站在人群前端的就是市長和市議員了。由於我第一次聽說市長這個名詞，後來才知道是類似領主的職務，算是沒有經過女王任命的領主吧。然而市長和其他領主不同，穿的和圍觀的人差不多，除了年紀較大外，只不過身上多掛條紅色的布條。

面對站在廣場迎接的市長和其他人，我趕緊下馬表示感謝，但市長卻彎著腰並用力握到我的手有點痛。他用顫抖的瓦倫特語說：「老朽是尼古·穆斯朗，我等這一刻已經很久了。」

我記得自己從來沒來過這裡，也不認識眼前這位被稱為市長的老者。「請問市長等的真的是我嗎？會不會是弄錯人了。」

「絕對不會錯！」市長挺直腰感後豪不猶豫接著說：「就是半獸人中第一騎士，特哈哈瓦肯大人。」

「我並不是什麼第一騎士，其實這是被誤傳的事情。」我苦笑著想解釋自己沒有傳說中的能力，但立刻被打斷：「騎士當然只是頭銜，誰都知道瓦肯大人是擁有半獸人豪氣的偉大法師。」

我擺著手請他看我的穿著：「市長，你看這個怪裡怪氣的打扮，應該就可知道我是一個平凡的法師而已。」沒想到這樣的說詞又被尼古市長打斷，他說完全了解這一切。

想到自己因種種複雜的原因有了這樣的裝備，市長居然這麼簡單就了解。於是我告訴他：「其實這有著難以言喻的複雜在裡面。」

「當然！」市長不假思索說著：「瓦肯大人的打扮就和這座城市一樣的道理。」

「喔！」我其實並不懂他的意思，但我確定他誤會了什麼。果不其然市長接著說：「瓦肯大人雖然類似戰士的裝扮，但其實是一名法師；波爾多城也看起來是充滿暴徒與罪犯的叛亂之地，但實際上我們和其他地方一樣對女王陛下忠心耿耿。」後來山達克說尼古市長不提效忠領主而直接說女王，是具有相當的政治智慧了。

由於我無法反駁市長的說詞，只好點頭微笑，大概他也認為我理解了，於是引導我參觀市政廳。不過我以為地位和領主宅邸一樣的建築物，其實只是一棟稍大的房子而已；如果不是旗幟與警衛，根本和其他房子無異。

波爾多城的旗幟非常簡單，黑色的底加上白色的字，字上寫著「波爾多城效忠女王」。此外，市長和市議員都沒有貴族身分，以一種票選受歡迎的人來擔任這個職務。據說還要加上繳稅和是否擔任過城市守衛來認定。雖然市長解釋了很多，但我認為那是屬於複雜的政治領域，而且基於不干涉市政的原則，我不再深入了解。但若有人想追根究柢的話，建議不如直接到波爾多城買一卷〈波爾多城規範與註解〉，想必你就能滿意了。

在參觀了市政市政廳和接受各種歡迎儀式，晚上我們被安排在市長家中，當然在城外的四名持盾護衛也進城了。在一連串的參訪後，我大概了解了市長的憂慮：正是因為他們多次擊退領主，所以領主拋下自尊心轉向其他強大領主要求支援，甚至放話要請女王派兵前來平定叛亂。

當然市長和市議員派人打聽並討論的結果，我就是最佳的人選：呈遞請願書給女王的人選。在了解這一切後，不僅基於正義感與在這裡受到熱情招待的情況，另外，這裡的領主並非是我熟悉的友善貴族也是原因之一，因此我接受了市長的請託。

之後兩天我輪流到各處作客並接受款待，第三天則在廣場上舉辦呈遞請願書的儀式後出發前往王都。本來我以為請願書直接拿給我便可以了，但尼古市長和議員則拜託我能夠在廣場上舉辦的儀式中接受請願書，這樣可以鼓舞波爾多城的每個人。俗話說「既然扶著他上船，索性載他過河」，因此我也答應了這個請求。

不知為何我所到之處總是人山人海。市長和議員在廣場上看台遞交羊皮卷製成的請願書。當我站在臨時搭的看台上時，我忽然覺得有人拉扯了我左下方的法袍。我納悶看著下面人群，想找出這個人時，我看到一個中年男子驚恐地看著我的腳邊。就在我發現腳旁多了一隻箭矢時，中年男子大叫著：「保護瓦肯大人！」，聽完我胸口一悶像挨了一拳，身體前面多了一支箭。隨後我看到許多人爬上站台用身體擋在前面，包括台上的市長和議員也用身體護住我的周圍，以致我根本看不到發生的事情。「保護瓦肯大人！」的聲音此起彼落，廣場的市民們形成人牆並讓出一條通道到，這時持盾的四名護衛也趕來，盾牌像傘一樣蓋住上方，很快我便在人潮流動中來到最近的房子內。雖然當下不清楚發生什麼事，但周遭的人堅持要確認是否受傷。我脫下法袍檢查，這才發現箭頭穿過皮甲，但卡在鎖子甲的縫隙之中。雖然很幸運沒有受傷，但我在屋內坐下後忽然發抖個不停，市長幫我向屋子內的女主人要了杯酒，喝完後才稍微鎮靜下來。

很快山達克和城市的守衛們抓到了這名刺客。身上無署名的暗殺指令、武器的徽章，並且在一些手段後他已經承認一切了。我想處置這名刺客也無意義，但我忽然想到一個避免麻煩的方法。我到拘禁他的屋子找他，而這個可憐的人眼睛已經腫到很難睜開了。但他看到我站在居然出現面前時，眼睛張地的像葡萄那麼大。

「你不是……。」他吞了口水繼續說：「明明刺進法袍了，難道你的法袍有魔法？」

「沒錯，確實射中我了，不得不稱讚你是很棒的弓箭手。」我微笑著繼續說：「但我可是一名法師，別忘了大賢者奧特是我的兄長。」

「那傳聞都是真的囉。」刺客吞了口水。我模仿馬斯多塔說過的話恐嚇他：「我將張開的物理盾及能量盾，內縮到和表層的皮膚合而為一了。因此，尋常的方式和法術無法傷害我。我一直在期待能出現值得我使出全力的對手，讓我能全力一戰」。

為了加深說服力，我施展起中級結界術咒文。閃耀著微黃光芒的圓形護盾向像玻璃擋住大部分身體。「就是這樣的魔法包圍著我全身。」我一邊說一邊收起中級結界術。

刺客則張開嘴巴合不起來，許久才說：「那麼既便是那些傳聞的故事，你都沒有用盡全力？」

「沒錯，將能量盾常駐在身上，我施法時只有一半威力。」

「一半……。」

我開口說著：「我會放了你，因為你只是被迫執行命令的人。另外我可以指引你一條生路。你可以說已經射中我了，但無奈我是法師。」我看著他露出很複雜表情，於是接說：「你可以告訴你的指使人，一般的行刺不會成功，但光明正大派出大法師來和我單挑，我會接受。」他才露出恍然大悟的表情。

其實我會這樣說並不是因為我喜好法師的對決，而是從女王的命令判斷，巨鍾森林的法師人數有限，否則就不需要從外地招募了。此外，若派出有名的大法師也很容易辨認出幕後的指使領主，我想現在應該還不會有領主想要正面與女王對抗。至於我放走刺客的事情山達克認定是妙計。我當時以為他又因為宗教問題而盲目相信我的判斷，後來才知道山達克的用意。他認為這是借刀殺人之計。不久之後我聽說那個可憐的人回去覆命，領主為了撇清關係，便將他殺了。但這不是我的本意。

回到話題。由於發生這種事情，我同意山達克和市長決定延後出發的建議。在這時間市長聚集了五百名守衛，並將低調快速的行動改為高調的行程，避免再被人暗殺。此外，為了城市的安全，我答應讓波爾多城使用我的旗幟，於是波爾多城便在原本旗幟的中間，加上了插在酒瓶上的銀杏樹枝和斧頭的符號，我想這是因為代表我和女王的符號吧。

我曾好奇問說：「這樣大張旗鼓不會變成刺客的目標嗎？」市長則回答說：「如果瓦肯大人高調的通過各地，萬一發生意外的話，該地的領主就難辭其咎。」我聽完後覺得有道理，果然後來也如此。

我們根據市長和議員建議的友善路線，就是選擇經過傾向女王方的領主領地。我和山達克、一位叫大衛的議員和他的隨從、還有五百人的衛隊一路上吹著號角，甚至讓我聽到旅行商人的對話說：「看來瓦肯大人也出兵保衛女王了。」當然，這除了宣達女王又多一個幫手外，似乎也透露出大眾認為女王並未掌握絕對優勢。

也由於這樣的高調，沿途的領主無法拒絕我們在城市旁邊紮營，甚至還有領主帶著糧食和禮物前來慰勞。或許會有人覺得城市旁紮營有甚麼了不起，但你有五百人要吃飯時，就會體會到了。剛開始我覺得市長給我一大筆錢和幾輛馬車的食物太多了，後來我才覺得是對行軍來說是拮据的。總之就這樣過了幾天後，我們便到了巨錘森林的王城：阿克賽。

大概是沿途吹著號角的關係，當抵達王都時女王已經派人在城門等候了。按照慣例，我通常會住在梅哈武武爾大師的家中，晉見女王則是隔天的事情了。至於議員和他的僕人，在進城後就消失得無影無蹤，他說這是政治活動。

梅哈武武爾大師，我的另一位老哥。由於位於他宅邸西側的客房幾乎成了我專屬的房間，在稍作休息後我便會到熱鬧的地方逛逛。

眾所皆知梅哈老哥是半獸人中有名的大法師。若讀者是住在普隆達尼亞以南的話，可能光用字面想像而產生落差。半獸人基本上和北地人或南地人差不多，但稍微更壯碩些。膚色較暗沉，左右髮際線稍微後退些，尖耳朵與明顯外露的下方犬齒。但坦白說，看久了也不覺得奇怪了。

當然半獸人是北地人對他們的稱呼，據說是北地人第一次看到他們時，壯碩的體型與外露的尖銳牙齒，誤認為是人類和野獸的混種，因此這樣稱呼。他們則是自稱瓦倫特人。

關於巨錘森林和阿克賽的歷史，我也是在認識克莉絲汀後才去了解的。也就是說沒有克莉絲汀，其實我也不會想要了解一個如此遙遠的國度。畢竟在我長大的城鎮，許多人終其一生也沒離開過那裡。我有時會想這樣跋涉千里的經歷，應該有資格成為吟遊詩人的題材了。

阿克賽這個城市和巨錘森林的大部分土地，在數百年前原本是屬於精靈的區域。

魔空王國派遣大將：阿爾弗雷德．艾瑞克森帶領一千人越過邊界向西開拓，並給予西方領主頭銜，此人也就是克莉絲汀的祖先。

阿爾弗雷德越過邊界後最早在昂迪茲一帶建立據點，也就是我穿越邊境時被阻擋的那座城市。他一方面招募移民，一方面收容從精靈那邊逃出來的半獸人，日漸成長並穩固的力量獲得北地諸王的認可，晉升為聯盟成員。而阿爾弗雷德本人也成為了國王。

雖然阿爾弗雷德長期和西方的精靈王國產生衝突，但一直到他的勢力越過炎山時，也就是巨錘森林中西部平原的的一座孤山，才讓精靈國王阿納托爾．龐斯柏．庫爾貝決定率全軍開始反擊。然而精靈國王率大軍到炎山附近時，和聯盟軍的斥候相遇。精靈國王阿納托爾決定用這支斥候祭旗鼓舞士氣，親自率領衛隊追趕，結果被這支包含了多隆斯坦組成的十人斥候斬殺。精靈們眼看著國王阿納托爾的頭顱被一小隊斥候帶走並揚長而去，嚴重打擊了軍心。

可能由於這個陰影，次日的決戰精靈方很快就被北地聯盟擊潰。精靈的兩名王子被泰卡王擄獲後處死，至於精靈王后則被薩蒙軍隊捉住。薩蒙的國王安迪亞在昂迪茲建了兩座一樣牢房拘禁王后並要求贖金，安迪亞指著牢房告訴精靈的代表說，「用黃金填滿這房間時，你們王后就被釋放了。」雖然精靈們不斷運送黃金，但安迪亞則不斷擴大牢房。大概是領悟到薩蒙國王無意釋放她，精靈王后便因絕望在牢中自盡了。

令我驚訝的是安迪亞在這裡的記載和北地有極大落差。在薩蒙，甚至整個北地，安迪亞是以仁慈和信用著稱，開明的形象甚至超過了他的兄長。我只能猜測這樣的行為，可能來自某種對精靈的厭惡或仇恨。

精靈王后死後，精靈王國選出新王並和普隆達尼亞結盟，因此聯盟在西方開始轉攻為守，精靈王國也收復了部分土地。這狀況一直到普隆達尼亞和北地聯盟和解時才又逆轉。之後精靈被無後顧之憂的北地聯盟驅趕，最終遷移到現在的地方。

雖然巨錘森林佔有大片精靈的故土，但如今巨錘森林和精靈王國大致關係良好。戰爭後期北地其他諸國對待精靈方式異常暴虐，不是剪掉耳朵變成奴隸，就是大肆屠殺。另外因為王位問題，精靈王國還分裂為兩個國家。巨錘森林則一改擴張政策，成為聯盟與精靈王國的溝通橋樑。由於巨錘森林居中斡旋，精靈王國許多被俘的貴族被釋放，並收回了被魔空、薩蒙、泰卡等國占領的土地，因此戰後雙方來往逐漸密切。但我想當初魔空等國占領這些與本國不相連的土地，或許就是日後用來當籌碼或禮物也說不一定。

當然精靈王國是優秀的族群。據說在很早以前掌握魔法奧秘的一個國家，獲得了青春永駐和長壽之道。為了區別自己和普通人類的不同，他們用某種高等醫療魔法修改了外表，也就是我們如今所熟悉的樣子。當然，很多年後這個國度發生了內亂，失敗一方的子孫被剝奪了長壽與外貌，並且成為了奴隸階級。這些奴隸階級的後代，成為了第一代半獸人，也解釋了為何半獸人和精靈都有著相似的尖耳朵了。

然而看著梅哈武武爾老哥爽朗的樣子，實在很難相信他們的先祖有著這樣的遭遇。他是巨錘森林相當著名的法師，也參與政務的重要幕僚。連我和女王共進早餐時餐點的安排，據說是他指名一個擅長甜點的廚師全權負責，我也對每次餐點都感到滿足與滿意。

和梅哈武武爾老哥不同，我和克莉絲汀女王的談話幾乎不涉及政治。克莉絲汀會讓隨從離開，然後我們天南地北聊了起來，通常是新奇的見聞、趣事、祕聞與笑話之類。但這次用餐到一半，克莉絲汀忽然問我是否有心事，因為我看起來感覺有些不同。

我坦承確實因為有事心情受影響，但必須從原委說起，克莉絲汀則表示認同。於是我稍微從遠一點開始。我跳過了布涅領主，只說受到了委託要找出遺失物，克莉絲汀則笑著說說莊園的小朋友可愛。至於提到費司特成了費迪南大師時，克莉絲汀的大笑聲讓我覺得比桌上的數種莓果派也沒有如此甜美。

但我提到密使的故事時，她則正經表情說著：「謝謝你，約翰！謝謝你親自前來幫忙。」但她接著又露出了笑容繼續講著：「你怎麼帶這麼多人來。」克莉絲汀的疑問我完全了解，按常理我的俸祿如果帶個二十人來，已經令人吃驚了。

我想克莉絲汀和多數人一樣誤以為我帶兵來助陣，而不知道這些人做的其實只是單純護衛的任務。

「其實他們也不是我雇來的軍士，關於這段故事要怎麼開始呢？」我搔搔頭想要避免誤會，但有又怕她知道真相失望。

「沒關係，我等你想好再說。」克莉絲汀則張大眼微笑著。這樣的表情實在讓人更難開口。以我們的信任關係，我想誠實應該是最好的策略了。「其實他們只是護送我來而已，重點是我帶來的文件。」克莉絲汀微笑著說：「什麼樣的文件呢？」我則趕快拿出了羊皮卷交給她。

「請看這份請求文件。」我說。

「請求的文件？」克莉絲汀拿到了羊皮卷後，似乎臉頰有些泛紅，但看起來又帶著複雜，表情讓我無法解讀。她停頓了一下，才打開羊皮卷。

隨著羊皮卷逐漸地展開，她的表情慢慢地嚴肅了起來，從眼前的克莉絲汀變成了一位女王。

「約翰，這是你做的嗎？」女王這樣問，其實我並不懂是好是壞，她接著說：「洛斯諾領主聲稱波爾多城盜賊過多，影響了命令推動和稅收，宣布是不法之地。而這份文件請求脫離洛斯諾領主統治並要求赦免，這等於波爾多城已經宣布叛亂了。」

想到了波爾多眾人的控訴和熱情，也為了不讓他們背負反叛罪名，即便是克莉絲汀反對，我也要試著說服她。我也收起平常表情並點頭說：「確實他們已經叛亂，但隨後立即向我投降，現在城牆上掛著的，是我授權的新旗幟。」

女王眨眨眼說：「你這樣會捲入權力紛爭並讓洛斯諾領主憎恨，你知道嗎？」

「我知道。」

克莉絲汀閉上了眼睛，過一會兒才張開。眼睛一睜開的克莉絲汀離開了座位快步走向我，她的雙手分別貼著我臉頰兩側，她看著我說：「約翰，謝謝你！」接著在我額前一吻，然後迅速跑向門外。就在我錯愕不已時，她又停下了腳步回頭說：「你繼續吃早餐，我有事要去忙了。」就這樣離開了用餐的房間，留下了滿桌的食物。

不可諱言的每道餐點都是非常合我的意，但克莉絲汀的離開，也帶走了我大部分的胃口。於是我又胡亂吃了幾口，便起身離開了。

大概是我的要求太高了，雖然宮廷的僕役們非常有禮貌，但在動作中似乎缺那麼一點溫度；更不用說遇到的多數權貴，連我致意的手勢都懶得回應。可能是這樣的原因，我不自覺的走到了女王衛隊的兵營，兵營旁邊有一塊空地，從波爾多城來的五百名守衛，獲準暫時在那裡紮營。

美名為紮營，其實連帳蓬都沒有，後來山達克找人搭了幾個油布的棚架，大概只能遮陽和遮雨而已。大家看到我走來，都不約而同站了起來並走過來致意，後來我才看見了山達克正站在人群後面。

「剛剛山達克大人說了很多瓦肯大人精彩的故事，大家聽到後都很振奮。」一位頭盔上有根羽毛，應該是叫查克的小隊長說著。

「什麼樣的故事啊？」我好奇的問，結果大家紛紛搶著發言，讓人誤以為是置身於市場之中。但我一聽，便知道又是那些不實的傳說。

「事實並不是這樣的，通常真相往往讓人震驚。」我才剛說完，人群後方便有人喊著：「那請瓦肯大人告訴我們真相！」話一說完，前排的人都表示認同還催促我發表所謂的真相。

「真相就是有一個叫做馬斯多塔的強者，他直接、間接或暗中的幫我解決了所有的問題。另外再加上一點運氣。」我一說完，全部的人都笑了出來。

「那這些故事可以講給我們聽嗎？」左側的一位守衛喊著，然後也是大家跟著附和。

「在我被稱為法師之前，其實我是磨藥草的店員，還是業餘的吟遊詩人。」我說完後，零星的出現了一些笑聲。

接著我開始侃侃而談。我所描述的事物，或許用字遣詞不盡相同，但內容和先前的書一樣，既沒有減少也沒有增加。各位都讀過的故事，我就不再贅述了。總之，大家被我的故事吸引，彷佛我又回到了說書的吟遊詩人那樣，眾人時而驚奇，時而大笑。話題一直到山達克帶著一批人抬著麵包和蔬菜湯進來，才發現不知不覺已經到午餐時間了。

我不想耽誤大家的午餐時間，於是簡單的做出了故事的結論：「聽完故事後大家知道了什麼嗎？」我環顧四週所有人，他們都搖著頭。

「所以其實我只是平凡的人。」我如此笑著說。

這時沉默了一陣子，忽然遠方大聲傳來：「我懂了！」我納悶是否真的了解時，又從另一方向大聲傳來：「可是我不懂耶！」接著全場一片笑聲。這時一名小隊長用發號司令式喊著：「瓦肯大人告訴我們，不平凡也是從平凡開始！」此時全體守衛也齊聲回答：「謝謝瓦肯大人！」我看著他們從聽路旁聽故事的觀眾轉變成戰士。我想有這樣眼神的隊伍，不會輸給任何領主的軍隊，甚至是女王的衛隊。我把手放置於胸前並鞠躬，表達對戰士們的敬意。

我留下來和大家共進午餐，大家聊天中充滿愉快氣氛，唯一美中不足的就是餐點了。因此我也不禁向山達克抱怨。

「多一個人吃飯應該不是影響菜色的原因吧？感覺比前來王都路上還差一些。」

「約翰先生，您說的沒錯。」

「那更不該讓這午餐破壞我們愉快的氣氛，追加點什麼吧。」

「約翰先生，您說的沒錯。」山達克說完只是繼續吃著午餐。

我看了一下四周，不是繼續低頭吃飯就是露出尷尬的笑容。於是我轉頭問隔壁的隊長，「是發生什麼事情了嗎？」他則看了山達克一眼，這才由山達克解答。

「由於當初的經費和糧食算的很精準，護送約翰先生到王都阿克賽後，目的便完成需折返波爾多，因此沒有多餘的費用。」

我想起既然是我要求他們進城並聯絡女王的侍從駐紮的問題，想必帶隊的隊長和小隊長們也不好拒絕。當然，他們不拒絕的主要原因應該是：「瓦肯大人安排好了一切。」會造成這樣結局，看起來是我的失誤了。

我的確打算想讓大家在王都逛幾天，當成假期並慰勞路上辛苦，此外並沒有什麼安排。雖然我在路途中已經看到負責後勤支援的小隊長有多辛苦，但我以為到王都後所有的問題將迎刃而解，包括了伙食提供。然而不懂規則的我忽略了一件事，就是這支由我帶來的五百人部隊，被視同其他領主的武力一樣，當然一切都是要自行處理，也包含基本的吃飯問題。

我看著山達克，他則放下了手上湯碗說：「只要約翰大人願意出馬，問題馬上就解決了。」說完後所有的人將眼光投在我身上，眼睛閃亮有神。

「不要說出我做不到的事啊！」我壓低了聲音。

「約翰先生請放心，跟您平常從餐桌上拿起糕點一樣簡單。」他也壓低了聲音。我用眼神再確認，他則緩慢點一下頭代替保證。

「那，是什麼？」

「有位剛認識的教眾，他希望能獲得使徒大人的祝福。他表示如果願望成真，願意捐出一筆款項。我算過了，讓五百人吃十天不是問題。」

「收錢就祝福對方，感覺很像一種斂財手法。就算對方不覺得我是騙子，我也覺得哪裡不對勁。」

「俗話說：憑空飛來的好事，一定有惡魔作祟。約翰先生這樣顧慮是正確的。」

「既然你也這麼認為……。」我還沒講完，山達克已經說了：「這是一個機會。」

我低聲說：「該不會是教團的機會吧？」山達克則回答：「伙食費與教團，兩者都有。」我看到大家眼神閃爍，便允諾這件事。我還向大家說：「如果真的成功收到錢，那就先辦頓豐盛的晚餐慶祝一下。」大家則是一陣歡呼。隨後我又和大家聊了一會兒才離開。回去的路上我曾問山達克是否要就祝福的話語進行模擬甚至套招，因為我跟他們的教團畢竟扯不上關係。然而山達克竟然回答我想說什麼就說什麼。基於敬業的理由，我回憶了一些在神殿上常用的祝禱詞，甚至想和山達克借本經書來看，但後來想想搞不好這正是山達克的用意，要吸收的新教眾就變成我了，因此便做罷了。

第二天早上克莉絲汀並沒有傳喚我用早餐，讓我有些失落。不過娜娜卡主主由，也就是梅哈武武爾老哥的太太告訴我說老哥他昨晚很晚才回家，但天沒亮就出門了。由此看來應該有重要的決策正在處理，身為女王的克莉絲汀當然也是一樣，因此便釋懷了。當然我也沒有閒著，我走到營區和波爾多城的戰士們共進早餐後，便去替山達克的新教眾祝福了。

捐出足夠五百人吃飯的錢，我猜不是貴族就是商人了。山達克引導我到城裡的市集附近一棟豪華的三層樓建築，大門右側鑲著貿易符號的大理石並寫著商會的名字，這已經透漏出對方應該有商人的身分了。我們進入商會後立即出現招待者，將我們引導致三樓。

引導者在敲了兩下門後幫我們打開了門，隨後他似乎任務完成了，便鞠躬離開這裡而向樓梯走去。這時一名穿著寬鬆絲質衣物的肥胖男子笑嘻嘻的走了過來，他擺動的雙手戴滿了寶石戒指，脖子上數面金牌碰撞發出清脆的金屬聲。

「歡迎，瓦肯大人。」眼前的商人在行了標準的鞠躬禮後，竟然順勢跪拜了起來。

「等等，你這是在做什麼？」我雖然要阻止他做出這樣的動作，但已經來不及了，只能將他扶起。對方則一邊起身一邊合掌的回答：「求智慧！」

「求智慧？」

「是的，求智慧。」

我想到山達克既然反對套招，更何況還準備收對方金錢，誠實的回答或許是最好的回報。

「其實你向我求智慧這件事，本身就是一種反智的行為。」

「既然是使徒大人，為什麼說出這樣的話？」對方不可置信的睜大眼睛看著。接著他又看著山達克，希望能找到解答，但山達克並沒有要解釋的樣子。

我只好解釋著：「既然你是一位成功的商人了，這證明了你已經擁有智慧，甚至智慧已經超出我甚多了。」

「來到這裡，難道沒有要教導一些智慧的言語，對充滿無知的信徒開示？」他不解地詢問。

基於對他們的教義一無所知，再則言多必失，於是我告訴他，來到這裡的目的僅僅是為了祝福而已。

「僅僅是為了祝福？」

「不是這樣嗎？」我轉頭反問山達克，山達克則點點頭。我接著問：「還不知道這位怎麼稱呼？」

「什麼？」

「這位是安東・汪達。」山達克在旁邊替他回答。

「那麼我們開始祝福了。」說完我抬起雙手模仿著印象中的神官或祭司說著：「僅以我的個人關係，願喀斯金達加祝福安東・汪達，身體健康、家庭和樂、事業順利。」

沒想到說完後安東一臉憤怒的樣子，完全沒有被祝福的喜悅。他指著我對山達克說：「直呼神的名字，這個人根本是冒牌使徒！」

山達克看起來也不高興，回了一句我不懂的話，接著兩人似乎以相同的語言互罵了起來。也許大家會說你都說聽不懂了，卻知道他們在對罵，明顯說話矛盾。但我相信任何人只要看到兩人提高了音量，並且用力指著對方，也會和我做出相同的結論。

我在他們罵聲稍微趨緩的時候，告訴山達克我要說明一下。

「是的，約翰先生。」山達克說完後欠了下身子，隨即就閉上口了。

此時安東先生不只恢復使用瓦倫特語，還像發現祕密那樣不屑笑著：「瓦肯大人成了約翰先生了，還不承認是冒牌貨⁉」

我則替山達克回答了：「如果你指的是那位全能者的弟子，我的確是的。但如果要說我是這個宗教的信徒，很遺憾我並不是。」隨後又補充：「你說的這兩個名字確實都是我。」

「這樣的辯解完全沒有說服力。」

我想到如果拿不到錢，就有一堆人要餓肚子了，因此決定開始耍賴。我運用起那個拿假貨來領賞的卡特曼團說法：「安東先生你也是一個聞名的商人了，信用是很重要的。」

「什麼？」

「我們的協議很簡單：我祝福而你付錢，不是嗎？」當然，如果對方拒絕付錢我也沒辦法。為了保留一些尊嚴，我只好說：「如果你想賴帳，那我們也不會死纏爛打而是立刻走人。」沒想到這麼一說倒是起了效果，安東先生沉默了一下，隨即從桌上拿起床頭鈴搖了兩下，立刻進來一位看似管家的人。

「把那袋錢給他們，然後馬上送這兩個人離開。」話一說完，安東先生則是轉身離開現場。我們後來在管家帶領下，在一樓的某個房間拿到了酬勞。

事後我和山達克表達歉意，畢竟他的新教眾這樣就沒有了。但山達克告訴我安東先生不算新的教徒，而是隸屬對教義有不同見解的另一個派系，總之，安東先生可能只是想判斷山達克宣稱的事情是否屬實。那就是我是一個使徒。

不過這不重要了，我吩咐山達克趕快去解決軍隊伙食費的問題，而他也立刻去處理。至於我說的加菜，當天晚上便立刻辦理了。就在這頓豐盛的晚餐進行到一半之際，消失許久的議員大衛忽然現身。大衛一入場就從某個軍士手中拿走酒杯，讓他錯愕；接著又撕下一片肉塞到嘴裡。正當我轉頭對山達克說「真是粗魯的傢伙」時，他竟然大搖大擺走到我旁邊，說要宣布重要消息。

「由於瓦肯大人的影響力與我檯面下的運作，女王陛下將在明天頒布特赦令。」大衛說完後全場一片歡呼聲，大衛則將酒杯高舉，彷彿特赦令已經在他手上了。

看著這一幕我忽然心情複雜，雖然我為結果高興，但卻不相信大衛有重大貢獻。我問山達克真的相信這個入城就不見的人嗎？山達克則說檯面下的工作是否有盡力，難以評估。

「真是滑頭的傢伙。」我說完後看著他舉著從別人手上奪走的酒杯，流竄全場四處在和人敬酒，我告訴山達克：「消失了這麼久，忽然跑出來說有功勞，這和泥鰍一樣油滑到抓不住。」

「的確是這樣的，約翰先生。」山達克邊說邊看遠處的大衛，大衛舉杯向山達克致意，山達克也舉杯回禮。

我看著神色自若的山達克暗諷著：「你和我一起批評他，卻又舉杯敬酒，看來你也適合當政治人物。」山達克則笑著回答：「約翰先生，有些政治的事情確實需要這類的人去執行；再說我也活了一些歲數，這樣的送往迎來的表面功夫多少會學到一些的。」

「難道政治需要這樣的人參與嗎？」我小聲抗議。

「各位！」此時大衛忽然大喊一聲：「瓦肯大人是舉世無雙的法師，這世界只有一樣東西能超越他的魔法。」此時場內議論紛紛，連我也不禁好奇起來。在吊足大家胃口後，大衛大聲宣布：「這世界唯一能超越瓦肯大人魔法的東西，就是瓦肯大人的政治智慧。」說完全場附和並舉起酒杯看著我，我只能邊搔頭邊舉酒杯無力反駁著：「沒有那麼誇張啦！」

「瓦肯大人！」山達克也似笑非笑舉杯致意，我苦笑著：「你說的沒錯，確實需要這類的人。」

# 第四節　勇者與英雄

隔天在吃早餐時，山達克說議員已經在門口等候了，讓我不得不提前結束用餐，一同晉見女王。我說難得比梅哈武武爾老哥早一步出門，但梅哈武武爾老哥居然提醒我，女王今天的請求不一定要答應。面對突如其來的提醒，先不說女王，光是他的建議我都不知道該如何回應了。

本來以為我們是要直奔王宮，沒想到議員大衛卻帶我們到某座大宅邸，而議員的隨從正在門口的馬車旁待命。沒多久出來一位穿著華麗禮服的中年男人，大衛稱呼他「騎士閣下」。雖然我心想大衛怎麼不稱呼我「閣下」，但看著山達克和大衛的眼神，我也畢恭畢敬的行個禮，並稱一聲「閣下」，這讓對方非常開心並說：「瓦肯大人今天也是很有朝氣。」

至於素未謀面的人認出我來，山達克則說了解貴族名字和地位是當貴族的基本。至於我為何無法做到，他則認為是性格使然。

在馬車上大衛和這位騎士兩人大談政治局勢和理念，由於我並沒有興趣，所以偶而露出微笑應付一下，從言談中似乎可以判斷這位閣下似乎是某位大人物的兒子，但我對這位閣下的瞭解，也僅止於此了。

我們剛下馬車時，他說注意到我的沉默寡言，我則告訴他，因為我專注聆聽著他的談話。

「喔，怎麼了嗎？」

「我注意到一件事，那就是這世界中唯一能超越閣下英俊的容貌的東西，就是閣下的智慧。」我現學現賣的運用大衛的精妙話術，而大衛則用看奇妙的笑容看了我一眼。騎士閣下則大笑不止，他拍著大衛的背後對他說：「瓦肯大人真是優秀的傢伙。」大衛則連連稱是。就這樣我們走向王宮了。

雖然一切順利，但至少有兩次路過的侍女在行完禮後，小聲說出：「瓦肯大人，女王陛下今天的要求可以拒絕。」之後便快速離去，讓我非常吃驚。更令我吃驚的是我們進到王座大廳時已經有許多貴族在等候了。

沒多久女王便在另一批貴族和侍衛簇擁下入場。女王才剛就座沒多久，便有人發言對波爾多城的立場提出質疑，接著議員大衛和騎士閣下發言反駁。雙方幾次爭執似乎就要展開冗長的辯論時，忽然莫名其妙達成共識，緊接著女王便裁示陳情獲准。很快的桌子與文件被搬來，女王和議員分別簽字，而我則和騎士閣下在保證人上面簽名。文件雖然寫的密密麻麻，但重點很簡單：女王及後繼者赦免並承認波爾多城的自治權，波爾多城則向女王繳稅和派兵。當然如果稅金要調整，則須雙方有共識才行。我小聲向山達克詢問：「怎麼感覺像演戲。」山達克則輕聲答道：「確實是在演戲，但很多事情就是要有這種過場才能繼續下去。否則貿然下達赦免令，會引起政治紛爭。」

接著雙方說了幾句官式辭令，女王便諭令可以退下了。這時我們便鞠躬、轉身，我心想終於陪大家演完一場戲了。

哪知演完這齣戲後，重頭戲才要開始。

「瓦肯大人請留步！」身後傳來一個男子的聲音。

我轉身回頭，一位陌生的貴族正在向我控訴魔龍帶來的災難，彷彿是我養的寵物造成大家的麻煩，接著另一位貴族也發表差不多的談話。在這之後，女王才以總結方式發言。

「瓦肯大人，關於方才所說的魔龍已經有許多討伐隊失敗了。目前是以每隔一段時間就驅趕牛隻上山的方式，減少牠外出覓食的次數。如果你評估後認為維持原案較好，也可以表明你的立場。」克莉絲汀女王一說完，我才領悟到那些警告的用意。

然而我正想回答時，有個頗有權威的聲音開口了：「瓦肯大人既然是知名的大法師，想必親自出馬一定將魔龍手到擒來。再說瓦肯大人都以客人身分答應了黑木之門的除魔請求；身為巨錘森林的騎士，沒有對魔龍置之不理的道理。」

我看了山達克一眼，他則小聲說：「伯格雷德公爵。」又同樣小聲補充說：「女王的支持者。」我再看了公爵一眼，是位約四十歲的削瘦貴族。

克莉絲汀雖然她面無表情，但眼神似乎暗示我拒絕這個任務。克莉絲汀了解我的極限所在，否則就不會要求我推薦法師與劍士，而是直接請我去幫助她了。

我正思索如何回答較合適時，伯格雷德公爵又說：「瓦肯大人應該不是徒具虛名的法師吧。」說完露出神祕一笑。

一般來說激將法對我是沒有作用的，但俗話說：「嬰兒長成大力士，軟弱無力不再是。」眼下我已經擁有招喚幽界領主的強大力量，單單這點就讓世界上的召喚法師瞠目結舌了。雖然布涅領主給我哨子時原本不是這個用意。

「區區魔龍不是問題。」我一說完整個大廳出現一些驚呼聲，然而我想到眼前的公爵不懷好意的樣子，於是接著說：「那我完成這件事，公爵大人是不是也該獎勵我什麼。」

「獎勵什麼？」伯格雷德公爵似乎有些厭煩。

沒想到克莉絲汀女王開口了，「能夠消滅魔龍是一件卓越的成就，瓦肯大人將會得到男爵的資格。」

正當公爵也要開口時，我制止了他。我告訴他還沒有想好獎賞。公爵則說：「該不會想用未知的許諾來嚇我，以便逃避打倒魔龍的任務吧。」

「我不會要你去摘天上的星星。」我說完後伯格雷德公爵哼了一聲。克莉絲汀女王則緩頰說：「你們都是王國得力的助手，應該用合作取代爭執。」說完公爵和我都表示認同。

「既然瓦肯大人需要一個未知的許諾，那麼他也需要答應我一個未知的許諾。」

「沒問題。」我一說完，山達克小聲提醒我許諾要建立在效忠女王的前提，於是我補充著：「這個諾言要建立在效忠女王的前提。」

「當然。」伯格雷德公爵說：「我的要求也是效忠女王為前提。」接著我們言不由衷的互相讚美對方，然後女王褒獎了我們雙方才宣布結束。坦白說，王座上的女王和克莉絲汀給我的感覺，就像性格不同的雙胞胎。讓我想到茱莉安與茱莉安娜女神的故事，這兩位女神的出現分別代表不同的意義。

我們並肩在走廊時，我向山達克描述我對女王的觀察，但他似乎心不在焉。我問原因，他則回答：「約翰先生，是魔龍耶！」

「嗯，確實是魔龍啊。」

「約翰先生，確實是魔龍啊！就算有神的眷顧也是很危險。」

「那你有想過如果神不眷顧怎麼辦？」

「那我們兩個這次就要喪命了。」山達克表情嚴肅。

「你不都說我是使徒了，不會發生意外的。」我調侃了他一下。

沒想到他卻愁眉苦臉的說，「凡人無法窺得神意。所以如果我們敗亡，可能也是一種旨意，儘管對我們奧妙難解。」

我覺得玩笑好像開太過了，於是告訴山達克：「其實我暗自留了一手秘招。」山達克睜大眼睛說：「願聞其詳。」我則簡單的將布涅領主的哨子介紹了一番。

「那麼，約翰先生用過這哨子嗎？」

「沒有機會。」我接著說：「我想布涅領主這樣的大人物，是沒有必要騙人的。」

「沒錯。」山達克肯定我的談話後提醒我：「但我們不知道使用這哨子後多久才有作用，而在這位大人物出現前就是危險期，應該要盡早測試並研議對策。」我聽完非常認同山達克的見解。就在我準備進一步討論時，走廊前方有位侍女正彎腰行著禮，我想女王大概又有事情要傳話，於是快步向前。

我走近後發現這位侍女算是高挑，兩側的辮子讓我好奇到底是哪一類型的美女，於是我要求她抬起頭來，想要一睹容顏。

她一抬起頭來便讓我腦袋一時轉不過來，直到山達克大喊：「刺客！」我才發現她是男人。

此人伸出匕首刺了過來，當武器刺穿法袍碰到皮甲時，對方抬頭並嘴角上揚，彷彿在說他發現一個祕密。接著刺客將我推到牆壁並用身體重量刺穿皮甲。我感到疼痛並且短暫無力，但匕首卡在鎖子甲中基本上沒有太大傷害。

「卑鄙！」刺客他憤怒的再次抬頭大聲說。我則因疼痛只能苦笑回嘴：「你偷襲更卑鄙！」臉色變紅的刺客騰出右手向我的臉揮拳，我則側過頭。當他的拳頭撞到這個布兜帽造型的複合頭盔，雖然我感到疼痛，但他則痛到不停甩手。我則笑著說：「這是龍皮術。」

「龍皮個屁！」對方怒喊著。

就在他甩手後準備正面給我一拳時，一臉怒容的山達克將刺客往後拉開，接著將雙手放在刺客頭上，從刺客全身抖動與事後的焦味判斷，他被山達克以某種電流魔法擊斃。看著山達克靠在牆上喘氣，我才注意到兩名法師和一名劍士正注視著插在我身上的那把匕首。我趕忙拔出匕首並請他們不用擔心，此時一名年長的法師訝異說著：「這就是龍皮術!?」看著他們靠近山達克舉起伸出右手喊著：「慢著!你們也是刺客嗎?」我一看他的指甲不僅增厚了數倍，還變得尖銳如刺。

「吸血鬼！」對方驚呼，我想山達克太緊張了，於是趕忙說：「這位是我隨從，不會傷害各位。」

劍士則露出一抹淺笑：「看他這樣也無法傷害到我們。」沒想到山達克忽然說：「等等吸個人血就恢復了。」向來正經的他也忽然胡言亂語起來，我想一定是長久來受到我不良的影響，不禁暗自嘆了口氣。

我先澄清一下，據〈魔法現象及魔法用語辨正〉考證推測，在遠古時代並沒有吸血鬼這個東西，當然也沒有相應的詞彙。當首位吸血鬼出現時由於他殘暴成性，魔法語便以「嗜血的魔鬼」形容此人。然而不知為何翻譯成了「吸血鬼」，於是就這麼被定下來了。當然吸血鬼們也沒有多加解釋的意願，畢竟令人懼怕本來也是他們的目標。在我看來吸血鬼也算是一種魔法的流派，只是在傳承魔法的「魔法引導」方式與眾不同。這種方法據說被稱為血之繼承，我問過山達克，但他不願多說，只簡單的說很可怕。

「有什麼好嘆氣的？」由於劍士的口吻十分輕佻，雖然我力保自己言行一致，但忍不住想在言語上扳回一城。

「我這位隨從的疲累並非因為刺客，而是因為連日來參與了吸血鬼王爭霸戰所致。」我盡可能一本正經說著。

年輕的法師忽然站出來唸了一段簡短的咒文說：「瓦肯大人自稱大師，根本絲毫感受不到任何魔力。」接著質疑：「從來沒聽過這個術、從來沒聽過事情，該不會是瞎掰出來的！」隨後他轉頭對年長法師說：「老師，我們是不是應該把事情做完。」語畢看我一眼。坦白說看他壯碩的外型，感覺就像披著法袍的戰士，會讓人誤以為剛剛的咒文是瞎掰的。

年長法師則伸手擋住了年輕法師：「大法師通常會用魔法隱藏力量，感受不到任何魔法；更強的大法師雖然也做相同的事，但力量過度強大，即便隱藏也能感受到微弱魔力，宛如法師學徒一樣。」雖然我心裡感謝這樣說，但年長法師看起來就像是勞苦的倉庫大叔，只是剛好披著法袍。

「老師，這位瓦肯大人很可能真正只是學徒等級而已。」年輕的法師露出笑容，我則心臟差點停止。

年長法師則斥責：「詹姆士！你忘了五年前那位狂漢了嗎？」說完年輕法師臉色陰沉了起來。接著他年長法師用一種誠懇的求知態度問著：「可以為在下示範，不，介紹這個術嗎？」

我哪知道世界上有沒有龍皮術，但不想被眼前這位叫詹姆士的傲慢法師輕視，尤其他看起來還小我幾歲。我開口說：「這是一個古代的祕密法術。」

「喔，古代秘術！」年長法師欣喜中略為激動說著：「聽起來是運用魔法硬化皮膚，達到防禦的效果。至於原理，我想應該是瞬間角質化甚至長時間保持角質化。我不懂的是這樣角質化後施術者如何回復原來的皮膚，另外真的可以取代盔甲嗎？」

坦白說我無法理解對方的話，只能順著說：「光聽名字就掌握這個法術精髓，真不愧是大師。」沒想到年長法師接著說：「瓦肯大人還沒解開我個人的疑惑。」

就在我辭窮之際，山達克閉著眼睛搖晃起頭來：「既然是秘術，自然有不能透漏的禁忌，況且學這個術是要付出很大代價，因此勸告各位對這秘術就不要再深入了解了。」

「原來是受詛咒的古代法術。」年長法師聽完後一副完全知道的樣子，反倒是詹姆士法師不服氣。

此時走廊有一群人跑步的聲音，我轉頭看到梅哈武武爾老哥和兩名女王的衛隊。梅哈武武爾老哥看了地上的屍體一眼後問我有沒有受傷，知道我安然無恙後他吩咐衛兵等一下送我回去。一聽到我要回去時年長法師說他也要該離開了，那位詹姆士法師則笑著指山達克說：「我才不相信你的隨從有吸血鬼王資格，雖然此人魔力高過你。」

詹姆士的無禮行為讓我非常不快，因此在他說完離去之際，我忍不住開口回嗆：「誰說我的隨從是吸血鬼王，我只說『參與』這個爭霸，我們只是來助陣的。」

「我還參加諸神的戰爭！」他一說完，年長大師低吟：「詹姆士！」這才讓他低頭後退。我也不服氣的回嘴：「我只能告訴你我們是莫拉克的敵人。」他們師徒則彼此看了一眼後說聲告辭便離開了。

「遇到暗殺怎麼還有興致跟克拉瑪大師討論吸血鬼？」梅哈武武爾老哥趕到後問著。

我簡單講了來龍去脈，他聽完則點頭表示了解並要我趕快回去，他要派人仔細調查刺客並將此事報告女王。

遭逢刺客讓我疑神疑鬼起來，連護送我的衛兵看起來都不太可靠，因此我儘量避免說話。直到看見梅哈老哥的房子，而門口站著娜娜卡大嫂和他們的大兒子羅隆爾才稍感到安心，但一切還是要到房間休息後，我才有心情再次說話。

我說剛才真是驚險，接著笑著問山達克剛才怎麼也開始胡說八道了，山達克說他懷疑另外幾個也可能是刺客，因此才配合我演齣戲。

「怎麼說？」

「遇到刺客一般來說不是應該跑來幫忙，不然也應該幫忙呼喊衛兵；但他們不急不徐前進的樣子，可能有別的用意。例如是來協助刺客，或是來殺刺客滅口。」山達克解釋著。

「雖然對方有人傲慢到令我生厭，但應該還不至於到有甚麼仇恨，別忘了我們還討論了魔法耶。」

「可能是我想太多了。」山達克托著下巴想了一下，「不能靠臆測而沒有證據。」

我提醒山達克有個不用臆測的事情，就是主謀為洛斯諾領主。原因很簡單，因為我讓他失去波爾多城。沒想到山達克只說：「約翰先生說的也有可能。」

「什麼也有可能，答案就是洛斯諾領主了。」我抗議著。

沒想到他開始講解地緣政治，雖然我還蠻喜歡看地圖，但這是基於旅遊的愛好，若摻雜政治就很難提起興趣瞭解了。在山達克說了一大堆後我請他做出結論，總之就是他認為洛斯諾領主不支持女王是有著苦衷就是了。雖然我反對他的理論，但看山達克這樣長篇大論讓我也不想再辯下去了，剛好梅哈老哥也回來了，於是我決定結束話題。

沒想到梅哈老哥開始聊起相同的話題，我將刺殺的經歷描述並演練了一番，惹得他哈哈大笑，不過在提到主謀時他承認洛斯諾領主是嫌疑者之一，並且不能排除有其他主謀。

「為什麼老哥你也這麼想？」我有些錯愕，甚至差點懷疑他們是不是收了洛斯諾領主的錢。

「其實大部分的貴族都不喜歡你，在他們眼中你不僅是異邦人、不正經的人，尤其你還常和女王關室密談，並策劃剷除異己的陰謀。」雖然梅哈老哥這麼說，但我領悟到這已經是有所保留了，但我還是解釋著：「我和女王只是閒話家常啊！」「可是他們並不這麼認為。」梅哈老哥說著。

我想到如果不澄清這點，那不知道是否還有足夠的幸運可以躲過接下來政治暗殺。我向梅哈老哥表達了憂慮，他則閉眼沉思。

「這種形象的變遷與與認可需要長時間來建立，但恐怕沒有時間做潛移默化的轉變。」梅哈老哥張開眼說。

「難道沒有簡單又快速的嗎？」

「展示力量！」梅哈老哥說完後搖搖頭。

「對，展示力量！」山達克則用拳頭拍了下手掌。

梅哈老哥眉頭一皺，遲疑了一下說：「這樣應該是有難度吧？」

「沒錯！」我爽朗的笑了幾聲後說著：「但今非昔比了，現在就像吃個甜點一樣簡單。」

「喔！」梅哈老哥睜大眼睛看著我。

我靠近梅哈老哥旁邊，小聲地把計畫告訴他。

「這麼單純的計畫，如果沒有壓倒性的力量是不可能成功的。」他有點遲疑地繼續說著：「真的能找來那樣不可思議的強者嗎？」我則豎起拇指回答：「安心啦！」

「果然是個真正的勇者。」面對這種說詞，如果不了解梅哈老哥的人可能會認定為諷刺。

「我只是靠別人的力量，其實本身是弱者。」我說。

沒想到他伸出了手制止我，「勇者是不拘形式的，而不是單純的有力量。重點在於在關鍵時刻能否挺身而出。」

這樣的讚美讓我不好意思起來了，我搔搔頭說：「我不是英雄啦。」

沒想到他嬉笑著說道：「我只說你是勇者，沒說是英雄。英雄的話還要加上兩個要素。」

「哦！」

他伸出兩隻指頭說著：「要活著回來、還有一點運氣。」這讓我不知如何接話。

他則拍著我肩膀叫我安心，並認為我一定是成功的英雄。接著講解一些招募與組成團隊的要訣和注意事項。梅哈老哥告訴我，最重要的是確定此行安全無虞，那麼他就要派人回覆女王讓她放心了。說完拿出一袋錢給我，是女王希望我僱用一些人隨行用的。接著給我幾張紙和兩份地圖，記載任務說明和路徑方向。

本來不在意的事情，被這麼一講反而在意起來了。梅哈老哥離開後，我問山達克此行會成為壯烈犧牲的勇者，還是凱旋而歸的英雄？我還補充了一句：「在你觀點中，使徒應該是一切順利沒錯吧？」

沒想到他說不知道，隨後又講了：「使徒滅亡也可以是一種旨意。總之全力以赴就對了，君主在上面看著我們。」

我告訴山達克他時以學者身分、時以教徒的身分發言讓我覺得缺少了一致性；他則反駁是我自己要揣摩神意的。

就在我無言以對時，他告訴我波爾多城的部隊明天要打道回府了。此外四名持盾的保鑣也該回家了，畢竟他們是放下了手邊的工作，趕來從事教團的任務。

我拿出一袋錢感謝他們，但山達克說只需我親自祝福他們就可以了。面對這種口惠不實的方式，我有點良心不安，於是告訴山達克我請他們四人共進晚餐，並在餐後舉行祝福儀式，我聲稱贈與他們錢財也是祝福的一部分。

在晚飯後的祝福儀式後，我又想起了梅哈老哥的玩笑話。雖然我沒有懷疑布涅領主哨子的效果，但細想後發現自己的計畫可能太草率了，驚覺其實最需要被祝福的人，原來是我自己。

# 第五節　龍！龍！龍！

次日早上我和山達克到軍營中和波爾多城的戰士們與四名保鑣道別，期間議員大衛還呈上一卷羊皮紙卷，裏頭寫著一首名為「獻給屠龍勇士」的詩。顯然他們已經知道我的下一個行程了。這首詩實在太肉麻，加上只署名「最誠摯的友人」，恕我選擇不公布它。我猜測如此署名是一種政治智慧，萬一我失敗了，無法證明詩的出處。

但還有更麻煩的事情在等著我，那就是政治力量的干預。我依據梅哈老哥及山達克的建議，並參酌冒險故事裡的作法，我們在傭兵的公會、酒吧、廣場招募同行的隊友。山達克的看法是由於使用哨子後無法估算布涅領主多久會出現，因此在這空窗期內，需要有一些如同盾牌或壁障之類的人來拖住時間。

雖然我寫了幾份自認不錯的告示，也給出高於行情的價錢，但停下看內容或聽我說明的傭兵屈指可數，更不用說有人繼續和我洽談進一步的事情了。但有位不能透漏姓名的傭兵告訴我，只要付他一些錢，他會告訴我為何會陷入這樣的困境。

我失去兩枚金幣，但得到的消息是伯格雷德公爵用收買、勸告或警告的方式，阻止有實力的冒險者加入我的團隊；另外魔龍本身就具備高度的危險性，因此大家也樂意被收買或賣人情給公爵。得知這樣的真相後，我已經無法像先前那樣勸說和拉攏別人加入隊伍了。我提議找個店面吃喝一頓，反正女王給的贊助費用沒地方花了。

我們循著燒烤的香氣來到了一個巷子口的小酒館。店內只有四張桌子，但都坐滿了人。我們兩人只能坐在老闆和店員前的吧檯，點了烤雞和劣質的淡酒，一邊抱怨伯格雷德公爵的惡劣手段。

我聊到只剩我們這兩位客人時，店員沿著桌面推一杯酒。「大爺是瓦肯大人、東方的約翰大師嗎？這杯招待。」

「喔，不是就不招待了。」我斜眼看了一下。他則揮動雙手辯解著：「因為無意中聽到兩位客人的對話，才會猜測是那位大師。如果猜錯了，這杯就是賠罪。」

店長制止性喊了聲：「派克！不可騷擾客人。」隨即面向我們表達歉意。

「我確實是特哈哈瓦肯，就是你說的約翰•斯萬。」說完我拿起酒杯，發現裏頭有多種切丁水果，嘗一口則比莊園的葡萄酒甜了好幾倍。「喔，這個好喝。」我接著說。

「其實這杯很濃烈的，它使用了水果丁、果汁、砂糖和烈酒。」

「很好喝，再來一杯！」我一飲而盡。

沒多久又遞上一杯，我喝了口後問他怎麼會知道特哈哈瓦肯就是約翰，他回答這是法師們都應該知道的常識。

「你是法師？」我問，對方則點頭後用拇指與食指比了縫隙說：「勉強的算是法師。」

聽完後我不禁好奇起來，喝了口飲料問：「好歹也是法師，是發生了甚麼事嗎？」

「沒有特別的事。」說完他唸著咒文，兩指上有花生般大小的火苗。

「這怎麼了嗎？」我問完後才知道這是他唯一的術，而且他已經苦練了好幾年。他解釋後我恍然大悟，這正是所謂極度缺乏魔法資質使然。面對這樣的人物我不只產生一種優越感，還有同情心。

他除了介紹自己名字外，還解釋這樣的法術只能點燃某幾種特調的酒，在客人前製造一些視覺的效果。聽完我大談魔法學習的心得與冒險實戰的訣竅，他則一臉嚮往的聆聽。然而我不得不佩服他的細心，每當酒杯見底時，他都適時補上一杯相同的飲料。

「叫派克對吧！」

「是的，約翰大爺。我可以這麼稱呼嗎？」

「可以，我欣賞你這樣的人物。」在他道謝後我感到有點頭暈與疲憊，我告訴他等我小憩一下後再繼續聊。不過他似乎還說了什麼，但我想睡了。

醒來時我已經在梅哈老哥家客房裡了，想到香甜的飲料居然能夠讓腦袋如此疼痛，便在床上繼續休息。沒多久山達克敲了門，說派克已經在門口等了。

「派克？」

「就是昨天那位酒館的店員。」

「我雖然頭有點痛，但還記得這個人。」我揉著腦袋瓜問：「我們沒付酒錢嗎？」山達克則說：「約翰先生答應在討伐隊伍中雇用他了。」

「我答應帶他討伐魔龍？」我說完山達克則點頭說：「我有告訴派克對手是魔龍，而他也考慮清楚了。」我想應該是在神志不清的時候答應他的，但既然已經充分說明了，接下來發生意外也不能怪我了。

我們到大門口時只有看到一個穿土黃色外袍的人。他不僅戴手套，頭上的布頭套只露出兩個眼睛，就像劊子手一樣。此外就是側背的長方形木箱和後背的背包。

「你是派克吧，怎麼包的密不透風的。」

派克一直鞠躬說著：「小的照射日光後皮膚會嚴重發癢，望約翰大爺不要見怪。」

我請他進到大廳休息，他則讚嘆梅哈老哥的壁畫，並選了不起眼的位置坐下。此時一名僕役到水給他，他則連忙起身接住水杯。

「不必太拘束，派克。」我說完後他連忙接著說：「能加入著名的約翰大師隊伍中，好像在做夢一樣。」他看了四周一下問：「小的可以認識其他成員嗎？」

「就我們三個人了。原因那天你應該多少也聽到一些。」

他擠出笑容說：「是、是。是稍微聽到了一些，不過強者本來就不需要太多的跟隨者。」

我則再提醒：「可能有喪命的危險喔，更何況我的能力無法保護住每個人。」派克點頭說他知道這些，不然這種隊伍就不會被稱為「冒險者」團隊了。

我想到之前他自稱魔法拙劣的談話，好奇他如何戰鬥。他則打開斗篷露出兩排的飛鏢，此外就是肚子前方掛了把短劍。我摸著下巴說：「你該不會是要用這些東西對付魔龍吧？」他則連忙否認。

派克打開箱子，我看到裡面有各種造型的小瓶子。派克拿出一個紅色小瓶子，打開蓋子後用油膩破布塞住封口。派克解釋裏頭裝著他提煉的酒，只要點火在布上扔出去，瓶子破掉後就會引發燃燒。

「所以你的那個小小的火球術就只是用來點燃這瓶子？」我說完派克說就是這樣。

我拿起了另一個綠色瓶子問，派克說裏頭是強酸。「把瓶子丟向敵人或打開蓋子潑灑，對方就會受傷甚至命危。」

本來我想說怎麼都是一些卑鄙的手法，但想到自己也不是憑藉自己實力，於是到喉嚨的話又吞下去了。

「或許約翰大爺覺得手段不光明磊落……。」派克說。

「不，我認為勇者是不拘於形式，重點在於是否能在關鍵時刻挺身而出。」我想到梅哈老哥的話。派克則是非常佩服的臉說：「到了大師的境界，果然思維已經不同於一般人了。」

面對這樣的讚美我也不知如何回答，為了轉移話題，我指著派克箱中的黑色瓶子問說是什麼，他則回答：「毒藥。」

「作戰中對手可沒有時間喝下毒酒或是在食物中被下毒。」我說完忽然靈光乍現驚訝說著：「啊！莫非是失敗時自盡用的？」

「不，大爺誤會了。」說完他掏出一支飛鏢指向瓶子說：「沾毒液後射出。」隨後又補充：「因為是蛇毒，有些動物是不怕的。」聽完我點點頭，想說如果對那個魔龍有效就太好了。

我請娜娜卡大嫂派人準備餐點，並邀派克共進早餐，在吃飯聊天中對派克有初步認識。派克全名是派克・夏爾尼，出生農家。幸運的是他家裡有塊小農地，不幸的是這塊地如果均分給五位兄弟，大家都要餓死。所以派克和其他兄弟一樣，在十六歲時就帶著簡單行囊離家了。

派克的夢想是成為法師，因此他用僅有的錢得到某位法師魔法開導，但卻發現自己原來資質非常拙劣。為了彌補這個缺憾，派克又向某位煉金法師學習，但同樣因魔力低落只能停留在基礎煉金調藥。派克後來修正要成為冒險者，但他因日照發癢的症狀而必須包的密不透風，被視為異類而沒有人肯讓他入團。就這樣不放棄夢想的他，邊在酒館打工維持生活，並尋求機會加入冒險隊伍。

聽完派克的話山達克只是好奇地問：「根據〈法師養生指南〉，缺少日曬不是會讓影響骨頭的健康嗎？」沒想到派克也以〈法師養生指南〉內容回答自己已經儘量多吃黑木耳、曬乾香菇、乳酪、蛋、胡蘿蔔及深綠色青菜食物。這讓我想起家中書櫃中似乎有這麼一本書，但不知為何它被擺在文學的類別。另外派克也宣稱會簡易的醫療，他的袋子裡還有乾淨的布條和一瓶被提煉到很濃的酒，據說是處理簡單外傷用的。當我好奇這酒倒往骨頭斷裂的地方是否能癒合，得到的答案是「不能。」因此我判斷這項技術實用性不高。

然而派克努力學習的精神令我感動，雖然他魔法資質拙劣且運氣極差。本來我內心盤算是要派克當隊伍的盾牌，但他說自己適合的戰鬥方式，是在強者背後投擲各種武器。也因此得知我是約翰後，才發現找到一展長才的地方。再說他骨頭不強健，重擊後可能就失去戰鬥能力。這樣的觀點我只能點頭同意了。

我簡單說著計畫，就是和伯格雷德公爵派出的屠龍團隊會合後，由對方先攻擊，我們的隊伍則開始展開步行施法。

「大爺，步行施法這名詞沒聽說過，可以解釋嗎？」派克一臉思索的樣子。其實哪有甚麼步行施法，只不過事實先讓對方戰鬥一會兒，在叫出布涅領主來對付魔龍。否則戰鬥如果太快結束，反而沒有成就感。

想到這裡我忽然有一瞬間不確定布涅領主與魔龍的強弱關係。我和派克說：「你只要專心找地方躲好再攻擊就可以了，注意安全第一。」派克則認真的點頭。為了預防萬一，我又加了一句：「也要做好隨時撤退的打算。」派克有點驚訝我會說出這樣的話語，他看了山達克一眼，山達克則閉起眼睛緩慢的點頭同意。我則和他們約定，撤退時的暗號是「全隊展開除魔隊形」。派克愣了一下後才說：「原來是欺敵的動作。」

至於我看派克的問題有兩個：一是他辭退了酒館的工作，自然也不能繼續睡在酒館裡了。我則覺得他的考慮太冒失了，畢竟冒險不能當飯吃，做人還是要務實一點。我也是借住別人家，無法提供住處；二是裝備上他聲稱外袍有他配製的塗料，可暫時防火，但總覺防具單薄且寒酸。我對於他這幾天落腳處和強化裝備的事情毫無辦法和經驗，便給他一筆錢讓他自己想辦法。

幾天後派克回來，除了一包行李外，就是手上拿著的兩個圓型木頭盾牌。他自己選了個藍色的盾，把畫著太陽符號的盾牌給我。我揹著這盾牌，忽然覺得自己好像離法師越來越遠。

我們由一小隊王家衛兵護送到離炎山最近的村莊，沿途都有人招呼或招待，談不上冒險。至於目的地村落，據說因遭魔龍摧毀只剩斷垣殘壁，但只要有冒險者或人群經過，就會不知道從哪冒出兜售乾糧和飲水的小販。

最特別的是還有一位賣紀念品的十多歲人，他的小袋子裝著一些尖銳的牙齒，最大顆的有小指頭這麼大。這位商人宣稱這是「龍牙」，大顆的要兩枚銀幣，小顆的只要半價。派克質疑說：「如果這是龍牙，那山上那隻龍豈不是沒有牙齒了？」

我想派克犀利指出盲點，對方應該是無言以對。沒想到他居然開口說：「這是龍的上排的大利牙，每頭龍只有兩顆喔！」面對這樣的答案換我找到了漏洞，我質問：「既然每隻龍有兩顆這種牙，那袋子裡最少有十隻龍被你殺了。」

沒想到他嬉笑著說：「這位客人，我沒說這些龍是我殺的。」

「那怎會有這些龍牙？」

「這是有個冒險團隊寄賣的，這些都是魔龍出現前在這裡屠龍的龍牙。」他搓揉著手說：「如何？買個紀念，還可以拿來做屠龍的戰利品喔！」

雖然派克戴著頭套無法看到表情，但從聲音中可以感受到笑意。「知道這位大爺是誰嗎？」小販搖搖頭，「眼前的大法師正是有名的特哈哈瓦肯大人，在東方被稱為『嬉鬧者』的約翰大師。」派克伸出手介紹著。

「嬉鬧者？」我看了山達克，他則搖搖頭。從這時候起我才發現原來自己被取了這種怪異的渾號。

「是，是。」從小販的眼神推測應該是沒有聽說過，但我想跟隨的衛隊又讓他相信眼前的人應該是個大人物。我想說好歹他也陪我鬼扯了一會兒，加上大人物出手不能太吝嗇，於是我向他買了一支牙齒留做紀念。

由於公爵的團隊還沒有到來而且快中午，在確定這裡暫時安全後，我便宣布休息了。據說魔龍除了炎山外，在西南方的山脈中也有巢穴，牠就這麼兩地來來回回。

我找到樹與牆的中間吃乾糧，因為這裡的房子雖然沒有屋頂，但這個角落在某些角度有遮蔽性。等著等著我因長途跋涉的勞累便靠在牆上小睡了一下，被叫醒後才知道公爵派出的團隊不久前已經通過這裡了。

帶隊的是之前遇到的克拉瑪大師。他與徒弟詹姆士和冒險團隊在軍隊護送下來到這裡。克拉瑪大師為了表達對我的尊重，吩咐山達克不用叫醒我，只留下在山腰前隘口會合的口信便出發了。當然在我醒來時，護送我的衛隊也說任務完成該離開了。環顧四周幾名小販也不知去向，我想從現在開始每一步都是屠龍的路線。

眼前一望無垠的草原和稀疏的樹木，據說大部分的草原以前是農田，在魔龍出現後變成現在這樣。前方的三角型就是魔龍居住的炎山，書上記載克莉絲汀祖先來到這裡前，炎山山頂還會冒煙，但現在不會了。

我們騎著馬到山下，為了安全起見我提議將馬拴在隱密處。我們找到山下有片很小的樹林，我們到達時已有十匹馬栓在那裡，推測克拉瑪大師的團隊有十個人。

眼前的炎山據說約有一千北地尺。北地尺是由某法師制定，是從極冷的北方到熱死人的南方這個長度的千萬分之一。例如我的身高就是一北地尺又七北地寸，但用邦卡的算法，我則有一尺七寸又一分。兩個差距極微小，但傳說邦卡的尺寸是由首任布瑞克國王制定，他定下自己跨出的一步叫一尺，但有些外國書籍質疑這種說法。

我看著山巔，不禁豪情萬丈。我發表了殺死魔龍為民除害的簡短演說後，就往山上奔出。雖然沒多久後就感到呼吸已經亂掉了，但基於先前表現的凌雲壯志，只好硬著頭皮往上跑。等到真的氣喘吁吁時，才發現他們兩人還遠遠地在後方。

「約翰大爺，我們理解您要和魔龍決戰的心情，但保持步伐速度可讓我們維持體力。」派克喊著。這也讓我有下台階，於是我便原地等候他們順便喘口氣。

沒多久他們兩人跟上了，我告訴派克將依他的建議，以穩健的腳步前進。但由於他的頭罩只露出眼睛，無法看清他的反應。我想隱藏情緒這件事，在戰鬥中或許有某種優勢。

這時派克忽然發問說如果魔龍尾巴掃過來要怎麼辦，我則推薦派克閱讀〈魔法之盾的應用與故事集〉。說完後順勢唸了物理盾的咒文示範，本來只是比個架勢給派克看看，沒想到居然成功的使了出來。

雖當然魔法盾會依施術者的能力有不同強度，但首次施法成功讓我心中大聲歡呼。我盡可能壓抑激動並讓聲音平穩說著：「以上就是魔法盾中關於物理盾的示範，主要防範大部分的非魔法攻擊。」

正當派克讚嘆時，忽然間草叢中傳來腳步聲。我想應該是克拉瑪大師的隊伍，便繼續維持住魔法之盾的咒文，好讓這個團隊見識一下。

沒想到撥開雜草的，居然是一張包覆著鱗片的長臉，牠走出來時還像蛇那樣吐著舌頭。

「龍！」我大叫一聲。山達克他們也跟著大叫。

牠快速衝了過來，剛好被魔法盾檔住。牠搖晃著頭邊後退，我這才看清楚原來對方是一隻和小牛一樣大小的蜥蜴。

我預感著對方又要衝過來了，便急忙再唸一次咒文，但似乎耗費太多了魔力的關係，不僅沒有發生任何效果，還有一種勞累感。情急下我趕快將背上的木製圓盾拿出來護住前方。果然大蜥蜴立刻又衝了過來，那種沉重感將我撞退了好幾步。

接著我發現可以從盾牌後的大縫隙中看到對方，才驚覺盾牌的拚接處在撞擊後已經鬆開。但沒想到蜥蜴的動作異常迅速，牠再次衝撞並試圖咬碎盾牌，雖然沒有成功但牠用前爪揮向盾牌，這一擊將爪子釘住在木盾上。我趕緊捨棄盾牌並轉身逃走，卻不幸絆倒而摔了一跤，大蜥蜴撲來咬住我的右腳掌。此時剛好飛來一顆冰球，接著飛來幾顆石頭，加上我急中生智脫了皮靴，才暫時脫離險境。

我發現冰球是山達克的魔法，石頭居然是派克隨手撿起來丟的，忽然有種說不出的荒謬感。但戰鬥中瞬息萬變，沒有太多時間感慨。我拿起長矛直指大蜥蜴，防止牠衝向這裡；一方面囑咐派克丟出他的燃燒小瓶，再由山達克以火球點燃。

很快大蜥蜴燃燒了起來，但也更激怒了牠。牠奮力衝向位於我右前方的山達克，我則轉向從側面以長矛攻擊大蜥蜴。但我刺的傷口很淺，牠憤怒的轉頭並將長矛的咬斷成兩截，讓我的長矛成了短棍。

此時派克則奮不顧身舉起一顆跟大乳酪一樣的石頭，奮力朝對方頭部砸下去，大蜥蜴則發出叫聲。接著山達克方向又飛來兩個火球，隨後派克也扔出一個瓶子，火勢燃燒得更旺盛。我趕忙連續舉起身旁的大石頭丟出，心中冒出原來不需唸咒文也能使出飛石術的念頭。

接著山達克也靠近大蜥蜴，就在只有兩、三步的距離他唸唸有詞後雙手一揮，一道閃電迸出，大蜥蜴則動作呆滯了下來。我看山達克呼吸沉重，看來已經耗了大部分魔力，我連忙發動火球術攻擊大蜥蜴。但擊發一次後發現第二擊又不靈光了，連忙撿起斷裂的長矛毆打大蜥蜴。但我揍了幾下後忽然想起腰間有配劍，於是拔劍刺向牠的頸部，大蜥蜴劇烈搖晃後甩開了我，但劍已經留在牠身上，隨後派克也拔出短劍從另一側刺進，他刺中後立即往後退了幾步。

我們三人又觀察了一陣子確定大蜥蜴沒有動作後，才慢慢靠近。

我將大蜥蜴身上的劍拔出後說著：「原來這就是魔龍的真面目啊。」派克也跟著拔出劍並愉悅說：「沒想到我派克也參與屠龍了。」但山達克卻說：「太危險了，而且約翰先生忘記用秘招了。」

「秘招？」派克的語調充滿驚訝。我則回應山達克雖然緊張到忘記使出秘招，但這樣的程度不需秘招也能完成。山達克接著又提出一個問題，他不確定這是不是所謂的魔龍。

此時派克將我的皮靴撿回，雖然外觀有些缺損，但還是能穿。所幸皮靴保護，只有受到皮外傷。在這之後派克用白布沾了濃縮的烈酒擦拭我的右腳掌，據說能治癒傷口，但我只有感覺到傷口更加刺痛。我想大概是為了補償我吧，派克隨後拿出另一塊白布將傷口蓋住。

我告訴山達克等我穿好靴子就來檢視一下眼前的大蜥蜴。我看了牠的外表，很像圖鑑中南方的幾種鬣蜥，但體型更大，頭上還頂著山羊那樣的短角。由於我們處在北地西邊的位置，依據〈精靈征伐戰記〉與〈魔法改造生物初探〉兩本書的推論，可能就是俗稱小地龍的雙角大鬣蜥。

這種生物是浩大戰爭時期由精靈王國創造的物種。由於長期受到北地聯盟的攻擊，精靈的法師們開始研究各種反擊的方法，製造出恐怖的怪獸也是方案之一。但這個方案還在開發時期便失敗，研究魔法改造生物的據點屢屢被聯盟軍隊攻破，開發中的生物也從研究據點逃脫，雙角大鬣蜥也是其中一種。

逃離的雙角大鬣蜥後來在野外適應良好。牠是一種兇猛的雜食性野獸，但由於擁有「小地龍」的稱號，因此引起許多冒險團隊獵殺，現在已經不多見了。

我將小地龍被誤會為魔龍的結論向山達克和派克公布，但他們似乎還有疑問。山達克說不管結果如何應先與克拉瑪大師的隊伍會合；派克也認為這樣的野獸似乎不需勞師動眾解決。

我想一想也有道理，於是我告訴他們：「只是推測『可能是魔龍』而已，並沒有特定結論。另外這世界徒具虛名的東西也不少，許多事物被誇大或是以訛傳訛，這種事情也可能發生，我們不能排除。」他們聽完才點點頭。

我認為回覆任務時會口說無憑，便準備用小地龍頭上的雙角為證據，但卻發現這角非常堅硬難以折斷。山達克則建議用牙齒替代，我敲下牠的牙齒後拿出購買的「龍牙」比對，足足大了一號，這讓我十分滿意。

我提議吃個乾糧恢復體力，山達克與派克都同意。才剛準備拿出口糧時，天空忽然迴盪著一種讓我不寒而慄的吼叫聲。

山達克指著遠方大喊：「約翰先生！」我將視線跟著他手指的方向。遙遠前方灰黃兩色的雲彩中有個如花生大小的飛翔物體，直覺告訴我對方無比巨大。

很快地這傢伙已經有蜻蜓大小了，我感覺到危險喊了聲：「快躲起來！」便急忙跳入草叢趴下，山達克和派克也立即跟進。我又想到自己紅色法袍太顯眼了，趕緊翻身胡亂拔了些草覆蓋在身上。

這時旁邊傳來急促的氣音提醒我：「秘招！」我趕緊將哨子項鍊取下，繞在手上兩圈緊緊握住，等待時機發動。雖然我相信布涅領主的能力，但依舊無法控制發抖。

就在我推測魔龍應該飛的更靠近這裡的時候，傳出了火球劃過天際的聲音。我偷偷瞄了一眼有兩個西瓜大的火球從斜角射出，並伴隨著騷動聲。我撥開草推細看了一下，魔龍似乎準備降落在前方有點距離的位置。

沒多久飛出長矛那樣的箭矢，接著又繼續有火球與閃電噴出。強烈的風吹過、震動的大地與人類大叫聲，顯然魔龍已經著陸了。我匍匐前進了一小段，確認了魔龍的目標不是我們，這才起身蹲在草地上，告訴山達克與派克準備前進。

我們彎著身小跑步，來到了既能遮蔽身體，又可以看到魔龍的石壁後方。第一眼便看到了魔龍。這是一隻披著橘色鱗片並長著長角的巨大蜥蜴，不同的是牠有著一副大型翅膀。尺寸則有莊園新蓋的倉庫那麼大，讓我領悟到剛剛的對戰簡直是在扮家家酒。

看到魔龍舞動著脖子對著一群人吐出火焰，克拉瑪大師也面目猙獰施展著罩住隊伍的魔法盾。能抵禦這種火焰，顯然克拉瑪大師和我的法術不是同一個層級。雖然如此，在魔法盾外圍還躺著兩名英勇犧牲戰士，可見魔龍的實力已經超出這位大師預想。

其實這種層次戰鬥中，隊伍中劍士能做的事情非常有限，因為他們對這種強敵造成的損傷微乎其微。不可諱言披著重盔甲的劍士非常強悍，他們強壯、敏捷，是全能的運動家。特別是在盔甲保護下，不太容易受到傷害。但就像螳螂在昆蟲中也算強者，遇到蜥蜴卻完全充滿無力感，這是因為對手層級的不同。

所以奧特老哥才說即便穿上重甲，在真正的法師面前也是如裸身那樣沒有用處；另外馬斯多塔也常強調法師是高貴的職業，這從被稱為劍聖等級的人，都是通曉魔法的劍士即可得證了。

魔龍的火柱被擋下後，牠尾巴一甩便打散了克拉瑪大師的隊伍，這時又飛出一支長矛，雖然射中頭部但卻讓我想起費司特叼著牙籤的樣子。我好奇是誰擲出的長矛，這才在隱蔽的地方看到有人躺在地上用雙腳頂著大型弓，而上面的箭矢長度逼近我那還沒斷掉時的矛。

不幸的是我發現這位弓箭手時，魔龍也正好發現他了。雖然有火球、魔彈、飛刀及叫罵聲企圖轉移魔龍的注意力，但可憐的弓箭手還是燒焦了。

為了降低傷亡，我覺得自己該出手了，便從石壁後現身大喊：「魔龍！你給我住手！」這時克拉瑪大師的團隊發出振奮的聲音喊著：「瓦肯大師！」。

我隨後轉頭對山達克說：「替我翻譯一下。」於是山達克也用魔法語大聲喊叫。沒多久魔龍便朝我們這裡噴出烈燄，我們連忙轉身便躲回石壁後，我推測山達克還沒來得及將整句翻譯完全。

火焰過後我又轉身出去，發現魔龍似乎正在和我談話。

「當心！是龍語咒文！」克拉瑪大師大喊著。

我看著魔龍張口處有個光球，而四面八方都有火星向著個光球靠近。眼前這樣的畫面，是一種只在圖鑑看過的高深魔法，施展後連岩石都能融化成岩漿。我大喊出：「慘了，灼熱熔岩彈咒文！」

就在所有人都發出絕望喊叫時，一個聲音讓我恢復理智。

「約翰先生，秘招！」

本來我預想先胡亂唸個咒文再開始，但已經來不及了。我用最快速度將哨子放入口中，然後拚命吹出。用力一吹卻沒有任何聲音。我看了山達克一眼，他的臉色慘白到沒有任何血色。

我趕緊繼續吹哨子，但依舊沒有任何聲音，我的耳朵熱到像被火球擊中那樣燃燒著。我想完蛋了，遇到這咒文就算沒有直接命中，在範圍內也會被燙死。現在唯一能做的就是不停吹哨子與奇蹟出現了。

就在灼熱熔岩彈要飛出之際，我與魔龍中間迅速有巨大水幕張開，在這直立的水池中，緩慢步出與魔龍同等大小的白色狼型身影。

「這不就來了嗎？」布涅領主用邦卡語緩慢說著，口氣彷彿剛睡醒。

然而話剛說完，「轟隆！」一聲，魔龍的灼熱熔岩彈隨後擊中布涅領主的左側身體。空氣的影像因熱氣而扭動著，連在布涅身後的我們，都感受到了一陣熱浪襲來。

我覺得被這樣無預警突襲，布涅勢必影響戰鬥力；但布涅領主只是輕微搖晃，彷彿有人推了他一下。

可能這舉動冒犯到布涅領主，他睜大了原本慵懶的眼睛，轉頭朝魔龍方向大吼一聲，魔龍竟然被吹到只剩一堆灰，之後隨風而散。

布涅領主轉頭往下看我說著：「打擾我們對話的東西不在了。那麼，莫拉克在哪裡？」我這才恢復記憶，長久以來我把哨子當成保命符或作秀工具，忘記原本真正用途——通知布涅領主我找到莫拉克了。

「這樣的白龍居然是瓦肯大師的魔寵。」克拉瑪大師邊讚美邊走過來。布涅領主則用邦卡語說著：「這種貨色沒資格與我對話，叫他滾開！」我則用舉手制止克拉瑪大師繼續前進，隨後比個抱歉的手勢。

「怎麼了嗎？」克拉瑪大師面有疑惑。正當我不知道如何解釋時，對方又補充了一句：「難道是契約的問題嗎？」

「沒錯，就是那個問題。」我說完克拉瑪大師才停止前進。

布涅則是嘴角上揚說著：「沒想到我們的約定，被羅塔斯多多諾當成契約重視，真是太令人感到喜悅了。」

「但布涅大人的東西卻失靈了。」說完我拿出哨子。

「你聽不到不代表沒聲音。」

「什麼？」

「不然我怎麼會來這裡？」布涅繼續說著：「好了，那傢伙在哪？」這麼一說我忽然無法回答，感覺臉上發燙。沒多久忽然周遭更亮了一些，我看到上方有個黃色光球，周圍則有一個金屬環不停的繞著光球自轉。布涅領主說：「我的部下來見證拿回秩序之石的時刻。」說完克拉瑪大師的團隊又傳來讚嘆聲，但我已經沒心情理會了。

「那個……。」我腦海中拚命要做一個解釋。布涅打斷說著：「我們能對話這麼久，看來是莫拉克已經被你生擒了。」

「不。」

「不是？」布涅領主停了一下說：「該不會只是叫我過來和你的部下們打招呼吧？」

我痛苦思索的說著：「魔龍……魔龍……。」布涅領主接著說：「就是那個無禮的傢伙嗎？」我忽然靈光一閃說：「沒錯，牠就是知道莫拉克藏匿處的龍，但拒不招供，所以才請你出面。」

布涅領主睜大眼睛說：「這事情不能怪我，誰遇到這樣的挑釁都會反擊的。」飄浮在上頭的光球也似乎附和說了一句聽不懂的話。

我順勢向布涅領主行禮說：「一切都是我失慮不周所致，請原諒。」布涅領主口氣有點疑惑：「你願意承認是你的失誤？」我再次點頭說：「是我一時不察。」

布涅看起來非常愉悅，只說著：「非常好，那就不用爭論了。」說完對上方的光球說了句話，這才對我說：「我部下也見證這次失敗，是由於你的失策所引起。」我嬉笑著說：「當然，當然。」

布涅邊往前走去邊說：「記得逮到那傢伙時通知我。」說完前方迅速張開了水幕並走進去，然後就像潛入水池那樣沒有蹤跡了。倒是被金屬環繞著的光球發出一些聲音，山達克說是向我問候之意，我則請山達克代為回覆，沒多久光球也走進水幕，然後水幕縮小到無影無蹤。

布涅領主離開後，克拉瑪大師邊走了過來說：「這個召喚術太驚人了！個人有許多問題想向瓦肯大師請教，還請您不吝指導。」又補充：「不，是務必指導。」說完後許多人望向我這裡。但我並沒有學過什麼召喚的魔法，頂多看了幾本圖鑑和提到召喚有關的故事集而已。

「老師！我們應該先把夥伴的遺體安置一下吧。」我看了一下，是克拉瑪大師那位叫詹姆士的徒弟說的。雖然他沒有像其他人那樣投以閃爍的眼光，但這番話化解了我眼前的麻煩，其實我並不排斥。克拉瑪大師則略有愧疚開始指揮隊伍安置戰死者，我也派出派克幫忙處理。

由於天色漸漸變得黯淡，我看到無人拿出火把或提燈，便自以為是的使用了火球的咒文當成照明用。克拉瑪大師則驚訝張開嘴巴。一會兒我發現不對勁時問他，他才吞吞吐吐的說：「瓦肯大人的咒文……。」

「怎麼了嗎？」我問。

「咒文中沒有諸神的祝福……。」

克拉瑪大師說的大概是沒有提到任何神的名字，但我覺得不容易和他解釋。

「而且瓦肯大人的自稱是……」說完克拉瑪大師可能覺得不妥，便停住不在說話，但我知道他誤解一些事，但又不好解釋。畢竟馬斯多塔那種誇張到極點的境界，太不具真實感。

持續的保持火球讓我感到疲勞，於是假裝要喝水便取消了咒文。克拉瑪大師和另一位法師則唸了咒語，手一揮便有個亮光附著在法杖上，用來照明更加合適。後來山達克說這是魔光術，耗費的魔力更少但更明亮，據說是由某種氣體魔法加上一些技巧組合的法術。

下山路上克拉瑪大師在身旁頻頻發問，雖然我不知如何回答，但他似乎有了答案般自問自答，然後在看我是否認同這答案。克拉瑪認定部分涉及古代的秘咒，可能有難言之隱，因此只要就可透露部分告訴他，或是暗示也是可行的。

克拉瑪大師說的理論與推測我完全不懂，但我時而點頭時而支支吾吾，他居然認為收穫豐碩。倒是他的弟子詹姆士插嘴說：「老師，您不是說召喚法師們都沒有真才實學嗎？」克拉瑪大師則回答：「瓦肯大師不是普通的召喚法師。」

至於大家最好奇的魔寵與召喚用的哨子，我則說是某個地底宮殿得到的祕寶，但為了怕被人隨意要求展示召喚魔寵，於是我說只能在炎山將魔寵叫出來。有一位揹著短弓與各式短劍的斥候問我，如果在其他地方發生戰鬥該怎麼辦，我不耐煩回答著：「難道魔法道具只能有一個？」

我們回到原本出發的廢墟時已經很晚了，吃完簡單晚餐時我便想休息了。這時克拉瑪大師向旁邊的人說了一些話，傳出了一些驚呼聲。接著他走來向我辭行，說原來自己觸及的只是魔法表層，他要繼續修行並探求奧秘。他的弟子詹姆士和另一位法師雖然訝異，但沒能阻止他的決心。

克拉瑪大師離開後隊伍的人變得安靜許多。我看著滿天的星空加上白日的疲勞，和山達克與派克閒聊了幾句我就靠在牆上睡著了。

醒來時已經有人在煮早餐了。隊伍的斥候採了一些食用菇類，加上他隨身帶的鹽和醃菜煮成了一鍋湯，搭配乾糧算是這兩天難得的享受。

早餐後我發現似乎又少了人，負責守夜的斥候和派克，他們說凌晨時詹姆士忽然起身，提到要去追求老師探索魔法的道路便離開了。雖然詹姆士請他們不要吵醒眾人，但他居然走到了我旁邊向睡夢中的我致意。面對冒險團隊人數回程只剩一半，斥候說完還嘆了一口氣。

我們準備打包東西騎上馬時，忽然馬騷動了起來，接著地上輕微震動著。就在搞不清楚發生甚麼事時，有人大喊著：「炎山！」我望向山的方向已經冒著濃煙，沒多久更是噴出了一些火光。

雖然距離有些遠，但第一次目睹這樣的景象難免感到恐懼。我養成了一遇危險就抓住哨子的習慣，我想布涅領主保護我，也是保障他逮住莫拉克的機會。

然而原本掛在脖子東西卻不翼而飛。我摸了口袋和其他地方遍尋不著，在大家催促下，只能趕緊騎上馬匹遠離該地。

山達克欣賞火山噴發，同時策馬奔馳，還不忘提醒我欣賞這難得的奇景。但我由於悵然若失，無法專注觀賞炎山的火焰。當時只是想丟掉了這個哨子，日後遇到了麻煩，恐怕凶多吉少了。

火山隆隆聲在我心中徘徊不去，彷彿一種示警。

# 第六節　善德魔女

各位如果以為我們回程中會有群眾夾道歡呼，那麼我只能夠說你們受到各種故事集的影響太深遠了。

偶而會有一些駐地的軍官或領主招呼我們，但似乎多數人並不清楚魔龍已經被我們消滅了。當然我們沒有沿路大聲嚷嚷也是主要原因。

一切按規則辦理。從回王城、覲見女王報告、受到口頭嘉勉。正當結束之際，忽然旁邊的公爵又開口了。

伯格雷德公爵質疑：「不知道瓦肯大人是否有帶回消滅魔龍的證據？」說完補充說：「例如龍的角或部分龍皮。」

「魔龍已經被化成灰了，所有參與的人都可以證明。」我說完後兩個隊伍的人紛紛點頭。公爵則反問：「克拉瑪大師和他的弟子怎麼沒回來？」

「這次屠龍任務結束後，克拉瑪大師和弟子去探索更高深的魔法之道了。」我說。

公爵則回嘴：「這麼剛好要去追尋魔法之道？魔龍到底死了沒有很難說，另外克拉瑪大師兩人會不會也剛好出了什麼意外？」

「怎麼可能，這裡的人都能作證。」

這時旁邊有位貴族解釋著，伯格雷德公爵委任克拉瑪大師組成此次團隊，因此除了克拉瑪師徒二人外，公爵完全不認識。貴族補充完後公爵向女王要求給他幾天查清一些真相，女王批准了，這才結束這次的覲見。

面對這種結果讓我有些不滿，我忽然想到忘記用買來的「龍牙」作證而有些懊惱。接下來這幾天，除了向女王派來的使者保證魔龍確實被消滅外，就是接到波爾多城的來信。市長的信很簡單，他說最近在邊界出現不明的斥候小隊，疑似在蒐集情報或調查地形，可能在做攻擊前準備。因此希望在城牆完全竣工前，能推薦有名的法師進駐波爾多城。

或許大家會想調侃我說，「你自己怎麼不去？」那是因為信中市長提到我肩負支持女王重任，所以才委請我另外找人。

坦白說我認識的法師不多，不是奧特老哥這類已經歸隱的人，就是小約翰這種剛到某宮廷擔任法師的人。我想了一下，只剩下紅袍法師會了。我分別寫了三封信給紅袍法師會、莊園的九人決議小組還有與波爾多城有主權爭議的洛斯諾領主。

給紅袍法師會的信，就直接的請求派專人在城牆完工前進駐保護；給莊園的信，則預測會在此逗留到秋天；至於領主的信很簡單，請他不要輕舉妄動，因為波爾多城現況已經得到了女王認可。

我委託梅哈老哥派僕役跑一趟，並親自請托他們儘可能將信件提早送達。另外，我想起了馬斯多塔年輕時發掘人才的故事，打算在城裡打探一些魔法師的消息，然後親自拜訪感動對方。至於對方想要為女王效力或前往波爾多城，那就看對方的意願了。

我告訴了山達克這個想法，但他又提出異議。人性是很奇妙的事情，如果他附和我的意見，我就不會諮詢山達克了。

山達克指出這樣的方式有一個前提，就是尋訪者必需位高權重、聲望崇隆，才會產生讓受訪者驚喜與意外的效果。例如一位國王。

隨著身分的遞減，這種效果也逐漸地消失，在某個等級的身分後，就讓人無動於衷了。想像一下鄰村雜貨鋪的老闆說要雇用你當店員，應該不會讓人感動，搞不好你們雙方還為了工錢的多寡，爭論了一下。

雖然我相信他的看法，但俗話不也說「最高的誠懇，能打開所有的壁障。」我還是覺得可以試看看，這樣也能順便了解自己的聲望，已經到哪種層級。

我和派克逛了許多酒館，並和不同的人閒話家常。交談中許多人推崇的知名法師，皆是已經效力於某些地方的人，包括了梅哈老哥和克拉瑪大師。但也有極少數例外，就是堅持自己是維持中立的存在自稱「善德魔女」的女法師，以及一個隱居在離王城稍遠處，被稱為「古怪莊稼漢」的老年男法師古奈德。

由於善德魔女就住在炎山再過去一點的地方，這個地點相對比較近，也傳聞她人品高潔，深受女王派及反女王勢力敬重，因此先去拜訪她。沿路和討伐魔龍的路徑相差不多，我想起以前鎮上某位老人說的：「凡事有通盤規劃，就不必走冤枉路。」雖是至理名言，但我恐怕難以做到。

我們三人騎馬到炎山附近的村落，然後邊打聽魔女住處邊前進。本來以為這位魔女應該是居住在隱密之處，但我們只猜對了一半，她雖然住在森林，但附近的人都知道善德魔女就住在這裡。

我們經由當地人指引進入森林。正當懷疑我們在森林中的小路是否走錯時，忽然來到一個開闊處，大樹環繞的的空地上聳立三層樓高的典雅大建築，門口還有兩隻巨大獅子雕像及水池，氣勢不輸給任何富豪甚至領主。

引路人到入口後便離開了，為了表示感激我酬庸這位帶路者一枚銀幣，但他表示讓更多人認識茱莉安女神的化身是種榮耀，拒絕我的銀幣。雖然這是一棟大宅，但卻沒有發出太多的聲音。如果不是有人說是善德魔女的住處，我一定會認為是森林中的廢墟，只不過比較整齊乾淨而已。

建築的門口，有位穿深色法袍的中年婦女坐在椅子上，彷彿在等什麼人。她看到我們走進，便立刻站起身子。

「歡迎，追尋善德的人們。」中年婦女輕聲漫語說著。我想魔女本人應該是不會坐在門口等我們造訪。

「我是特哈哈瓦肯，前來拜見善德魔女。」說完遞上一張說明紙張。這紙張是出發前依山達克建議製作，上面寫著名字頭銜，並在末端附上希望拜謁魔女閣下的文字。

門口的婦女收下後，居然沒有帶我們進大廳等待，而是直接的關門讓我們罰站。等到我覺得腳有點酸的時候，門才又重新打開。

「三位是代表女王？還是哪位貴族呢？」

我嘻皮笑臉說著：「我代表我自己。」

「什麼意思？」中年婦女問完後，我直接的回答：「是我自己要來求見魔女閣下，因為我有事情要當面請托她。」說完門又再度有禮貌的關上，我發覺又要罰站了一會兒，便在門口的椅子坐下，直到開門聲出現為止。

我們接著被帶領到了大廳，大廳中坐著一位穿著以金絲線裝飾的白色法袍女子，兩側則站立了十位以上的婦女，同樣穿著深色系法袍。善德魔女雖然看上去約近五十歲，但據說已經有七十多歲了。魔女看到我微笑不語，倒是離她最近的人說話了，她慎重介紹著：「這位就是善德閣下。」接著以手勢示意我們注意禮節。

我們依禮節鞠躬、伸手，之後我發現魔女閣下僅只點頭示意，宛若克莉絲汀女王一樣。好歹我也是騎士啊，這讓我私底下不免嘀咕幾句。

接著旁邊的婦女又繼續說著：「在善德閣下之前，你們可以安心陳述困擾在眼前的障礙了。」說完她點個頭，示意我開始。

我開始將波爾多城的歷史描述了一遍，接著將目前的動蕩局勢也解釋一次。最後是希望善德魔女能暫時進駐保護，或者派使者走一趟，起碼寫信調停也行。

我說完後善德魔女旁邊的人向她耳語了幾句，她才開口回答。

善德魔女用輕柔而和緩的聲音說著：「心中有光明、良善，便不會憤憤不平了。」

「善德閣下說的沒錯。」我繼續說：「因此才要勞煩您阻止這場紛爭。」

善德魔女則回答：「真誠為善之首。只要先放低身段向對方賠罪，敵人也會感受到這份心意跟著道歉。如此一來大家心中就沒有芥蒂，就能和睦共處，共同努力創造良善、美好的未來。」

「可是賠罪就承認自己是罪犯，女王的文書也變成了廢紙，下場就是坐以待斃。」

魔女嘆了口氣說：「還沒有去做就退縮，心中之魔還是遠高於真誠的力量。」

當然善德魔女面前不能這樣反駁，我以委婉方式說著：「正因為個人真誠之心不足，才需要求助於善德閣下的智慧與能力。」

「正確的事，要勇於承擔，你需要無懼困難。」魔女似乎已總結的口氣說出。

魔女說完起身準備離開，我連忙上前一步請她等一下。

「請注意禮節，瓦肯大人。」雖然旁邊的人和藹說著，但手勢卻指示我們要行禮後退下。山達克拉了我法袍一下，我了解要適可而止。只能先行禮退下後，再請託魔女的隨從轉達請求。

和先前一樣的態度，魔女在點頭示意後離開了大廳。我則趁隨從們還沒來得及散去時追上了那個先前一直在發言的婦女。

「請問這件事情什麼時候能回覆我呢？還是什麼時候能開始處理？」我覺得可能要求太多了，吞了吞口水說：「或者，寫封調解的信也可以。」

對方則有禮貌答覆：「善德閣下已經將智慧借予您了，希望您能善用這份禮物。」

這位婦女說完後旁邊的灰黑袍女子開口，「別忘了要感謝善德大人。」

「當然感謝她。」我說。

接著我們在原地互望了一下，似乎在等發生什麼事，然後對方便轉身離去。

「請等一下，你們還是沒給我答案。」我說完後灰黑袍女子說了聲：「庸俗無禮之人！」但先前的婦女卻停下腳步轉身來。她開口說：「從這裡往東邊前進約一天路程，有座試煉之塔。如果瓦肯大人能登上塔，我就請善德大人寫封勸告和睦的信。」

「就這樣？」

「就這樣！」對方說完轉身離去。

被善德魔女的隨從請出大門後，我往後看了一下山達克與派克，赫然發現派克還沒有戴上頭套。我向派克指出這項會影響他健康的疏失，但他心不在焉。

「大爺，那個殺死魔龍的秘寶真的不見了嗎？」派克邊說邊套上頭套。

我靠過去小聲說：「你是自己人才告訴你，確實不見了。」

「那，約翰大爺知道那座塔嗎？」

「不知道，但回去後再蒐集資料看看。」我露出笑容安慰著：「真的危險的話，倒也沒有一定非去不可。總之，方法不會只有一種。」

派克說這座試煉之塔是約八十多年前，出現在特倫山上的四層樓建築。特倫山不高，據說只約炎山的一半多一點的高度，但同樣是座孤山，邊緣山壁非常陡峭。

試煉之塔離城市不會很遠，來往附近的人都可以看到山頂有棟塔樓建築。甚至山下入口處還有石碑，寫著登上塔頂將獲得大量財寶與魔法道具。

剛開始許多人前往挑戰，但沒有人回來；甚至當地領主帶領軍隊上山，也是相同結局。所以後來就沒有人問津了。事情發展到後來，只要想委婉拒絕別人時，就會用上這個典故。例如：「登上試煉之塔，我就借錢給你。」之類的話。

聽完派克的話，我立刻下令打道回府。

至於波爾多城的請求，我有一個靈感。

現今位於北地和南地的西方交界，有個叫克納亞的國家。根據歷史上的記載，這個以貿易為主的國家，也自然在幾乎牽動整個大陸的浩大戰爭中，成為雙方爭取的對象。

魔空王派遣弟弟安迪亞，也就是馬斯多塔出使克納亞。克納亞王直接的詢問安迪亞，要站在哪一方才有和平。

安迪亞的答覆是，「站在哪邊都行。但如果你要的是和平，就要武裝起來，隨時備戰。」

鑑於請善德魔女協助的條件險惡，我想這個任務應該要劃上句點。畢竟我已經盡我的能力，剩下的事只能交由茱莉安女神安排了。我決定用安迪亞的名言給波爾多城建議，這是我唯一能提供的東西了。

感覺事情告一段落後，心情變得輕鬆些。我想到先前看到的魔光術感覺實用又不難，便請山達克傳授。他表示自己沒有學過這個咒文，因為吸血鬼的夜晚視力比普通人好一些。山達克倒是願意傳授殺死刺客的咒文——林奈氏電擊之觸。這是一種用魔法將身上的電傳送到對手的魔法。

我曾問山達克身上哪來的電，他說自己不是完全瞭解。只知道這種電的能量，和我們在乾燥冬天時被金屬或衣服電到的感覺相似，但魔法將這能量提升到能致人於死地的程度。

當然還有另一個手法相似但原理不同的魔法——古代電擊之觸，據說是使用來自心臟的電流。但我很懷疑心臟裡面有電這種東西。另外也有其他類似的術，但因不常見，山達克就不瞭解了。

這魔法我覺得不滿意，但可以接受。我問山達克多久可以學成，他回答自己練習了一年以上，於是我放棄了。

我想起了當初馬斯多塔當年曾使用「大雷神龍砲」咒文，便請山達克教我如何唸出魔法語。他則是不解的問著：「是唸出『大雷神龍砲』這個名詞嗎？」我的答案是肯定。他則提醒我唸出魔法名稱和魔法咒文是兩回事，我告訴他這就是我要的。我的構想是以後在說故事時，如果咒文名稱用魔法語唸出，應該會讓聽眾更有親歷其境的感覺。

派克則對我的行為表示疑惑，擁有摧毀魔龍秘招的人，居然不會許多基礎魔法。但他隨後像頓悟似說著：「莫非是魔法種類強弱的反差，還有施法時靈時不靈的不確定性，所以才被稱為『嬉鬧者』？」派克的話讓我難以答覆。

倒是山達克嚴正告訴派克，魔法能力與人類的地位無關，真正影響身分的是神的奧妙旨意。這段長篇對話太有宗教味道了，恕我在此跳過了。

關於「大雷神龍砲」這個字彙，很快就記起來了。我想起奧特老哥說跟背誦有關的事，他說記憶有兩種：暫時記憶與永久記憶。

暫時記憶在你達成目標後就會忘記了，例如宴會上那些別人介紹給你認識的貴族。這些人的名字在你打完招呼後，通常轉身就忘記了；永久記憶則是因為興趣和熱情，讓一些人、事、物成為你生命的一部分。例如宴會上那些別人介紹給你認識的驚人美女，她們的名字與一顰一笑，將烙印在心靈深處。

我們回到王城阿克賽後，隔天便收到了進宮的通知。報訊的使者透露這是要裁決魔龍的討伐事宜，我則再次解釋已經完成魔龍任務。梅哈老哥則提醒我，明日入宮的隊伍只有我們三人，須小心應對。

第二天進入王宮是便瀰漫一股詭譎氣氛。首先是女王進入大廳前，部分貴族露出不懷好意的笑容；其次是有位女侍行禮時，低說著伯格雷德公爵似乎在募集事件證人，並請我做好準備。雖然我很感謝她，但自從上次遇到偽裝女侍的刺客後，我已經和她們保持適當距離了。

女王面前的儀式一如往昔，隨著女王的慰勉和貴族們的客套發言結束，伯格雷德公爵忽然露出了令人不舒服的笑容。

公爵愉快說著：「你認識這些人吧。」揮了下手後兩個人從我身後走出。這兩個人我都有印象，一位是護送前往炎山的軍官，另一個則是賣紀念品的小販。

我瞬間理解公爵要表達的證據，但我還是問著，「這兩個人怎麼了嗎？」

「這位商人賣過瓦肯大人『龍牙』喔，這位軍官是見證者之一。」公爵繼續說著：「我想其他證人不用一一出列對吧？」

「買了龍牙是非法的嗎？」我問。

「瓦肯大人買龍牙，是企圖要冒充魔龍的牙齒對吧？」

我則回答：「單純只是照顧他的生意而已。」這時我忽然慶幸上次沒拿龍牙出來，否則現在就有洗不清的罪名。我靈光一現問小販：「我買了幾個龍牙？」

「一顆。」小販說完後我望向軍官，他也點頭同意這個答案。

我拿出購買的龍牙請小販確認，他接過後仔細看了一下說就是這個。雖然公爵插嘴說屠龍路上買龍牙居心叵測之類的話，但我沒有理會，只是請小販先收下。

「既然我只向小販買了一顆龍牙，就在剛才歸還了。」我說完公爵立刻接著說：「所以你已經沒有那個冒牌證據，也拿不出證據。」一面對公爵的話，我伸出食指揮了兩下。

我的動作讓他皺眉頭，但接下來更令伯格雷德公爵詫異。我拿出另一個「龍牙」，比小販大一號的那個牙齒，宣稱這就是消滅魔龍的證據。公爵則大喊：「胡說！」

伯格雷德公爵轉身向在尋求認同那樣說著：「瓦肯大人都說魔龍化成灰了，怎麼會有牙齒？」我則反駁魔寵在消滅魔龍前，用極快速度取得的。

「胡說八道！」伯格雷德公爵臉脹紅了。

「你又不是法師，無法了解箇中奧妙。」我回嘴。

公爵轉向宮廷法師們喊話：「各位大師，如果魔龍被化成灰，怎麼會只留下一顆牙齒？」隨後他望向小販說：「該不會這顆所謂的『龍牙』也是跟你買來的吧？」沒想到小販居然搖著頭老實回答：「我賣的龍牙沒這麼大顆。」

我也學公爵向宮廷法師們喊話：「各位大師，公爵只是普通人而不是法師。他無法理解魔法的多種可能性，也不瞭解法師是一種尊貴的職業，對吧？」

幾名宮廷法師面面相覷，似乎不知道如何回答才好。

由於伯格雷德公爵一直強調：一頭龍被化成灰與牙齒存在的不合理性；我則反覆論述：公爵不是法師所以無知。我們各說各話爭辯著，根本不會有結論。最後女王裁決：如果魔龍一年內沒有再出現，便證明了魔龍討伐成功；反之，就是失敗，屆時再討論懲處。就這樣女王前的功績評定會議，在不愉快中結束了。

我回去後向梅哈老哥抱怨今天的事情，他則勸我耐心等待，畢竟這種沒有令雙方同意的共識，只能由時間證明了。山達克和派克也認同魔龍被消滅的事實，將有真相大白之日。接下來我們聊到了擊殺俗稱小地龍的雙角大鬣蜥的各種細節。每個人當時的緊張與手忙腳亂，此時講出來反而讓每個人大笑不已，連娜娜卡大嫂端葡萄酒進來時都問：「在講什麼故事？這麼精彩！」

俗話說：「歡樂與悲傷是兩兄弟。」聊到傍晚時，先前派出去送信的三人，已經有一個回來了，是前往紅袍法師會的信差。

「辛苦了，紅袍法師會的人什麼時候出發呢？」我盤算著等等就可以回信給波爾多城的市長。

「很抱歉，瓦肯大人。」信差說完我一時會意不過來，他接著說：「隨身帶的錢不多，所以連預付款項的部分都出了問題。」

「為什麼要預付款？」我納悶著。

信差解釋他拿著信到紅袍法師會時，門口的人將他引導致主建築旁邊的塔樓。塔樓裡面的人看了信後，開始和另一名男子在進行某種估價，最後的結果判定這樣的任務需先支付兩百個金幣。

「是不是哪裡弄錯了。」我提出了問題。雖然客戶的事件委託費用，是紅袍法師會的主要收入來源，但原則上我的事情應該是例外才對。

我猜測可能凱薩琳還在生氣中，導致紅袍法師會取消對我的所有特殊禮遇。這種不好的預感，讓我重新寫封信並請山達克替我跑一趟。當然信中也對當時午餐的不當態度慎重道歉，並已經在自我放逐中澈底檢討了。雖然最早宣稱的自我放逐純屬戲謔，但再次寫下這句子時，已經有點感覺現在自我放逐中了。

然而不好的消息總是結伴而來。就在寫完信山達克緊急出發後，梅哈老哥收斂起笑容嚴肅的說，克莉絲汀女王將在明年夏天舉辦婚禮，對象是第三勢力的陸克・艾林公爵。因為我是女王信任的友人，所以請我擔任三位主婚祭司的其中一人。至於祭司的頭銜，他會想辦法的。

關於這點我拒絕了，梅哈老哥詫異著問理由。我隨便扯了對陸克・艾林公爵不瞭解，不放心這場婚姻是否對克莉絲汀女王有益處。

梅哈老哥在一臉恍然大悟後笑著說：「原來是擔心這個啊！」他解釋公爵是三十二歲的斯文男子，沒有兄弟姊妹。婚後艾林公爵家的領地將併入女王直屬地區，同時公爵本人也不干涉國政，雖然他將擁有國王的稱號。

梅哈老哥自問自答說：「那他有什麼好處呢？」接著看我一眼似乎等待答案，當然我是不會回答的。這時他才說：「這樣艾林公爵家的子嗣，便可以成為下一任國王了。」

「原來如此。」雖然我嘴上這麼說，但我知道那傢伙簡直佔了一個大便宜。回憶起當年馬斯多塔曾經告訴過我，依克莉絲汀的身分是無法嫁給一般人的。我既然選擇了這條路，也只能獨自承受這樣的打擊。畢竟歷史上英雄法師的情感路，向來都是備受煎熬。

我以思考是否適任主婚人的理由回到房間，並沒有點燈而直接坐在椅子上。才察覺凱薩琳方面沒有消息，立刻被知會又要失去克莉絲汀，人生最悲苦莫過於此。

『隨著夜色漸深，世界也越來越暗，感覺自己慢慢為周遭的黑所吞沒。』這段形容某位古代英雄因傷心失落轉為效忠魔王的心路歷程，正如描寫我的心境一般。

更晚時送信給洛斯諾領主的人回來了。由於我介入波爾多城的主權爭議，洛斯諾領主連看都不看便把信撕掉。但這種無禮的事情，相比之下已經不能對我造成更大打擊了。

# 第七節　孤注一擲

天才剛亮沒多久，梅哈老哥已經出門了。想到他雖然有著重要的職位，但經常早出晚歸十分勞碌。比起擁有權利而忙碌到沒時間休息，待在莊園過無憂無慮的日子更適合我。

吃完早餐沒多久，克莉絲汀女王派使者傳喚我入宮。坦白說自從得知女王的婚事後，心情有了微妙起伏。我第一次產生抗拒見克莉絲汀的念頭，並且閃過了我在書房喝酒看書的日子。

當然身為一名騎士，是不能違背女王的命令。

在使者帶領下我來到了一處沒看過的寬敞庭園。庭園正中心有處寬廣的廣場，廣場上橘色石磚上則有張鋪上白布的長桌，擺滿了各式的甜點與飲料。

廣場邊緣的大樹下，站著幾位侍女。我想這距離讓她們聽不到聲音，但卻可以看到這場會面。雖然使者在致意後離開，但想到還有其他人在旁邊關注，自己也不敢太過於嘻皮笑臉，便在原地向女王行禮。

克莉絲汀穿著一套淡綠色典雅質感的旅行者裝束。坦白來說，一般旅行者衣物反而是不會有這樣的貴重品味。

「約翰，過來這裡。」克莉絲汀站在長桌旁向我招手。

我靠近只有幾步之遙時，她舉起了右手背說著：「我的騎士，你可以行禮了。」我彎著腰並前進兩步，接過克莉絲汀的手並在她手上的大祖母綠戒指上親吻。在往常我都會在女王手背上親吻，這種不合規矩的方式常讓克莉絲汀大笑。

也許是親吻禮節的改變；也許是表情語調的變化。克莉絲汀問說：「怎麼啦，約翰。」我回覆沒甚麼事後，克莉絲汀說：「約翰，你聽說我的婚禮了吧。」我則點點頭。

「坐下吧！」克莉絲汀指著旁邊的椅子，但我拉開了間隔的椅子才坐下。

克莉絲汀告訴我由於反對派貴族的力量與女王的力量相差無幾，導致部分領主故意以細小問題出兵對方領地。身為女王必需要有壓制反對派的力量，否則容易讓國家陷入內亂。而這樣的聯姻能增強女王的力量與權威，降低衝突的發生率或減少衝突慘烈的程度。

就在克莉絲汀說完後，我起身說：「女王的苦衷我了解。」

「你並不完全了解。」克莉絲汀女王說完後站了起來。她掃視周圍後繼續說：「知道嗎？我已經結婚了，約翰。」就在我納悶時克莉絲汀接著說：「我在很早前就嫁給這個國家了。」

我聽完後心情複雜，但又不知怎麼開口。倒是克莉絲汀開口了，她幽幽地說著：「約翰，你還是我的朋友吧？」

我察覺到了克莉絲汀早已有女王宿命的覺悟，自己即便無奈與不捨，也只能步入克莉絲汀女王相同的道路：放棄小愛換取大愛。

啊，巨錘森林！為了這片土地的和平，我獻上了戀情。

我用彌補的心態行著禮說著：「騎士特哈哈肯瓦是女王的忠誠盟友，法師約翰也依舊是克莉絲汀小姐忠心的僕人。」

克莉絲汀側著頭微笑舉起右手，我領悟到剛才的見面禮節，迴異於以往而讓雙方產生芥蒂，是該重新來過了。連忙接過克莉絲汀的右手，並直接在她手背上親吻，就像我以前視為一種美妙的恩賜那般。克莉絲汀這才露出笑容說：「那我們就像以前那樣聊天吧。」

我們聊了很多，我自己的故事都已經寫在書上了；克莉絲汀的部分雖然只是私生活和心情分享，但不論是基於王國的騎士還是身為忠心僕人的身分，我都有守密的必要。

當然我還是有願意透漏的部分。那就是女王婚事的促成，是由於伯格雷德公爵大力奔走之故。雖說他的出發點為增加女王的力量，但還是讓我心中的怒火難以消除。

另外伯格雷德公爵也有圖利自己的嫌疑，因為女王的未婚夫為了感謝他居間斡旋，將自己領地外的一處莊園贈送給他，當成一種謝禮。雖然女王並不在意這種餽贈，但我覺得收受禮物這就是個利益問題。

我的抨擊開始像亂箭般射向伯格雷德公爵時，克莉絲汀僅是笑著說她知道了，這讓我聯想到歷史上那些說別人壞話的奸臣，可能像這樣圍繞在君主旁邊進獻讒言，這才改變了話題。

正當聊到我對善德魔女看法時，忽然女侍跑過來說伯格雷德公爵要面謁女王。於是克莉絲汀女王告訴我今天只能聊到這裡了。就在告退轉身後，公爵與幾位貴族進來了。公爵看了我一眼後說：「看來瓦肯大人又來進獻特別的計策了。」他說「特別的」三個字時，還加強了語氣。

「正是這樣。」我說完公爵略顯訝異看了一下女王。我則略帶諷刺地說：「我建議往後重要貴族子女的婚姻，也需要對王國的和平有貢獻才行。這是個好建議吧？公爵大人。」雖然是亂扯一通，但這時自已也覺得有幾分道理。

伯格雷德公爵則是瞪了我一眼。

接著從女王與公爵的對話中得知，支持女王與反對女王的兩位領主，因為邊界的問題準備大打出手。當前最重要的是由女王派人去調停，但調停並不是拿著女王的文書就可以了，畢竟女王的力量還沒大到可以威攝全部的領主。因此，所謂的調停就是由使者拿著女王文書，並在軍隊的簇擁下要求兩方和談。

當公爵報告完畢後又看了我一眼，讓我產生不好的預感。果然伯格雷德公爵開口了，「關於這次的隊伍，想起名重一時的瓦肯大人加入先鋒如何？」

「既然是調停的任務哪需要擔任甚麼先鋒。」

「萬一對方不願意接受女王的調停，那就只能用武力解決了。」公爵說完接著說：「還請瓦肯大人在調停時展示打倒魔龍的力量。」

我想一名不友善的人如此積極想讓你參與的事情，風險一定極高。

「恕我拒絕！」我看了克莉絲汀女王，女王則淺淺一笑。伯格雷德公爵則有些動怒說著：「瓦肯大人！你是不是男人？」

我知道這叫做激將法，於是雙手一攤說：「我不是男人，只是小丑！」克莉絲汀則似乎憋住了笑意。

伯格雷德公爵在思考了一下說：「瓦肯大人應該沒有忘記自己曾經答應我，要完成一個效忠女王的未知許諾。現在就請你完成它了。」

此時女王開口了，「公爵大人，這段時間我已經派瓦肯大人執行任務了，你找另外的時間讓他去做吧。」伯格雷德公爵則用只有我能聽到的音量說：「沒有真材實料的人，才會躲在女王裙底下。」我也用只有公爵聽到的音量說：「閣下也是不敢當先鋒的人，就是躲在我褲子底下。」

「放屁！」伯格雷德公爵略為提高音量，隨後因自己的粗魯向女王致歉。他用正常而嚴肅音量提醒，受到我名義保護的波爾多城北邊，出現自稱盜賊的隊伍聚集。

「一小撮強盜那有甚麼稀奇的。」

「前幾天接到波爾多城的求救信，據說是數千人的盜賊，而且還在增加喔。」公爵一臉輕鬆。我看了女王，她也點了頭。

「一定是前領主和他的盟友派出來的軍隊，這些傢伙竟敢違抗女王的命令。」說完我請求女王調停或出兵保護，但公爵說：「女王陛下已經派出使者，但對方堅持自己是盜賊集團呦。」然後他用買賣式的口吻說：「如何？我增派兵力在我領地的邊界，這樣包圍波爾多城的軍隊中，至少會有兩個領主因為壓力而撤兵回領地防守，然後你代替我打先鋒，我們在效忠女王陛下前提下，交換去做工作如何？」

我深呼吸一口氣，「好吧！」心裡想剛為了王國獻出戀情，這一次不知道是否要丟了性命，但失戀的人已經是萬念俱灰。糾纏並受愛情折磨，或許這就是一位法師的宿命。

「瓦肯大人千萬不要用魔法把對方化成灰喔。」公爵一臉笑容。

「公爵大人請記得是調停談判，不是去說媒喔。」我說，公爵則是哼一聲。由於接下來公爵及其他貴族要和女王議事，我便先告退了。公爵則提醒我，關於這次行動的備忘錄將在這明天送到我手上。

離開王宮時想起如果山達克沒去送信，就有人可以商量如何應對了。就在這時發現有個披著斗篷的人跟在後面，心裡一驚想說是刺客嗎？轉身後對方則上前行禮，我則反射性後對一步。

「瓦肯大人，您的朋友送東西來了。」我這時才發現斗篷下臉孔似乎是上次送信到莊園的中年女性密使，這才放下戒心。

「是什麼？」我問。

「是盒子和一個口信。」對方答。她先交出一個有點沉的盒子，接下來說：「失禮了！」便用雙手夾住我的雙頰，我則趕緊用單手抱住盒子，並伸出手掌堵住對方的嘴。

「這就不用了。」

「這樣子喔。」對方也識趣後對一步。我本來想接著說，「改天親自向女王領受。」但畢竟這樣的態度過於輕浮，想想就算了。但我還是按照以往的模式掏出銀幣感謝她，並問她有什麼內幕消息。雖然對方知道的不多，但原來除了我以外，還有另外兩名騎士被賦予先鋒頭銜，這讓我感覺好了些。

我回到梅哈老哥家後打開盒子，裡面就是一袋錢與一封沒署明的信，信封上則是畫著雙刃斧頭上長著杜鵑花。當然金錢的作用是雇傭兵，一位騎士當先鋒總不能沒有隨從吧。然而雖然手上有些錢，但鑑於上次的經驗，我想大概依舊不會有人願意受到我的雇用。至於女王也不方便派人支持我，否則另外兩名先鋒也比照辦理，後續就變得很麻煩。

但總是能給自己添一點東西，我叫來派克陪同並拿了些錢，出門往鐵匠鋪走去，重新買把長矛感覺是不錯的選擇。

在派克帶領下來到了王城中最有名的鐵匠鋪，在店主的推薦下買了上好的長矛。後來我問店主有沒有辦法給長矛附上魔法時，店主說：「你當法師的都沒辦法了，我們的鐵匠怎麼能辦到？」

我們離開店面時，眼前有個揹著背包的中年人走過。雖然覺得眼熟但想不起來是誰，但對方看了我一眼後嚇一跳用邦卡語叫了聲：「約翰大師！」

我愣了一下才想起對方是卡特曼團的大叔，先前拿偽秩序之石時，他的音量最大聲了。我伸手要請他留步，他便開始跑了。我閃過了一個想法，立刻喊：「等一下！」對方並沒有停住，於是我們也只能跟著奔跑起來。

我喊著站住或請路人攔住卡特曼團的大叔，但都無動於衷，彷彿我講的是魔法語那樣沒人理解。

我靈機一動喊著：「我是瓦肯騎士，抓住那個人就送銀幣！」話說完立刻有許多路人朝著卡特曼團大叔飛撲而去。沒多久大叔就被小山壓住了。

大叔大叫著憑甚麼抓他，我則告訴他願意聽我講完話就讓他離開。面對這樣的局面他也只能答應了，於是我付了八個銀幣讓他自由。

大叔起身後便說：「我們當時沒對你們出手喔，所以雙方扯平了。」

我笑著說：「很遺憾你們上次沒賺到錢，現在有機會讓你們賺一筆如何？」說完大叔不耐煩的表情才消失。

「可以和你們的團長或隊長見面談這筆生意嗎？」我邊說掏出兩個銀幣放在對方手上說：

「麻煩你傳話了。」又補充說：「不放心可以多帶點人保護他。」

「為什麼要找我們？」大叔問。我則告訴他：「有件事因為需要大量人手，一時很難找到。」

大叔想了一下說：「怎麼聯絡？」我則回覆在梅哈老哥家裡等他們，並把位置和地址告訴大叔。

雖然這樣和大叔說了，但還是不放心。我找了家雜貨店買了張紙寫下地址，接著則和店家要了些膠泥，最後則脫下金戒子在膠泥上蓋章。我拿給大叔時說：「這樣應該是可以表達我的誠意了。」

他接過後就離開了，雖然我用邦卡語大聲說：「記得要叫你們團長來喔！」但大叔沒有任何回覆，只是專心往前行進。

晚餐後在閱讀伯格雷德公爵送來的備忘錄時，僕役通知說有幾位說話不太流利的奇怪訪客，拿著印有我名字的文件找我。我猜應該是卡特曼團，為了表示誠意我親自到門口迎接。

僕役一開門就看到團長、大叔還有兩個年輕人。團長看到我用邦卡語問：「這是你的房子？」我告訴他我在這裡作客。我引領他們到房子內時，卡特曼團的人左顧右盼看著，我則告訴他們這是一位大官員的房子，不會有什麼埋伏的。

我向大嫂娜娜卡打招呼並借用客廳談事情，僕役們為每個人端來了飲料，卡特曼團的人則看起來心存戒心。

我先舉杯一飲而盡，「請放心這飲料是正常的。」我怕團長還有戒心便說：「我最近消滅魔龍，應該不需用這種手段來害你們。」團長則說：「我們懂當地語言的人不多，而且剛到這裡，並不知道魔龍的事情。再說一位消滅魔龍的法師，怎麼會需要我們這一點人？」

這讓我一時語塞，但很快我就說：「這是政治的需要。」

「政治的需要？」團長疑惑了一下。

「約翰．斯萬。」我用手掌比著胸口後說：「請問怎們稱呼閣下。」接著比了一個請說的動作。團長在猶豫後自報姓名，但他說由於卡特曼團中許多人因為種種原因不能透漏姓名，希望不要在公開場合提到他們的名字，這點我答應了。

我告訴團長雖然我身為獨來獨往的法師，但也是本地騎士，因此在這次可能爆發的衝突中，需要有人手撐起騎士身分的場面。

團長聽完冷笑一聲：「這不是撐場面而是當肉盾吧！」大叔接著大聲說：「果然是陰謀！」團長則轉頭看了一眼，大叔則緊閉住嘴巴。

「不！不！不！誤會大了。」

「難不成只是搖旗吶喊就好了。」團長還是一臉不放心。

「是真的充場面。我可以約定只要開戰號角響起，卡特曼團隨時可以逃走。我是說撤退。」

「你說真的？」

「我們可以簽合同，就像商人那樣。」我補充：「當然你們留得越久，我將在事後看情況多發一點額外獎金。」

「關於這次的報酬怎麼計算？」團長問。接著他說出他的公定價格。

「由於是搖旗吶喊的性質，行情的三分之一如何？」

「不行，要三分之二！」

「半價！」

「五分之三！」團長喊，我則說：「成交！」這之後我們開始討論付款方式與伙食跟雜支細節。

這時後派克敲了兩下打開了門，滿面笑容的他看到了我和卡特曼團在談話，趕緊關上了門後重新敲門。

我刻意壓低聲音說：「無妨！」派克則在應聲後進入了房間內。

聽到派克說：「派去莊園的信使回來了！」我轉頭看，派克旁邊果然是回莊園送信的人。送信的人微笑說著：「灰色鐵衛法師團的大師們也來了！」

我還在想灰色鐵衛法師團是哪個組織，應該是紅袍法師會才對啊！就是派去的信使碰釘子，才讓山達克再跑一趟。這時候卡特曼團的大叔大喊一聲。

「是費迪南！」

此時費司特從後面現身進入房間說：「沒錯！」讓我看到熟悉的身影。阿貝魯也出現說：「還有聖阿貝魯！」接著巴布也擠進來用手杖敲了地板說：「聖巴布也在此！」

三人除了穿上莊園的灰色法師袍外，腰間還配帶著長劍。手上的杖是用守衛的棍子改裝的，只不過費司特加上藍色的木球和木條，阿貝魯的棍子纏著黑布條，巴布則是綁上鐮刀。雖然他們胡亂在名字前面加上「聖」，有些令人啼笑皆非，但當時的氣勢連卡特曼團也為之動容。

「費迪南，痾，費迪南大師怎麼感覺不同了。」大叔問。

「廢話，難道一名士兵連睡覺都穿盔甲？」費司特回答。我則忽然領悟到一個人的裝扮，原來是一種魔力。

卡特曼團的大叔沒有再爭辯了，其他的團員也小聲聊起當時闖入莊園的事。我覺得應該要趕快完成雇傭的細節，因此請僕役帶領費司特他們先去休息。

我聽到了團員們對話中似乎慶幸當時沒有起衝突，便對團長說：「現在證明了我們的實力。為了雙方的友誼，雇用的酬勞可以在調整嗎？」雖然說是調整，但當然就是要降價。

沒想到一時錯誤判斷，讓自己非常難堪。團長說：「援軍出現了，所以我們重要性下降，確實是殺價的好機會。莫非約翰大師都是看局勢變化，來決定要不要實踐承諾嗎？」這樣的回答讓我耳朵發燙而感覺慚愧。

「是我失言了，付款金額與方式維持不變。」我趕緊致歉。團長也很給面子說：「不愧是大師，信守諾言。」我只能回說：「不敢，不敢。」

我向梅哈家僕役要來幾張紙和筆，就開始撰寫契約。我請大嫂以梅哈家女主人身分見證，並先支付半額費用；另一半費用當著卡特曼團的面委由大嫂保管，並宣稱在萬一我陣亡或逃跑時，大嫂將成為履行契約者。

卡特曼團離開後，我和費斯特幾個聊了起來。莊園的人怕我被麻煩纏住了，派他們過來看看。我好奇他們為何做這種打扮，他們則回答法師的裝扮不僅有助於通關，還受到了路上行人的尊重。

「路上有發生什麼困難嗎？」我問。

「當然沒有。」巴布拿出了一張羊皮卷說：「我們靠這個。」

打開一看，是張署名灰色鐵衛法師團的組織，內容以兩種語言呈現。聲稱受邦卡的約翰大師指示，正在進行守護人類世界的隱密行動。羊皮卷證明持有人身分，並請求任何閱讀羊皮卷的人盡力協助，最後還有「灰色鐵衛法師團九人評議會」的簽名與代表法師團奇怪符文的印鑑。我猜九人評議會應該是先前任命的九位臨時莊園管家，至於印鑑就猜不出來了。

「用蘿蔔刻的。」巴布解釋後大家一起笑出來。

「不然還有這個。」費司特說完還抽出長劍。

我想關於處理旅行的問題，他們應該是得心應手才對。我都幾乎忘記了眼前的中年人，年輕時曾經是四處行走的盜賊。

我請梅哈家的僕役再一次準備飲食，席間講了許多旅途發生的事，也聽了一些莊園中近況。關於魔龍與布涅領主的故事，費司特三人覺得雖說是一種巨大史詩，但他們心中馬斯多塔是萬能的，周圍的人在他的影響下產生傳奇事蹟理所當然。

波爾多城故事，則出乎費司特他們意料之外。逃離剝削的可憐人轉變為「不法之徒」，並且抗拒領主的軍隊如此之久而屹立不搖，簡直匪夷所思。

費司特他們都表示如同看見了過往的自己，而且更加成功與強大。也因為這樣，他們非常同情與認同波爾多城。

「約翰先生，我有個大膽想法和請求。」費司特開口說。

「有話直說吧！」

「剛剛不是推測可能沒有法師坐鎮波爾多城，所以才出現想要攻擊城鎮的軍隊，也因此約翰先生才要去紅袍法師會搬救兵。」

「我確實是這樣判斷！」我拿起了酒杯搖了兩圈。

然而在我要喝下葡萄酒時，忽然聽到：「那麼紅袍法師會的大師到達前，就由我來坐鎮如何？」這樣的言詞讓我的酒差一點要噴出來。

我提醒費司特：「這不是開玩笑的啊，更何況……。」我停了一下，想說要如在用詞上斟酌，以免讓費司特心靈受傷。沒想到他嘻笑說：「更何況我不是法師。」

我點了頭。

費司特小聲的說：「在這個地方沒有幾個人知道這件事。」

「這跟我們在莊園的閒聊是不一樣的。」我提醒了費司特：「更何況真的發生了實戰，沒有魔法怎麼辦呢？」

費司特閉眼睛陷入沉思時，巴布開口了：「咒術師如何？」

「咒術師？」我在想有什麼特殊用意時，費司特點頭說著：「反正就是詛咒敵方，並沒有要馬上就出現效果。」

「妙！」我拍手叫好：「兵法書好像有這麼一段，說是要隱藏超越對手的部分；然後誇大不足之處。」

「秘咒師如何？」阿貝魯出聲了。

「秘咒師？」

「聽起來比較可怕。」阿貝魯解釋後，我們四人一起點頭。

由於三人都志願到波爾多城，我找了紙筆寫信給尼古市長。本來我想至少應該讓市長知道事實，但依照他們的計畫：欺騙敵人前需欺騙自己人。因此信上並沒有說太多內容，只說他們是暫時徵調來支援的人。

我個人之前被鎖子甲救了兩次，所以我拿了一袋錢給他們買這種護具，而他們也樂於接受。但我也強調，等接手的法師一到，他們必須立即返回莊園。我請派克隔天帶他們去鐵匠鋪，並請娜娜卡大嫂派梅哈家熟悉波爾多城的僕役，幫費司特幾個帶路；而大嫂找了精通多種語言的長子羅隆爾帶路。一切安排妥當之後，感覺有完成了一件工作的舒緩感。

我沒有告訴費司特他們即將擔任先鋒這件危險的事。但在事情告一段落後，我決定要孤注一擲。當然日常生活中我是反對賭博的，在我出生的小鎮，身邊就有幾個人因嗜賭而生活潦倒。

但我記得馬斯多塔說過，人生在關鍵時刻就要賭，和命運對賭。馬斯多塔及他的兄弟們在剛建國之初，就曾經在普隆達尼亞大軍壓境時，面臨降與戰之間抉擇。雖然最後他們成功了，但馬斯多塔說如果當時失敗了，將留下不自量力的笑柄；反之如果大獲全勝，局面便有可能產生逆轉。但他也曾經警告，這樣的賭局不是單憑運氣，還要加上實力與智慧。

雖然自己缺乏實力與智慧，但愛情的失意、波爾多城的責任、還有擔任先鋒的危險，忽然覺得再加上一條危險的挑戰似乎也沒有差別了。一名身中百箭的人，不在乎多中一箭，因此我決定要去那個試煉之塔。萬一成功了，財寶與魔法道具，甚至善德魔女也會寫斡旋的信件。當然我也想過失敗的悲慘下場，但最悔恨的莫過於弄丟了布涅領主的哨子。

第二天一早費司特他們出發後，我便緊接著出發。本來基於道義，並沒有要帶派克同行，但他對我的信心居然高過我自己，於是我沒有堅持。倒是梅哈老哥聽到我要去那種地方，勸了我一下。在交談幾句後他說看到了我的覺悟表情，因此不再阻止，隨後派了兩名熟悉路況的武裝護衛帶領我前往。

然而正當要出發時，梅哈老哥似乎又欲言又止，我想大概要說什麼多加小心之類的話。

「我心意已決了。」

沒想到梅哈老哥揮著手說：「是另一件事啦。」

在梅哈老哥呼喊中，娜娜卡大嫂帶著一位厭世表情的年輕半獸人出來，以我來說半獸人都長得差不多：相對魁梧身材、外露的犬齒與暗沉膚色。當然想處久了，還是可以分辨出熟人的外觀。

我問著：「這位是……。」大嫂則說：「他是我兒子。」我納悶著兒子不是叫這個名字，而且也不同人。

「他是家裡的老二，羅發。昨天晚上才到家的。」娜娜卡大嫂解釋道。隨後梅哈老哥說：「我想讓他跟隨你去冒險一陣子。」

我靠近梅哈老哥耳朵說：「最近的行程都很危險的，不小心可能會死掉啊。要不要等我回邦卡時再來找我，我可以保證他的安全。」梅哈老哥也小聲說：「他自己說不想活的，真的死掉了也認命了。」

「真的不想活了？」我用幾乎聽不到的聲音。梅哈老哥也用同樣的音量說：「失戀了，不想活了。」

我又看了一眼，羅發這位年輕人臉上依舊被烏雲籠罩著。我拍了他肩膀說：「振作起來。」羅發則抖肩甩掉我的手，表情像在說：「你懂個屁啊！」

梅哈老哥介紹說：「這位是特哈哈叔叔。」

「特哈哈瓦肯這名字應該是瓦倫特人（約翰注：即我們所稱的半獸人），怎麼會是普通的北地人呢？」羅發無精打采的問著，梅哈老哥沒說話。受到氣氛感染我也提不起勁回答：「你也可以用約翰稱呼我。」

梅哈老哥說：「就這樣了。」便把羅發推過來，娜娜卡大嫂則走過來幫他掛上斜背的袋子。

我們一行人跨上了馬，其中有個看似要帶隊的人策馬向前，示意可以出發了，另一個則走在最後面，做出了壓隊的態度。

向大家道別後，我做出帥氣的騎馬動作下令：「前進！」又對羅發說：「出發探險囉！」他則嘀咕說著：「一帆風順的人又在耀武揚威了！」

我邊騎馬邊笑著說：「雖然我看起來輕鬆愉快，那是因為有必死的決心。」羅發揮了下韁繩趕上來問著：「目的地是哪裡？」

「是一座傳說中的塔，被稱其為試煉之塔。」

「特倫山那座塔？」

「沒錯。」我接著問：「你知道這座塔嗎？」羅發點點頭說曾向一位女子告白，女子告訴他，除非先登上試煉之塔。當然，這就是拒絕的意思。但我猜就算真的登上試煉之塔，並插上了寫有羅發的旗子，戀情的結局也不會有什麼改變。

羅發忽然問我：「約翰叔叔你不怕死嗎？」我則告訴他：「因為我正處於失戀的低潮，必需用這種方式轉移痛苦的記憶。更何況萬一真的發生了意外，也是一種讓心靈平靜的方式。」說完之後我看了他一眼，表情似乎不相信。

「你在暗示我什麼嗎？」

「不，我說真的。」

「真的？什麼樣的戀情啊？」羅發皺了眉頭問了，感覺要進一步確認。

「是一種身分上的差距，阻礙了相愛的兩人。」我一說完，羅發則回答：「都已經是大法師了，還能有什麼問題了。」此時派克大叫一聲，接著說：「莫非是和哪位公主的秘戀？」

「這有機會再講吧！總之，我的戀情受挫折的次數，都可以寫成一本厚重的書了。」

羅發則開始專注起來，他以為法師是容易受到女性青睞，尤其是一位有名的大法師。當然他也好奇自己的父親如此重視我，必定是有什麼特殊原因。例如：啟發武藝或成為心靈導師之類。

我忽然想到這樣帶著羅發，可能會讓對方陷入各種災難。更何況在這裡吃、住都由梅哈老哥包辦，萬一他兒子死了要如何交代？於是我告訴羅發：「其實我只是一個平凡的人而已，沒有辦法讓人得到成長或啟發。因此，不要有什麼期待。」

羅發看了我一眼，似乎在說「你在說什麼啊？」我便和他說：「因為我看過法師的巔峰，所以知道自己是三流的。」

「那麼巔峰是什麼樣子？」

「這個離題了，總之不是我這個樣子。」我說。「反正這趟旅程就是失戀的蹩腳法師，因為活得不耐煩了，開始踏上不歸路。所以我們掉頭回去，其他交給我來和你家人說明如何？」

羅發閉眼睛後再張開說：「說這句話是考驗在我還是諷刺我？」

「考驗你？我是認真的！我都沒法自救了怎麼保證你安全？」我解釋著。羅發則雙手抱胸思考著說，「很難分出真假。」

「我騙你做甚麼？」

「有人說你是傳奇大法師，也有人說是宮廷小丑。那到底是大法師還是小丑？」羅發皺眉頭問。

「當然是宮廷小丑，不過專有名詞叫『宮廷弄臣』。」我說完後羅發和我一起笑了一下，但派克和其他人則露出不解的表情。

「我們現在可以掉頭回去嗎？」我想羅發可能改變想法了。

「不。」羅發簡潔回答著，「失去了心目中的女神，我去哪裡已經沒差了。」

「為什麼這麼說？」我告訴他：「不是俗話說天涯何處無芳草，何必單戀一枝花。」

羅發老氣橫秋講著：「你自己不也宣稱失戀，怎麼不去找你說的其他芳草？」

「呃……。」就在我無言以對時，羅發又開口了，「約翰叔叔真的是傳說中的勇者嗎？」關於這點我堅定回答：「當然不是。」

「那你會瓦倫特真言嗎？」羅發問。

「什麼真言假言，瓦倫特語是我最近幾年才學的。」

羅發一臉無奈抬頭望天空，用手掌拍了一下額頭：「想不到我羅發最後的道路不是跟著傳說中勇者，而是跟隨著小丑。果然我的命運就像戀情一樣可笑啊！」說完留下了兩行淚。

看到這一幕的我趕緊用力捏住大腿，避免自己笑出來。

# 第八節　試煉之途

不知為何，羅發對我聲稱的「情史」非常感興趣，路上一直纏著我要說出來。我認為他可能有意要找出故事中的漏洞，因此完全坦誠相告。

我從最早的單純暗戀鎮上的美女、暗戀乳酪店女店員的故事簡單描述，又將幻想領主會將姪女嫁給我、目不轉睛盯著女將領的身型而被厭惡的事和盤托出，還有因吃太多觸怒女生、與某高貴女子還沒開始便結束的失敗事件通通都講出來，然後心情頓感輕鬆。

「不要再瞎扯，我已經十九歲了。」羅發半睜開了眼睛。同時不可諱言，這些真實的故事簡短又無趣。

「好吧！」我開始發揮吟遊詩人的說書本領，講述了一個故事。

原本的故事很簡單，就是奧斯卡領主的姪女，愛上了有名吸血鬼，但後來被拋棄自殺了，領主因此委請我出面請對方給他們一個交代。過程中我被另一位姪女驚豔到，於是猜測任務結束後，會不會因領主的感激娶得美嬌娘。當然一切是自作多情。

如果你們想知道的更詳細，我上一本書已經有提到了；如果是想聽別人鬼扯的版本，那我建議購買福德瑞所著的〈當代北地法師們的祕密戀情〉，第十七章就是專門提到我。

當然我告訴羅發的是新創的故事。故事中本法師女友因為被吸血鬼抓走，而與一名劍士——

女友妹妹共同展開了征途。雖然最後打敗了吸血鬼，但女友在等待中不屈而死，同行女劍士則因為相處日久產生情愫，但被我以忠貞的愛所婉拒。

雖然這段故事用簡單扼要方式寫出來，但它實際長度，可是從騎在馬上講到下榻的三面盾牌旅店餐桌前。我說完最後一段時，羅發的感動從表情已不言而喻。當我對這段胡扯的劇情也感到滿意時，羅發又提問了。

「約翰叔叔，為了堅持對克萊兒小姐的愛，你拒絕了她美豔的妹妹，那後面的戀情，又是怎麼回事？」他說完後叉了塊肉放入嘴中，接著搖了叉子說：「你該說是情聖或說是女性的愛情殺手！」

羅發的問題讓我到口的酒杯停頓了一下，想說要如何才能自圓其說。我看了其他人，均露出了好奇的表情。

「關於這個……。」忽然我的故事靈感消失，因而一時語塞。正當煩惱之際，旅店的門被打開了。一位穿著農夫裝扮卻穿著長靴，圍著藍色披風的年輕人走進來。

年輕人環顧四周圍後，對大家喊著：「請問特哈哈瓦肯大師或約翰．斯萬大師有在這裡嗎？」說完便直奔旅店的櫃台詢問，似乎在確認瓦肯不在這裡。就在他和店員交談時，我抓住了這個轉移話題的時機，喊著：「我就是特哈哈瓦肯。」

年輕人轉身回頭說：「真的是瓦肯大師？」

「你可以問這幾位。」我指著同行的人。

年輕人猶豫了一下說：「這些人算你的同夥，說的話可信度不高。如果真的是瓦肯大師，應該能親自證明。」

「怎麼證明？我有印章。」說完我脫下戒指拿在手上。沒想到對方卻說：「印章不能代表什麼。」

「那你想要如何證明？」我問。

「請施展一個法術來證明。」

符合大法師的法術，我一個也不會，這要如何接招呢？這時派克開口說：「在這個三面盾牌旅店內無法證明。因為約翰大爺只要認真的施法，這一帶就毀滅了。」說完後羅發等人紛紛表示同意。

當然也不能到空曠處證明啊。於是我大聲說：「你不相信就算了，更何況我不需要對來路不明的人證明什麼。」說完我對派克他們說：「反正不是什麼好事，我們繼續用餐。」

這樣的舉動可能出乎對方意料之外，於是他緊張了起來。年輕人掏出一封信說：「如果真的是瓦肯大師的話，有封信要交給他。

「我根本不認識你，你應該先證明自己吧。」說完我喝了口酒。

對方解釋著自己是古奈德法師的兒子，和其他兄弟與弟子，奉命尋找我並邀請我去拜訪。最後他聲稱手上的信和法師的身分就可以擔保自己說的話。

「古奈德？好像在哪聽說過。」我說。

「是那位古怪的古奈德法師。」派克小聲說著，但似乎被聽見了，年輕人則一臉尷尬稱是。

「古怪的人我不想接觸，那還是就算了。」我揮揮手說：「我已經不想證明也不想求證，請你另外去找瓦肯大師吧！」
沒想到對方拚命解釋自己沒有騙人，並且不停拜托我：只要隨便施個法術，並承認自己是瓦肯就可以了。這舉動讓我懷疑他是不是想擺脫那封信，然後到趕快去哪裡去快活。
我問為什麼要施展法術，年輕人沒有正面回應，僅再次強調隨便一個魔法都行，哪怕是照明的魔光術。
我想隨便施法哪能看出實力？另一方面我們的對話已經吸引到大廳所有的旅客注意了，成為周圍的人談論的話題。
值得一提的是三面盾牌旅店的前任店主們也是冒險家。但他們冒險到快中年後，檢視自己都身無恆產，發現這個志向不能當飯吃，於是改行做生意。他們憑藉冒險時了解的路徑、物價與特產而賺大錢。退休後就在這裡開間旅店，順便和客人聊一聊當年的冒險故事。雖說他們都過世了，但依舊常有冒險隊伍來店裡光顧。
基於旅店往來客人眾多，加上個人顏面與法師的榮譽感，於是我唸了火球咒文，施術終了將火焰拿在手上。
「這樣行了吧！」
「感謝瓦肯大師！」年輕人隨後恭敬遞上了信。
信的內容主要是古奈德法師想要見我，希望我到他那邊一敘。我讀完後問這位自稱是古奈德法師兒子的人，「為何是本法師去見他，而不是他來見我？」對方尷尬回答著古奈德來見我也是可以的。

看到對方態度並沒有強硬，加上我也無法確定何時有空，於是我答應事情告一段落後，就會去拜訪古奈德法師。對方則再三確認我沒有敷衍他後，滿心歡喜離開了旅店。

不管是善名還是惡名，猜測最近大概是小有名氣了，所以各種拜會慢慢出現了。

當我想到如果順利歸來，那身為半個政治人物的我，應該是會遇到了各式各樣賄絡。而這些奸險之人，還可能嘗試著用美女來影響我的決策。當然另外半個法師的我就不用說了，需知當上了一位法師後，身旁總有不停的豔遇。

瞬間讓我覺得自己的處境，並沒有想像那麼糟糕，這讓我的必死決心消失大半，興起了打道回府的念頭。

而我想到回去的第一件大事，就是時間的規劃。曾經聽奧特和梅哈兩位老哥如此說過：政治人物要善於利用時間。

「那還沒有提到關鍵是什麼？」忽然的提問，我隨口回答：「時間。」

「時間是什麼意思？」羅發問後我才發現這是思考中反射性的回答。

其中一位護衛拍了一聲手說：「沒錯，時間是最好的療傷藥。」另一位也點頭同意。隨後羅發也似懂非懂的點了頭。聽了這些對話我才驚覺，原來時間可以療癒情傷，那我現在因為感情失意的衝動行事，豈不愚蠢？

當然藥店是沒有賣後悔藥，因此趕緊補救才是聰明的選擇。我想了一下，冒險隊伍的最基本就是所謂標準組合才對，包含了遠、近攻擊與支援者。首先就是要有擔任隊伍之牆或說隊伍之盾的人選。

我盯著羅發，羅發則請我不要用怪異眼神看著他。我告訴羅發要編組隊員了，他則說這不是早該做的事情，面對這樣的反問只能推說剛好隊員山達克離開，現在只能打掉重來。「你來當前鋒如何？」我說。

「因為我是瓦倫特人嗎？約翰叔！」羅發看穿我準備對半獸人擺放的位置。他繼續說：「不要認為瓦倫特人都壯的像野獸一樣，那是錯誤的觀念；別忘了我老爸也是一位法師。」

「喔喔喔，所以你也是法師囉？」

「不是喔！但我覺得近距離格鬥是不智的行為，有腦的人要在敵人碰到你之前就打敗對手。」羅發說完看了一下兩位武裝護衛說：「我不是在說你們。」護衛們則露出尷尬的笑容。

「所以你是弓箭手？」我記得沒有看過弓，說完又確認一次。

「我的專長是園藝，專門研究如何讓作物收成變更多。」

「原來是農夫。」

「是農場的改良者。」羅發抗議著。

「什麼農場的改良者？沒聽過這個頭銜。總之就是不能戰鬥囉。」我有些失望。但沒想到羅發打開袋子拿出一條皮繩，「我用這個。」仔細一看是投石索，現在已經很少人用這種東西了。我只能安慰自己聊勝於無。沒多久我的視線轉向兩名護衛，他們察覺到我的企圖，連忙舉起雙手揮舞：「我們只是負責帶路的人。」

這時羅發不懷好意指著我的法袍說：「我們之中只有約翰叔穿皮甲喔，很明顯你就是精通魔法與武技的大賢者。沒有人比你更合適成為隊伍之盾了！」他這樣說我竟然無法反駁，所以我決定到時候見機行事好了。

這是羅發的首次「冒險」，因此除了戀愛心得外，他對冒險的種種也問個不停。我將話題改成園藝，才慢慢轉移他注意力，在話題中也能簡單知道羅發的背景。

簡單來說羅發雖然身為老二無緣繼承貴族身分，但老爸送了他一座農場，而他本人確實也對園藝充滿熱誠。但由於太有熱情了，所以在改良農作物上投入了不少錢。「改良」的確出現一些成果，但農場的收支並沒有平衡，再加上最重要的失戀，導致他覺得生無可戀。

雖然他這麼說，但看他吃的津津有味的樣子，很難相信遭遇到心靈挫折。羅發則反駁我也照樣吃得很開心，看起來也沒有受到打擊的樣子。這又讓我啞口無言。

「我們來討論作戰的方式吧！」羅發話鋒一轉，開始大談他想好的戰術。在羅發規劃中，我與派克都身懷絕技：什麼施展絕對不會被攻破的護盾，只為讓他能夠盡情投擲石塊或鐵彈；什麼用顆巨大火球加上繞著它旋轉的十顆小火球砸向敵人，並且產生花朵造型的爆炸（我都沒聽說過這招），只為轉移他被敵人鎖定時的注意力；什麼召喚巨大魔物古多雷吉達，能在我激戰且無暇他顧時，保護他的後方等等。大概是基於二少爺的身分，兩名護衛對羅發的提案高度讚賞。

由於羅發一路上缺乏對法師的尊重，我決定要讓他對施展魔法者的不可捉模性產生敬意。我雙手抱胸並緩慢閉上眼睛說著：「我們應該討論一下撤退的計畫。」

「什麼！」我猜除了派克外，其他人都嚇一跳。派克則補充說：「約翰大爺凡事都先做最後打算，上次我們屠龍的時候就是這樣。」

「屠龍？」羅發一臉懵懂表情，派克與護衛們則解釋由於魔龍被化成灰沒有留下證據，因此須由時間來判斷任務是否成功。

「好吧！」羅發擺出一副願聞其詳的表情，我則簡單的講了最壞的狀況時的撤退方針。聽完後羅發說：「就這樣？」我則回答：「就這樣！」派克則笑著說：「約翰大爺忘了說暗號是：全隊展開除魔隊形。」

羅發抗議說：「這樣簡單的計畫跟開玩笑一樣。」我則告訴他：「計畫不用太仔細。假設我們預定的逃跑方式是往右跑，真正面臨狀況時，右邊是懸崖怎麼辦？難道要繼續堅持原方案嗎？」我停了一下做出結論：「所以不能改變的計畫，不是好的計畫。」羅發則張開口並伸出食指似乎要說話，但過了一會兒才說：「算了，搞不懂法師們都在想什麼。」

當然事情已經討論的差不多了，話題自然轉移到別的地方了。雖然我想把這天精彩的聊天內容，也就是比較北地人女性與半獸人女性的差異寫出來，但有人說這樣會導致出生貴族的女性讀者不快，所以就點到為止了。

次日我們離開旅館投宿在一座農場中，又過了一天才到試煉之塔所在的山腳下。山下的路徑有塊石碑寫著試煉之塔的大字，旁邊還有註記的小字，但已經模糊不清了。護衛們說他們護送到石碑這裡為止了。

那是飄著細雨的早上，護衛們交付了乾糧和飲水後便離開了。由於淋著雨登山是一件及不舒服的事情，我將馬繫在樹旁後，便找了一個山壁旁的角落休息起來。其實我改變想法準備回去了，就只差一個冠冕堂皇的藉口了。

我向派克詢問有沒有冒險者登上試煉之塔的故事，他則講了幾則悲慘的傳說，羅發說他早就聽過了，這也讓我無法提議返回，於是我們陷入了沉默。雨停後我並未動身，而羅發與派克竟然也沒有催促。

打破這個寧靜的是一名路過的美女。雨停沒多久一名穿著村婦衣服的女子，提著花籃向我們走過來，她的美貌讓我們三人起身迎接她的路過。

美女的聲音低沉而有磁性，「拿著長矛之杖的法師，莫非閣下是聞名的特哈哈瓦肯大師？」

「正是本大師。請問小姐如何稱呼？」我說完看了羅發一眼並挑動了眉毛兩下，暗示自己要示範搭訕美女的方法。

然而此時美女忽然伸手一掃便搶走了長矛，接著用另一隻手揮了過來，所幸我後退了幾步，才沒有受到傷害。但我因差點跌倒而變成蹲姿，姿態非常狼狽。

此時我察覺美女的指甲就像猛獸獠牙般銳利，立刻推測對方可能是吸血鬼。我站起來並高舉雙手喊著：「是吸血鬼！展開除魔隊形！」羅發和派克心領神會朝相反方向奔跑。然而沒多久我聽到「約翰叔！」的叫喚，轉頭一看另一個方向有位男人出現，從那表情可猜到和女性吸血鬼是一夥，於是我指著僅剩的上山的路徑喊著：「到那邊展開除魔隊形！」，而他們兩人立即轉向往山上跑去。

女吸血鬼則露出笑容緩緩走過來說：「這位大師，您的法杖在這裡耶，這可怎麼辦呢？」我拔劍指著兩名吸血鬼大笑，隨後左手作勢要投出一個魔法，並用魔法語大喊：「大雷神龍砲！」男子聽完後立即唸咒文張開魔法盾，女吸血鬼也向右一躍撲倒避開。至於我，當然是拔腿狂奔。

我的意外作法讓對方罵了幾聲，隨後女吸血鬼便開始追上來。女子跑步的速度極快，就在快追上我時我忽然聽到瓶子摔破和燃燒聲，顯然派克的攻擊短暫阻止對方前進並拉開了距離。這樣的時間已經夠我轉進山徑內，並向上跑了一小段路。

我跑到派克他們旁邊時已經喘不過氣了，須知跑步上坡是非常耗費體力的。羅發關注前方，派克盯住追兵，這是我設定的基本動作。

「約翰大爺！敵人還沒有追上來。」派克這好消息讓我不能放心，為了安全我們還是要拉長距離。於是三人又謹慎地往上移動了一段路程。沒多久下方傳來悅耳迷人的女聲：「約翰大師！您是逃跑大師嗎？」我看到對手依舊在山腳下，判斷因某種原因不想靠近此處。我大聲回覆：「美女！因為我有更重要的任務，恕本大師拒絕你的追求。」派克與羅發也發出嘲笑聲。

這時忽然有石頭撞擊聲並有碎冰噴到我臉上，我才注意到下方不遠處插著三針冰矛。我急喊趴下，沒多久幾顆比南瓜大的冰塊從頭上掠過砸中山壁，我覺得不能站起來也不能停下來，吩咐大家壓低身體快跑。很快我們便到了轉彎處而鬆一口氣。

「膽小鬼！出來！」這次是個男人大叫，聲音依舊從下方傳來。由於下方已經不是道路而是山崖峭壁，因此我讓羅發在轉彎處把風，自己則前往道路邊緣觀察敵情。果然他們兩人並沒有沿著山路上來而是跟著我們到另一邊的山壁下。

「膽小鬼！上來！」我用手指傲慢指向他們，「本大師要用前所未見的魔法轟死你們！」我說完女吸血鬼唸了咒語射出一根冰矛，我則趕緊蹲下避開。雖然他們隨後又發射了冰矛，但因角度問題冰矛只能刺進我所在位置上方或下方，也就是說只要我看不到對方，他們也打不到我。

兵法不都說要居高臨下，眼前的狀況讓我體會到了兵法書的妙處。這讓我想到一個戰術，我請羅發繼續注意道路，自己和派克則搬起石頭往下方拋去。為了修正方位，我還不時探頭察看。

就這樣下方射上來冰矛與大冰塊，我和派克則用各種大小石頭和謾罵聲回擊。當然在這之中派克有時會扔出那種燃燒的瓶子，我則偶而扔出火球法術；在確認情況安全下，羅發偶而也會隨手撿起石頭丟出，只是他看不到對手所以準確度幾乎為零，但我認為還是具有某種程度的牽製作用。

在持續一段時間後，投上來的只有大冰塊。我因此好奇趴著伸出頭窺看，只見女吸血鬼蹲在地上並用右手捂著額頭。我輕聲說：「他們好像有人受傷了。」派克則在丟出石頭後趴到我旁邊，他觀察一下說：「約翰大爺，看不太清楚。不過要料敵從寬。」我則點頭同意。並指示繼續投擲。

雙方繼續你來我往一會兒，羅發提醒有隊伍接近，我看到另一端有個六人團隊朝這裡移動。本來我擔心會不會是敵人的同夥，但對方在六人團隊尚未靠近時，罵著：「懦夫、膽小鬼，你的法杖我們拿走了！」男吸血鬼扶著女吸血鬼撤退。

鑒於來者不知是敵是友，且個人不甘受辱，因而回罵：「手下敗將！回來再嘗嘗本大師的漫天飛石陣！」吸血鬼似乎又罵了一句，但已經聽不太清楚了。

派克小聲說：「我們沒有那個魔法啊！」我則輕輕指向前來的隊伍：「虛張聲勢一下。」沒多久羅發說不明團隊在石碑前停了一下後，向山上前進了。我上前察看，三名戰士、兩位法師和一個弓箭手，而且看起來裝備精良。

為了表示友善，我舉手向對方致意。但六人隊伍中一位戰士看了一下說著：「約翰大師？」

隨後另一位戰士問旁邊的法師說：「羅蘭，你會被搶走法杖嗎？」法師沒有回答，只是輕蔑一笑。

戰士又問了一次：「你是約翰大師本人嗎？」我則回答：「這個問題我既不承認也不否認。」羅發則張大眼睛看我，似乎在說「你搞什麼鬼。」

我問為何要找「約翰大師」，法師則露出了自信的回答：「聽人說約翰和他的四人團隊在這附近，我們是來挑戰他的。」這時對方的弓箭手提醒法師：「他們的人數不對。」法師微笑說：「當然一看就知道是個冒牌貨。」

我趕快回答：「我的確不是那個什麼約翰，只是被壞人追殺才躲在這裡。現在壞蛋走了，我們也要下山了。」

「壞蛋？你們這種招搖撞騙的人才是壞蛋。」弓箭手說完，一位戰士說：「算了，今天就做一件好事，為世界除去敗類。」另一位戰士也附和：「這三人裝扮怪裡怪氣，一看就是人類中的害蟲。」我忽然覺得是被派克的頭套連累了。

「等等，請饒我們一命。」我說完羅發則用手無力拍了自己額頭一下，這舉動讓對方一起笑了出來。「為什麼要饒過你們？」對方說完我趕緊拿出錢袋。一位戰士接過掂掂重量，又打開來看，隨後遞給一位法師。「反正也是偷矇拐騙來的，還不夠喔。」收錢的法師說著。我指著山下的馬說：「三匹馬也送你們。」對方互相耳語了一下，其中有人說：「好辦法！」又有人說：「廢物再利用。」然後一起笑了出來。

一名戰士則拔出劍說：「你們走在隊伍前開路，到了山頂自然就放過你們。」隔壁的戰士也拔劍讓我們先走。我想到書上有記載，大凡探索從未有人進入之迷宮時，領隊的人要把裝有小鳥的鳥籠放在前面，依照小鳥存活與否判定是否出現潛伏地下的瘴氣。現在我們成了籠裡的小鳥。

我盡可能和對方聊天舒緩氣氛，但對方不是漠視就是答覆簡潔，反倒是一位法師問我真正的職業，我則掀開法袍露出皮甲說：「其實我是不入流戰士。」我說完旁邊的羅發則再次用手拍了自己額頭一下。

當然我聽到不少他們對話，包括他們聽到旅館的其他客人討論約翰大師正在此地，推斷是要來攻略試煉之塔，因此跑來看看情況；另外我們上山這麼久，卻沒有出現任何「試煉」，於是他們開始懷疑這個傳說的真實性。

沒多久眼前有片開闊地，開闊地前的路上有塊一人高石碑，用著各種語言寫著：「試煉的起點」。戰士用鼻子發音暗示我們前進，派克則指著邊緣三座站立的石棺說：「該不會真的是給我們三人用的？」

面對六人團隊催促，我請他們給我一點時間，而對方也答應了。我撿起一塊石頭，而他們似乎猜到我的探路用意而擺出應戰姿態。我將石頭朝向石棺扔去，大家緊繃一下後發現沒有任何狀況出現，於是一位戰士叫我們繼續前進。

我們三人面向石棺警戒一邊穿越這塊區域，一直到開闊地邊緣的山徑都安然無恙，不只我們鬆口氣，六人團隊也笑了起來。

「果然只是嚇人的傳聞而已。」帶頭的戰士說完便越過了石碑。就在這時傳出了一種石磨的聲響，其中一座石棺緩緩打開，從裡面走出一位穿著古代風格鎧甲的乾屍，手持古老不知名劍與盾，頭盔上一對彎曲但筆直上昇的角尤為顯眼。

「是屍鬼！」六人團隊有人大叫，我則轉頭告訴派克他們：「這個東西真正的名稱是英靈霸主。」所謂英靈霸主就是古代的傳奇英雄，遇到了魔神之類的古代強大意識體，雖然不幸戰死，但由於這些古代意識體欣賞他們的英勇，而將其戰鬥邏輯與戰鬥技巧，連同裝備與屍體一起保存起來。當然英靈霸主是人類給它們取的名詞，蒐集這些英靈霸主的古老存在，往往直接稱呼這些收藏品的名字。

面對我的解說，羅發則回嘴：「不入流的戰士怎麼會知道？」但我不想爭辯，因為這些知識記載在馬斯多塔親自撰寫的〈那些年我打敗的怪物們〉那本圖文集中。

我答覆羅發：「偷偷脫離戰場比這個怪物叫什麼重要。」

「往哪邊？」羅發問。

「只剩那邊了！」我指著上山的路。

派克緩慢前進，我與羅發則倒退走著。

走出石棺的英靈戰士行動迅速，為了掩護戰士六人團隊中法師使出二十步之遙的長距離火焰，正是阿爾薩斯噴焰術，這也讓我慶幸沒有和他們起衝突。

「這才是法師。」羅發露出古怪的笑。我則提醒他，我自稱宮廷小丑。

英靈霸主雖然立即右胸中了一箭，但它蹲低身體用盾專注地擋住火焰，此時兩位戰士繞到左右兩側舉劍攻擊。英靈霸主轉頭向右發出一個字節形成一個符文。我在心中讚嘆終於見識到書中的「衝擊反轉咒文」時，一位法師大喊：「快撤退！」

但還是來不及了。英靈霸主以符文將右側的戰士震飛到半空中，飛出去的戰士隨後掉落山崖；接著它迅速將劍移至左臂前擋住了來自左側的砍劈。就在阿爾薩斯噴焰術結束後，英靈霸主用盾揮向左邊的另一名戰士，雖然因為這個破綻讓左胸也中箭，但左邊攻擊的戰士也飛出數十步而撞到山壁。從戰士貼壁滑落的樣子，可以預測戰士已經無法使出下一招了。

僅存的戰士警戒著後退，兩名法師在輪流用強力電流轟擊掩護他。我看到對面法師似乎在對我說什麼，但被電擊碰觸到盾牌產生巨響蓋過，於是我喊著：「聽不到！」

一名法師用更大聲音向我們喊話：「幫我們轉移注意，我們要換咒文！」派克與羅發看了我一眼，我向羅發比了下手勢，他則從布袋子中拿出一顆鐵彈，甩著投石索並擊中了英靈霸主。

英靈霸主沒有受到傷害，但有那麼一瞬間停止。這時間兩位法師已經唸完咒文，隨後出現白煙包圍著英靈戰士。不久英靈戰士的手腳關節已經被大冰塊包住，顯然是一種束縛咒文。英靈霸主遲緩的短暫時間。它說了一句話後出現幾個符文，束縛的冰塊便向細沙那樣飛散無蹤。

這瞬間冒險團體迅速撤退，並在地上留下了幾隻比人稍微高的巨大土筍阻擋追擊。

六人，不，準確來說現在應稱為四人冒險的團隊離去後，氣氛變得詭譎。立在開闊區域的英靈霸主與站在角落的三人組，就這樣對峙起來。

「會變成這樣，都是你叫我幫那些人。」羅發小聲抗議。

「是你們用眼神叫我幫他們。」我輕聲說完，他們兩人一起用氣音說：「哪有這種事。」

我用只有他們能聽到的聲音說：「不要再吵了，現在最重要是離開這裡。」說完我用眼神暗示慢慢往後退。就在退後中，我發現英靈霸主也慢慢退回石棺，最後石磨聲響再度出現，石棺已經蓋上了。

「似乎得救了。」派克望著石棺後退說：「不知道另外兩個石棺裝的是什麼？」

「是美豔動人的女吸血鬼。」我邊後退邊打趣說著。羅發回答：「不，應該是等待英雄拯救的瓦倫特人（半獸人）女子。」

「憑藉著法師的直覺，一定是令人驚豔的女吸血鬼。」我說。

羅發用氣聲反駁：「你沒有辦法證明。」我也小聲回答：「你不是法師無法心領神會，這是尊貴的職業特有的感應。」

「可惜約翰叔不是正宗的瓦倫特人，無法感應到我的感應。」羅發說完見我要開口，連忙補充：「你也無法證明我的理論是錯的。」

我擺出了酷帥姿勢說：「不爭論了，我必須有大師風範。」羅發則反道：「約翰叔的大師風範在剛剛已經喪失了。」說完又模仿我剛剛的模樣說：「請饒我們一命！」這時派克用手捂著嘴，避免笑出來。

我告訴他們，真正的大師不拘泥形式、能屈能伸。「就算是求饒的姿勢，也要充滿大師風範。」我接著糾正羅發的錯誤，親自示範「請饒我們一命！」的標準動作。此時派克已經忍不住大笑了來。

我告訴羅發大師風範的真正關鍵，羅發似乎有點好奇。我想起馬斯多塔的怪舞步之一，提起肩膀後雙手左右擺動，同時用力的抬起膝蓋走路。我邊做動作邊說：「要做出這樣的動作，才是大師風範。」羅發則面無表情說：「約翰叔，我相信你是宮廷小丑了。」我大笑後說：「之前和你說的巔峰之人，可是毫不猶豫就跳起這種舞喔。」

羅發則說我邏輯不對，「巔峰之人跳過怪舞蹈，所以跳著怪舞蹈就成了那個巔峰之人；那國王不吃大便，我也不吃大便，所以我成了國王嗎？」

「很棒的辯證方式！」我舉起雙手用兩隻食指指著羅發。羅發則半閉著眼睛說：「我老爹把我交給你開導，怎麼感覺像是反過來了。」我嬉笑著說：「不是一開始就跟你說過了。」

就在這時候走在前方的派克他「啊！」大喊了一聲。

我停下了腳步並蹲低身體，羅發見狀也做出相同反應。派克則是指著前方說：「約翰大爺，好像前面又是一個平坦的地方。」說完彎下身撿了石頭。

我問派克：「你撿石頭要做什麼？」派克回說：「和您一樣試探前面情況。」

「等一等！」我說完後往上走到派克旁。羅發則問發生了什麼事。我回答說：「剛才有人用劍逼著我們前進，但現在卻沒有，因此可以好好規劃最佳方案。」羅發則回嘴說：「約翰叔先前不是說計畫不用太詳細，以免僵固到無法變通。」

「完全正確，但還是要有一個計畫。」說完我觀察了地形，沒多遠處有個短暫下坡，之後是一處環繞山壁如碗一樣地形，中間有上山的階梯。

「所以計畫是……。」

「嗯……。」我假裝在思考，忽然看到有個下方被植物覆蓋三分之一的石板上，刻著熟悉的圖案——雷吉達。雙足站姿的巨大怪物，長著大角和如同蝙蝠的肉翅。我想雖然不是憑藉實力，而是靠著馬斯多塔的餘蔭，但這世界上親眼見過雷吉達並存活下來的人，恐怕都是大法師的等級了，更不用提派克和羅發了。

我判斷雷吉達應該是不會對我出手，於是我舉手制止派克用丟石頭的方式測試。

我忽然想作弄他們，便說有種退魔的舞蹈可以避開魔物並招來祝福。

派克聽完之後點頭表示了解，羅發則是說：「有這種招式剛才怎麼不用？」

「劍都快架在脖子上了，無法放手去施展。」我辯解著：「其實我剛剛比劃的動作，就是一種退魔之舞。」我說完，活動一下雙手，準備要跳著剛剛說的的怪舞蹈。這時羅發大喊了一聲：「屍鬼！」我頭也不回指著前方階梯喊著：「快，除魔隊形！」然後全力奔跑，他們兩人也很快通過開闊區域來到另一端。

「等一等！」陌生的聲音喊著，我一邊爬階梯邊一警告兩人：「不要被魔物語言蠱惑！」

「約翰叔，你看！」

「不都說是魔物語言蠱惑！」我回頭催促羅發快一點，但他卻指著下方開闊區旁邊。

我看著下方，一名穿著破舊上衣、捲著褲管的赤腳大叔，一手提著兩根紅蘿蔔及一小把青菜，另一隻手向我們揮手。「你們好啊。」他如此說著：「三位大師已經通過了前面的考驗，接下來請跟我來。」

我小聲對羅發說：「不要用屍鬼嚇我們。」羅發說除了瓦倫特人外，他很難分辨外觀上的差別，更何況是一個從地表上冒出來的人。

我向對方大喊：「如果不是屍鬼，為什麼在這樣的地方？還從地上鑽出來？」對方指著後面回答：「我是這座塔的守門人。我不是地上鑽出來，草叢後面有樓梯，我從那裡上來的。」接著又說：「請問大師們如何稱呼？」

「特哈哈瓦肯！」我說完羅發和派克看了我一下，我則點個頭。

「羅發武武爾！」

「派克・夏爾尼！」

「伊彌爾・卡斯泰！」對方報出名字後又說：「特哈哈瓦肯是半獸人的名字，你看起來不像啊？」

「這個以後再說，登上塔的路是那邊嗎？」我指著對方出現的方位，但他說那裡是菜園而已。我們慢慢向他接近，對方為了取信我們站立不動。在觀察之後發現他沒有敵意，也確認了所指的下方有狹小的階梯形狀開墾地。

「守門人是負責阻止或考驗來這裡的人嗎？」我問。但回答出乎意料，「守門人的工作只是通知塔的主人有人來了。至於後面會怎樣，我也不知道，因為從沒人來過。」

守門人伊彌爾說他很久沒遇到人了，所以要好好盡地主之誼。至於他在這裡多久了，可能有十二或十三年了，因為他也不確定自己的年齡是四十五或四十六歲。另外他也問了許多外界狀況，因為我不是本地人，大部分都由派克和羅發回答。

到了山頂一座四層樓的方形塔就聳立在眼前。伊彌爾說我們是貴客，他要盛裝接待，便走進了試煉之塔旁的不起眼石屋裡面。

我觀察了塔的周圍。有一些雞在散步，還有幾株李子樹和橘子樹，另外就是一片桌子大小的芋頭田，田旁邊的石頭屋就是伊彌爾住的地方。

站在這裡雖然可以清楚看到四周的原野而有壯麗之感，但山頂的環境卻讓我想起許多窮困鄉下的角落。這樣的體驗讓這裡感覺不到偉大的氣息。連派克都好奇：「這樣的地方真的有傳奇的寶藏嗎？」伊彌爾則打開石屋的門笑著說：「這是當然的。」

伊彌爾所謂的盛裝就是穿上了深藍色、周邊有黃色簡單紋路法師袍，臉也看起來乾淨了許多，並穿上了鞋子。他接著說明天去見塔的主人，就可以拿到寶物。在這之前，他要準備一頓讓大家都滿意的食物。忽然他停了一下像是想起什麼，又跑到草叢中撿了幾個蛋，然後又進石屋去了。

我們停頓了一會兒，便因好奇心敲門進入屋內。一進屋子發現伊彌爾正在燒火起灶，於是我們自願幫忙張羅。

這樣邊聊天邊處理食物，雖然做出簡單的幾樣菜，但卻感到有些勞累，不禁佩服伊彌爾每天親自處理三餐的毅力。等食物都上桌後，伊彌爾感概如果有酒更好。

派克問是否有蜂蜜，伊彌爾從牆上架子拿了小瓶子給他。派克從袋子拿出瓶子，我問這不是武器嗎？派克說也可以是酒的精華要素。他倒了一些精華要素在碗中，並加了些水、幾滴李子汁和蜂蜜，攪拌後遞給伊彌爾。羅發則想起袋子裡還有幾片豬肉乾，也拿出來交給伊彌爾。

伊彌爾咬了肉乾咀嚼，又嘗了一口飲料後，閉起眼睛深深吸了口氣，流出了兩行淚。

# 第九節　守門人與守塔者

伊彌爾說年輕時連續擊敗有名的法師，以為自己非常強大。某天在來到這附近挑戰著名法師，在半路上被陌生人擊敗帶來這裡。我曾問是否是傲慢的黑髮男子，但伊彌爾說黑髮沒錯，但對方是十分年輕的女性。由於失敗的速度太快了，他也領悟到自己原來如此渺小而世界如此之大。

另外他可以自由地登上塔的一樓到三樓。第四層雖然他也想一探究竟，但無奈打不開門。每年有幾天塔主會下樓來和他說幾句話，偶而還會指點一下魔法，但大多時間還是只有伊彌爾一個人。

雖然如此他每天可是很忙碌的。耕作與採集食物就夠忙大半天了，準備柴火與儲備飲水又要耗掉很多時間，此外還要修繕房屋與照顧雞隻，並且要自備三餐。雖然有魔法幫助，等忙完事情，時間也過大半了。

閒暇或晚上他則會在塔內看書。試煉之塔從一樓到三樓是圖書館。伊彌爾早年引以為傲的各種高深魔法，居然放置在塔內第一層之中。二樓書本上所記載的全是前所未見的法術，他在這裡學習十多年，居然還沒學完一個書櫃，更不用說第三層樓了。況且第三層的最後一個書櫃寫著：「恭喜你！學到這裡，我要說你已經是入門法師了。」這也是讓伊彌爾虛懷若谷的原因之一。

另外在試煉之塔後方有個簡易的石堆，伊彌爾說前任守門人埋葬於此。這位守門人是一位眾人皆知的傳奇英雄。不過我沒有辦法對你們出示證據，而且說出名字恐怕也無人相信，因此就不提了。伊彌爾認為這樣的人物居然只能在此看門，因此這個墳墓就像一個警告那樣，時刻提醒伊彌爾保持謙遜的態度。

至於我的故事並未如預期那樣讓伊彌爾大笑。他認為我說的是一種隱晦的譬喻，並且習慣性將功勞歸於他人，是具備謙虛風範的行為。雖然我一再強調故事中沒有弦外之音，但伊彌爾搖頭並笑而不答。

我們傍晚又合作煮了一頓飯，伊彌爾還破天荒烤了一隻雞。大家在星空下聊了很多，包括羅發的愛情故事。羅發說聽了伊彌爾在此生活十多年的故事，自己的挫折忽然不重要了。最重要的是明天早上我們要去見塔主，伊彌爾說塔主自己聲稱只有早上才在四樓，至於其他時間在哪裡，他無從得知。

由於屋子只有一張床，我們不好喧賓奪主，幾個人便找空曠處躺下來了。伊彌爾為了讓我們有舒適的睡眠，施展了一種煙霧魔法殺死或驅散蚊蟲、跳蚤，讓我們睡得非常安穩。可惜的是天還沒亮雞就叫了，吵得我很早就起床。

簡單吃完早餐後，伊彌爾便帶我們進入試煉之塔。塔中布置簡潔，每個樓層只要沒有窗戶的地方，都擺滿了書櫃和書籍。除了幾張桌椅外，就只有往上的樓梯。

至於書籍的文字我一個也不懂，伊彌爾說：「這是薩蒙語！」我告訴伊彌爾說自己的莊園也有許多書，歡迎他有空來借閱，只不過很多是用邦卡文字寫成的。他則回答有機會很樂意造訪。

很快我們到了四樓的門前。平凡的木門加上尋常的鐵條，質地感覺和莊園馬廄的門同等級。

但伊彌爾恭敬的敲了兩下門，說了聲：「挑戰者來了！」我一聽「挑戰者」的頭銜便大感不妙，但又一時找不到其他說詞。

然後門緩緩打開了。

房間中間的奇特躺椅上，橫臥著未見過的異邦美女。室內除了這張可供側臥的躺椅外並無雜物，倒是背後的窗戶大的出奇。

她頭上綁著巨大辮子並有著浮誇的頭飾與耳環，金、紅為主的上衣十分貼身，並有著繁雜的紋飾；但寬鬆的長褲呈現素雅的淡黃，充滿直線摺痕。腳下沒有穿鞋子，卻畫著向鞋子般的印記。至於異國的輪廓我無法確定是否稱得上美女，只能說這樣的外貌讓我目不轉睛，直接認定：試煉之塔不虛此行了。

異邦女子用瓦倫特語說：「歡迎挑戰者。你是第二位通過試煉的人。」我抓抓肩膀左顧右盼否認說：「我只是憑好運通通過英靈霸主面前，沒有真正的通過試煉。」伊彌爾小聲說：「所以昨晚的運氣說法是真的嗎？」我小聲告訴他是真的。他則用不解的眼神回看了一下。

「運氣？」異邦女子愣了一下說：「你叫甚麼名字？」我搔著頭說：「有點複雜。我在這裡叫特哈哈瓦肯，但是在邦卡的名字是約翰・斯萬。」女子聽完笑著點點頭。

「那麼特哈哈瓦肯或約翰・斯萬，你覺得我是怎麼樣的人呢？」女子問著，我則想起議員大衛的話術：「知性與智慧。這世界上唯一能超越妳美貌的東西，就是妳的知性與智慧。」女子聽完用手背擋住嘴巴前，然後仰天大笑了起來。

笑聲結束後，女子從躺椅上站起來。女子心情很好：「沒想到你張開嘴巴就是油和蜜。」說完她舉起手來勾起了手指：「進來這裡，現在你是我的客人了。」

我回頭向羅發挑動了兩下眉毛，羅發轉頭向派克說：「這種到處拈花惹草的人最可惡！」隨後羅發向女子抗議：「我們也是登塔的人！」但女子回答：「你們不能算得上是挑戰者。」我也附和說：「我們確實不能算是。」

我接著走進了室內。女子揮了一下手，門便關上了。至於室外陸續依稀有聲音傳來，但已經不可辨識了。

女子眯著眼笑說：「你根本不知道我是誰就進來了，要說你是大膽呢？還是愚蠢？」我想這麼說一定是有原因的，況且回答大膽未免太自負了。「是愚蠢，妳的美能夠讓男人變蠢。」我說。

「真是有趣的傢伙。」對方又開心地笑了一次，隨後叉腰並側著頭說：「你都這麼騙女孩子嗎？」我也嬉皮笑臉說：「傳授我法術的人都說，『約翰，你真是無趣的傢伙』。」我接著說：「另外，無奈的是：我喜歡上的女生，沒有一個會被我的花言巧語打動。」

「真的？」女子靈動的眨眨眼，看到了這模樣，就算是吸取人命的鬼怪我也不反抗了。

然而我才這樣想，女子的雙手後面又各自有隻手離開，就像影子和本體分離了那樣。我曾希望是眼花了，但確實是手沒錯。我想起了〈達洛斯諾大師歷險記〉，故事中有一位美女忽然雙手變四手，四手又成八足，最後成了巨大的蜘蛛。一念及此不禁吞了吞口水。

「怎麼啦，你害怕了嗎？」女子的神情充滿誘人的撫媚，但直覺卻告訴我危險，兩種不同情緒衝擊產生了微妙感覺。

「不，只是有些意外。」我說。反正真的要發生什麼也逃不掉了，不如灑脫一些。女子邊走過來說：「既然這樣你留下來陪我一個月就好了。」看著女子的手沒有變更多感到安心；另一方面想到不能在此地久留。有鑑於誠實為最好的對策，我簡單敘述，將在近日擔任調停使者所屬軍隊的先鋒，雖然樂意陪她一個月，但請將日期改為任務結束後。

「這個簡單，不會耽誤你的行程。」女子說完用手在空中一揮，讓我感到有些頭昏，不過我蹲下後沒多久似乎就恢復，只是有點喘。我站起來後問是否有發生什麼事，女子只說現在時間已經不是問題了。

「不是問題了？」我納悶著。

「拍一下手。」女子說完我照做。她笑著解釋：「舉個例子說：如果在拍手之間把一天要忙的農活做完，那相對來說時間就過得比別人快了。」

「意思是……」我思考了一下：「拍一下手時如果有人拍十下，那另一個人的時間就比拍一下的人快十倍？感覺哪裡不對？」

「你這種想法沒錯。」女子說：「這樣只是單純加快動作，就像是跑步的人時間過的並沒有比走路快那樣。唯一能將兩者的時間區別開來的就是感覺，如果你動作比別人快十倍，但自己卻覺得沒有加快速度，那麼對方在你看來，他就被你給緩慢化了。」當我想進一步問，她雙手抱胸、雙手指著頭部說：「這就是答案。」

總之，就是如果一個人速度加快了百倍，並且腦袋也跟著快了百倍，這樣由於感覺與速度一致，便會覺得很平時沒兩樣。這樣實際上是變快了自己卻不覺得，便有了周圍的人動作慢了一百倍的效果。

因此如果身體與頭腦的速度，能夠同步快到極致，那麼世界對你來說也越接近靜止。所以並沒有真正讓時間停住或變慢的魔法，但是有能夠創作出類似效果的法術，這種力量不是用來影響整個世界，而是僅作用於個人。

當然，時間有如射出的箭矢那樣一直向前，並不存在回到過去或停止時間。女子最後還補充一句：「即便是我也無法做到這樣的事情喔。」

聽這樣的口吻，似乎藏著像馬斯多塔的自信。我想到她都和我說這麼多話，但自己卻對她一無所知。

「這位美女，請問我要如何稱呼妳比較合適呢？」我問。

「哎唷，現在才問到重點，對女生的禮儀欠缺喔。」女子搖擺著身體走了過來，讓我的心跳加快了起來。她一雙手搭住了我的雙肩，另一雙手捧著我的雙頰，「那麼約翰或特哈哈，你希望我叫什麼名字呢？」

「叫我約翰就可以了。」我閉上了眼睛享受短暫的溫柔後問著：「我怎麼有資格幫妳取名字呢？」女子笑盈盈說：「約翰這名字也不是你自己取的啊。」雖然我想辯稱父母取名字是常識，但又覺得對方似乎有某種道理，因此便打住了。

大概是看我沒有接話，女子說她最早的時候被稱為「莎拉絲瓦蒂」，後來還有許多名字，她個人不在意如何稱呼。關於這點我迅速理解，自己未嘗不是如此。

莎拉絲瓦蒂報完名字後便向右方牆走去，轉身前捧著我臉頰的一隻手，還在我下巴摳了一下，我差一點靈魂就和身體分離了。

她走到牆邊伸出了手，流出金色的細沙並堆成了半人高的砂堆。接著莎拉絲瓦蒂手指著沙子一揮，像抽紡紗線那般，沙子離開了沙堆，疊成了沒見過的異族風格軟墊。

「神奇吧，凡人！」莎拉絲瓦蒂說，我則搖頭說：「我知道這個。改變物體本質的法術，尋常的人無法做到。」莎拉絲瓦蒂則「咦~」一長聲，接著笑說：「沒想到你還知道的蠻多的。」

馬斯多塔曾說所有的物品，都是由幾種微小的東西組成。這些東西的聚在一起時的數量、組合方式不同，就變成了不一樣的東西。只要用魔法將這些微小的物品打散重做，木板也能變金塊。雖然馬斯多塔用我聽懂的語言解釋，但這段話聽起來就跟魔法語一樣難懂。不過只要有人問起這類問題，我就模仿馬斯多塔口吻照本宣科說一次，聽到的人不是讚嘆就是目瞪口呆。

「那麼，你會樂器嗎？」聽完這問題我差點脫口而出說：「當然會。」但想到其實自己也只會一首「樹上的雲雀」，這還是為了吸引人潮硬背下來的，於是已經到口的話語又吞了回去。

「我不會樂器。」我說完後，莎拉絲瓦蒂淺淺一笑，又從砂礫中拉出一把和人一樣高的七弦琴。接著四手聯彈出未聽過的簡短曲調，讓我猶如來到了遙遠又未知的他鄉。

莎拉絲瓦蒂輕輕揮了揮手，砂子堆上卷起了細長的小小龍卷風，風停住後掉落一個手鼓。

「這個總該是會吧。」莎拉絲瓦蒂說完，我拍了一下鼓，她則是滿意的點個頭。

「跟上旋律。」說完她逕自彈了起來，我則按照自己的理解，在節奏中適時的用手敲鼓。剛開始我還擔心弄錯了拍子，但莎拉絲瓦蒂並沒有說什麼，所以我大膽的繼續伴奏下去。

莎拉絲瓦蒂和我又這樣合奏了好幾首歌。忽然她說：「該你表演才藝了！」

「才藝？」我心中一驚。除了說故事外，自己實在想不出什麼，於是又把怪舞蹈拿出來用。

我抬高膝蓋並提肩左右擺動雙手，這樣的行為又讓莎拉絲瓦蒂開心地笑了起來。隨後她拿起七弦琴，輕輕的彈了一曲極為簡單又輕快的調子，居然和我的動作配合的天衣無縫。

「今天玩的真是開心！」莎拉絲瓦蒂說著，「雖然走過你們無法想像的歲月，但最近這八十六年還真無聊。」接著優美的轉著手腕說：「不過也有讓時間變快的方法喔。」

「是跟我們現在這個方法相反嗎？」我問，莎拉絲瓦蒂則回答「答對了」。當然聽起來雖然簡單，但凡人根本很難做到。也就是把自己的動作和思考速度變得比別人慢，但自己卻覺得速度正常。達成這樣的成就後，你在其他人眼中已經緩慢到幾乎靜止，但你自己則感到周圍一切以飛快速度前進。

關於這點還需要滿足兩個條件之一。要嘛，你的身體必需像高山那樣堅定；或者是形態如同光與影般無法捕捉。否則在這種緩慢狀態，血肉之軀是無法避開任何想要傷害你的攻擊。

莎拉絲瓦蒂則同時擁有這兩個條件，這是她自述故事時我得知的。莎拉絲瓦蒂談論著自己的過去，偶而彈一下樂曲當成休息。窗戶外的日夜無關外界真實的白天黑夜，單純的只是我在裡面的時間。

肚子餓了莎拉絲瓦蒂就從沙子中拿出異國料理；該睡覺時也從沙堆中捲出床鋪；即便是如廁，也早在角落用沙子蓋了一間廁所。

雖然剛開始時，我有抗拒這些來路不明的各種物品。但飢餓、睏倦與生理需求，我還是接受了它們。再說，異國食物的味道還算不錯。我推測那裡的香料，可能像雜草一樣隨處可見。

莎拉絲瓦蒂說自己怎麼來的也不知道。她張開眼就有了意識，這時眼前大地充斥著颶風、閃電、暴雨、火山暴發，天空中還隨時會掉下殞石引起爆炸。此時的她沒有形體，就這樣遊走在世界上。

這樣的日子過了兩千多年。有一天莎拉絲瓦蒂發現了那個快轉的魔法，她讓自己思緒變得非常緩慢，此時周圍世界在她感覺中就開始快轉了。

雖然眼前歲月像閃電般稍縱即逝，但景色卻沒有太大的差別。一日她開始沉睡，醒來的時候，先前暴烈的環境已經緩和了許多，周遭出現了細小的生命在泳動。莎拉絲瓦蒂說自己觀察了百餘年後，又開始覺得無趣，所以又開始讓時間快速推移。

她雖然偶而會停下來，但其實世界改變也不大。一次她沉睡了稍長的時間後，張開眼睛大地已經被綠色所覆蓋，更有巨大的生物漫步其中。這些龐然大物比早先那些細微的東西有趣多了，莎拉絲瓦蒂因此常常追著這些巨獸跑。

一天她發現在某個巨獸群中有個不太一樣的大傢伙，長得更大也更華麗，更令莎拉絲瓦蒂吃驚的是這巨獸還注意到無形的她。這隻特別的巨獸告訴莎拉絲瓦蒂，自己和她一樣在古老的時代誕生並一直注視著世界。

起初巨獸也是無形的上古意識體，但因欣賞巨獸的力量與外型，便化成了相似的外觀生活於其中。當然古意識體所變化的巨獸更雄偉、更有力量，成為最強大的存在。雖然這位古老意識體視巨獸為子民，但彼此間無法溝通，只能用力量操控牠們。

由於莎拉絲瓦蒂希望自己未來所選定的子民，能與自己順利溝通，因此拒絕了對方推薦的幾種巨獸。對方聲稱她所盼望的物種不存在，莎拉絲瓦蒂則與他爭論。在爭論中他們互相給對方取名字，「莎拉絲瓦蒂」的意思即為能言善道者。

聊到這裡各位可能跟我一樣，對這種龍一般的龐然大物充滿好奇。但莎拉絲瓦蒂說在她離開並再度讓時間快轉時，忽然察覺天搖地動。巨獸之首的古代意識體與幾位相同的意識體展開大戰，戰況之激烈除了讓這些古代意識體互相毀滅外，也使得巨獸幾乎蕩然無存。本來莎拉絲瓦蒂以為是大地的末日，但漫長的歲月似乎又讓土地恢復生機。

後來她注意到從遠方遷徙而來的一種生命，他們特殊的行為引起了莎拉絲瓦蒂的興趣。為了與他們溝通，莎拉絲瓦蒂變化成為他們的樣子；為了使他們信服，她在外型上要別樹一幟，以四隻手顯示自己擁有超越他們的能力。她保護這些生命，並且教導他們，而這些生命則稱她為「吉嘉瑪」。意為真正的母親。

說到這裡各位應該能猜出這些「生命」是什麼了，就是某些地區的古代人。至於為什麼莎拉絲瓦蒂成為女性？她說在那個古老時代，為首的領導人都是女人。本來我想插嘴問道，「是不是古老年代平民都向貴族收稅？」但看到她表情嚴肅，就沒有再問下去了。

莎拉絲瓦蒂說自己的子民，最後被北方的族群征服了；而她也敗給那個跟隨北方族群前來的古代意識體。雖然莎拉絲瓦蒂的子民融入這個北方民族，並沒有被消滅殆盡，但早已不再崇拜她。在這個全新的族群中，莎拉絲瓦蒂成了綴飾的副神、傳達命令的天使、甚至是作弄人類的妖魔存在了。

莎拉絲瓦蒂後來隱入人群中，偶而幫助英雄、勇者，甚至也和尋常人結婚生子。總之是過著平淡的生活，這樣的日子直到某天遇到一個邪神為止。

如同往常在河邊洗衣服的她，忽然察覺後方有強大的邪惡氣息，對方不分青紅皂白便發動攻擊，接下來便被困在這裡了。

莎拉絲瓦蒂說自己曾經問對方為什麼？但冷酷的對手沒有給答案。莎拉絲瓦蒂嘆了口氣說，自己漫長的餘生恐怕就困在這裡了。

「居然有這麼野蠻的傢伙！」我舉起握住了的拳頭說：「這邪神如果遇到了馬斯多塔，一定被揍到倒地不起。」

「馬斯多塔？」莎拉絲瓦蒂眨了眨眼睛。

「是的，馬斯多塔。可惜他已經離開人世了，據說是在另一個次元了。」我說完才想到自己的話沒頭沒尾，又補上一句：「馬斯多塔就是教我魔法的人。」

莎拉絲瓦蒂忍著笑說：「這位自稱全知全能的人真的有這麼厲害？」我想莎拉絲瓦蒂可能誤會了，便告訴她雖然自己能力平庸，不代表教魔法的人也是庸才。而且自己是被特意挑選的，目的是要體會徒弟不成材的感覺。

莎拉絲瓦蒂噗哧一聲笑了出來。她稍微鎮定後說：「真的有這麼有趣的人？」我點頭說：「是真的。」

「那麼，你講那個馬斯多塔的故事給我聽。」莎拉絲瓦蒂說完後繼續說：「當然我也要分享你的生命故事。」接著輕柔碰了我肩膀一下，轉身回躺椅。她一手托著下巴一手揮著說：「我準備好了，可以開始了。」

我開始說著自己的故事，但講不到多久便遭到莎拉絲瓦蒂糾正。她要求我要鉅細靡遺地說著每個細節，包括遇到的人長相、自己的心情以及能記住的任何小事。

如果是一般的貴夫人詢問這話題，通常我就送他一本書，請他自己看。但我無法抗拒莎拉絲瓦蒂閃爍又好奇的臉龐，便開始侃侃而談。我累的時候她會彈首異國風的曲調，口渴時則弄出美酒或甘甜的水。就這樣過了四、五天，我把故事都說完了。

莎拉絲瓦蒂聽完後閉上了眼睛，接著就沒有動作了。我正擔心有什麼變故，但她忽然張開眼睛。莎拉絲瓦蒂仰起頭並高舉所有的手，用奇特的聲調大叫一聲。她接著笑說：「約翰，好有趣的經驗啊。」

我問發生了什麼事，她說自己盡可能重建我的經歷，並且體會它。我請她解釋一下，莎拉絲瓦蒂說這是一種類似親身經歷的體驗。用我述說的故事在腦海中建立影像，然後模仿我過日子的方式感受這一切。

雖然我並不是很了解莎拉絲瓦蒂的解釋，但我覺得和馬斯多塔說的複雜理論是一樣的。也同樣的，一切在當你成為魔法大師後，自然就了解了。奧特老哥先前是這麼說的。

莎拉絲瓦蒂弄了一頓大餐，算是慰勉我講的故事了。用餐中有一道湯品和邦卡的燉肉湯類似，這讓我聯想到替代方案。我問莎拉絲瓦蒂，是否也是有其他方法，讓她免於受困此地。

莎拉絲瓦蒂想了一會兒，她告訴我邪神曾經嘲笑莎拉絲瓦蒂沒有信徒了。「除非有人通過試煉、或者是塔裡迎來了第十位挑戰者，又或是在這樣的地方找到虔誠的信眾，否則不能離開。」

在我之前就只有一個挑戰者。莎拉絲瓦蒂說：「雖然挑戰者沒有成功，但也還沒失敗。」

「什麼意思啊？」我問。莎拉絲瓦蒂則說對方還沒有找到最後關卡，但也還沒有陣亡。我好奇挑戰者在哪，莎拉絲瓦蒂則指著右側的牆說在裡面。

我指著牆露出了疑惑，莎拉絲瓦蒂說只要有通過試煉的人，牆上就自然會打開一個門。她說到這裡我才發現，原來莎拉絲瓦蒂早就知道我不具挑戰者資格了。

我帶著好奇說：「不知道第二個挑戰者是怎麼樣的人？」莎拉絲瓦蒂則臉一沉的說：「誰知道那種事呢？」我想到要打倒英靈霸主，確實有這種能力的人不多。

我突發奇想的說：「不是有那個出現信徒的條件？我來成為信徒如何？」莎拉絲瓦蒂則是發出「嗯？」一聲，隨即提醒我說：「不是隨便的信眾，而是虔誠的信徒喔。」這讓我聯想到山達克。

「所以說我不適合嗎？」我問。莎拉絲瓦蒂則回答，「如果這麼輕易就改變了信仰來我這裡，在本質上你就不是虔誠的人了。這也是邪神所設下的語言陷阱：宗教虔誠的人不會改變信仰；無信仰的人不會輕易成為虔誠的信徒。」莎拉絲瓦蒂又走了幾步後說著：「所以來這裡就成為我的信眾那些人，本質上來說是對信仰沒有堅持的。」

本來想幫助她，結果幫不上忙，我感到有些沮喪。大概是察覺變化而安慰我，莎拉絲瓦蒂說雖然對離開這裡已經不抱期望，但在這片大陸有個信徒感覺也不賴。我則想到莎拉絲瓦蒂說自己曾經有各種名字，或許讓我稱她茱莉安，這樣既不違反了我原本的信仰，也成了莎拉絲瓦蒂的信徒。

「茱莉安？」莎拉絲瓦蒂發出疑問聲。「你之前不是說卡蓮娜被稱為茱莉安？而且被那個馬斯多塔打敗了。話說回來，真的如你所說那樣的話，那個自稱馬斯多塔的傢伙，就比我遇到的邪神要強上好幾倍呢。」

面對這樣的疑問，我只能簡單告訴莎拉絲瓦蒂，茱莉安女神是北地聯盟在早期以卡蓮娜女神的形象，揉合地方傳說魔女：茱莉安，所創建出來的宗教神祇。

「你的解說聽起來就對女神不虔誠喔，約翰。」莎拉絲瓦蒂半開玩笑說著。

「不、不、不，請等我說完。」

看著莎拉絲瓦蒂一臉「也好，聽聽你怎麼瞎掰」的樣子，我說著我的想法。

「卡蓮娜雖然被稱為茱莉安，可是真的另外有個名為茱莉安的女人。也就是說我所崇拜的女神是卡蓮娜女神，也可以是叫茱莉安的普通女人。」我說完後，莎拉絲瓦蒂等著後續發出：「嗯哼。」的聲音。

我繼續解釋：「既然『茱莉安』可能代表卡蓮娜女神，也可能代表叫茱莉安的普通人，所以也可以是其他的女神。」說到這裡莎拉絲瓦蒂笑了出來，「你要把我變成茱莉安女神？」我則更正是，「當做我心目中的茱莉安女神。」

「不要，我才不想冒充一位不存在的女神。」莎拉絲瓦蒂說完頭右轉朝上。

「完全誤會了。」我說完故意停一下，等莎拉絲瓦蒂看著我後才繼續，「以前另一處的信徒不也給妳取名為『吉嘉瑪』，那在這裡的信徒稱呼妳為『茱莉安』也沒什麼大不了的事。」

莎拉絲瓦蒂用手遮住嘴巴呵呵笑著，「真不愧以前是說故事的吟遊詩人，繞了一圈還可以把胡說八道的內容接上去。」

「怎麼樣，我的女神大人？」我問。

「應允你了！巴隆納大陸的第一個信眾。」說完莎拉絲瓦蒂提醒我，這種不虔誠的文字遊戲，是很難解開邪神對她束縛。但既然我們會相遇，代表我們的關係比尋常人要深厚。她說在遙遠的地方，這種際遇稱為「緣份」。

我問這樣就是信徒了嗎？莎拉絲瓦蒂說第一位信徒是需要做出奉獻。

「奉獻？」

「是啊，獻出身體的一部分，做為信仰的證明。」

聽完我暗叫不妙，本來以為是順水人情，現在居然要斷手斷腳的。莎拉絲瓦蒂大概看出我的擔憂，她笑著說道：「聽到了奉獻身體就反悔了，還說什麼虔誠的信徒？」由於我不知如何回答，只能尷尬苦笑。

莎拉絲瓦蒂又盯著我上下看，才開始說：「放心啦！不會要害你的。所謂身體的一部分，雖然可以是一隻手，但也可以是一小段指甲、甚至幾根頭髮。」

我聽完說明大喜過望，莎拉絲瓦蒂說奉獻程度就是對信仰的虔誠，這又讓我不知如何是好。站了一會兒，莎拉絲瓦蒂伸出了一隻手比出了請開始動作的手勢，我拔出劍並笨拙的切了指甲前緣。為了盡可能展現誠意：不只是手指甲，我連十隻腳趾的指甲也修剪了；並在不影響髮型下削了一束頭髮。

莎拉絲瓦蒂讓我把奉獻給女神的東西擺在面前，並且跪下合掌。她伸出四隻手並將手掌朝下，奉獻的指甲與頭髮騰飛而起，最後化為極細小的灰燼而消失。

「好了，你的女神收到奉獻的心意了。現在我將回應你的信仰心。」莎拉絲瓦蒂說完用四隻手貼住我的雙頰，接著用她柔軟的朱唇輕輕碰觸了我的嘴唇，讓我體會到真正的信仰，果然會帶人進入天堂。

「你的女神茱莉安，真名為莎拉絲瓦蒂。現在我祝福你，信徒約翰。」女神說完這句話後我後悔了，早知道這樣回應虔誠，或許應該把頭髮削的更短些，甚至用劍刺出幾滴血才對。

忽然間眼前的大片玻璃發出聲音，產生了一條貫穿左右的大裂縫，景色從原本的黃昏變成了早上。莎拉絲瓦蒂不可置信看了一下，接著開心的笑了出來。

或許你們不信，莎拉絲瓦蒂伸出四隻手並含情脈脈的眼神看著我：「喔！信徒約翰，沒想到你看似慢不經心，卻對我如此虔誠。」

「那，束縛解除了嗎？」我問。她則向我走來，用四隻手托住我的雙頰說：「謝謝你，我虔誠的約翰。」莎拉絲瓦蒂忽然把一雙手置於頭頂合十，另一雙手宛如捧著貴重的物品，她左腳放在右腳後移動，接著又用右腳再做一次。她之後將左腳舉起在橫在前。

我問她在做甚麼，她笑著沒有回答。只見婆娑起舞中有節奏的律動著，手部時而做出優雅的手勢，但也能像隨風飄動的布條那樣擺動。正當我領悟到這可能是一種異國舞蹈而讚嘆時，莎拉絲瓦蒂在一個迴轉中忽然失去蹤跡。

我臉上掛著微笑並坐好等她出現，然而等了些時間卻不見莎拉絲瓦蒂現身。

我不安地拿出她送的手鼓開始敲打著，想像等會兒會有舞者跟著拍子現身，但我失望了。

門打不開，另外玻璃也敲不碎，我開始有不祥的預感。接下來感到手在發抖了，應該是吃飯時間到了，但窗外始終是早晨，讓人無法判定時間。

我知道這是因為自己現在的動作與思考感知速度，比外面的人快了不知多少倍，忽然想的如果死在塔裡，也許羅發他們只會覺得我怎麼在眨眼之間就嗝屁了。這讓我汗毛都豎起來了。

乾渴也襲來了，僅憑吞口水是無法止渴的。我想起莊園的巴布曾經說過，沒飯吃時保存體力的方式就是睡覺，於是躺在地上休息。睡了一覺後飢渴的感覺依舊，我開始懷疑這個方法的真實性。我想到如果回到了莊園，一定要斥責巴布的胡說八道，但一想到恐怕從此回不了莊園，不禁悲從中來。

不知道過了多久我睡著了。雖然我閉著雙眼，但又似乎看見了自己在雲霧之中。我雖然躺在地上卻又感覺正在快速上升，耳邊也持續灌來風聲。

我猜這是死亡的前兆，雖然有許多來不及做的事，但已經無可奈何。我只能安慰自己說不定就要見到了女神，到時就知道真正的茱莉安是哪一位了。

不知道升高或移動多久，我突然感到自己瞬間回到了地板上，沒多久感受到有個東西正在我臉上。我還是閉著眼睛，但眼前一片漆黑。想到之前可以看到雲霧之事，有如一場夢。

我試著睜開了眼睛，眼前雖然依然是暗色的，但周邊透著微弱的光線，我猜是一隻鞋子。此時傳來了一個冷淡陌生的女聲。

「就是你這個阿呆嗎？」

面對質問，我趕緊回答，開口卻發現自己快發不出聲音。「是的。」我喘了一下說：「女神派來接我的嗎？」

「女神？」對方平淡說出這個字彙，我趕快改口，但依舊有氣無力：「請問是死神或冥神嗎？」我等了一會兒沒有應答，倒是壓住我眼睛上的東西滾了兩下。

「起來！」無感情的聲音不容抗拒，但我還是盡可能說出：「口渴」我說完感覺到有人把水潑在臉上了，此時壓在臉上的東西也消失了。我舔了一下臉上的水，感覺活了過來，並再次睜開了雙眼。

我躺在地板往上看，是一位穿著合身金色盔甲與僅到腰部的黑色短披風，年紀約十五、六歲的清秀少女。她沒有戴頭盔，黑髮的馬尾垂到大腿。此刻她用不帶情感的眼神，看著地上的我。

「還不起來！」對方的言語不慍不火。

我向對方解釋因饑寒交迫沒有力氣，同時亦感謝救命。少女緩慢伸出了手，指著我的左後方。我轉頭一看，有一碗麥片粥，於是爬過去端起來喝。

我喝了幾口粥後，精神恢復了許多。我想能夠出現在這裡，絕非泛泛之輩。我邊喝邊問：「請問閣下是莎拉絲瓦蒂派來的嗎？」

「莎拉絲瓦蒂？」少女微皺雙眉：「果然是你放她走的！」

聽到對方這種言論，我可能眼前是邪神的屬下甚至邪神本人。我否認著：「她忽然消失了，下落不明。」

「真會裝傻！」少女說著：「能夠無視條件放走莎拉絲瓦蒂，只有安迪亞大人本人，或是代理人。你應該知道吧？約翰。」

「安迪亞？約翰？」我想到安迪亞是馬斯多塔的名字，至於加上「大人」應該代表是馬斯多塔的屬下，那麼對方在某種程度而言，可能也是我的下屬。於是我改變坐姿挺直上半身，「沒錯，我就是約翰大師，也就是偉大的多多諾領主：羅塔斯多多諾。」說完我大笑兩聲。

「既然是這麼偉大的深淵領主，那之後就靠你自己了。」少女說完轉身離開。面對令人錯愕的冷漠，我則像抓住救命繩索般撲向少女的腳，並且抓不住不放。

「這位女神大人，請救救小的我！」

少女慢條斯理地說：「無節操的傢伙，安迪亞大人怎麼會和你這樣的人有關係呢？」我則快速回應：「很不幸的是確實有關係，請女神務必救命！」

我死命抓著腳抬並頭望著少女，不斷請求幫助。她沉重的呼了口氣，接著手一揮，我感到眼前一黑，再醒來時我們已經有段距離了。

少女看到我醒來，立即用手勢阻止我靠近。「你已經從須臾之間回來了，不用再求我了。」

「是、是，女神大人。」

「我不是你的女神。」

「是、是。」我露出了笑容。「請問剛才說我放走那個，」說到這裡我吞了吞口水，也把「女神」兩字吞下肚：「那個莎拉絲瓦蒂，一定是誤會了。」我張開雙臂說：「如你所見，我只是一個凡人。」

「別忘記你被任命為代理人。」少女這麼說，我精神為之一震。我喜孜孜問著：「這樣我是掌管了哪些地區呢？」隨後我覺得用詞不妥，修正著：「我是說哪些領域？」

「領域？」少女不耐煩的說：「你被授權的地方，不過是座莊園、一座塔、兩個小倉庫和一間店鋪而已，你想太多了。」就這樣產生自信，然後又被打成自卑，我的態度開始收斂。

雖然不敢再問下去，但由得到的訊息推測：莎拉絲瓦蒂並不是因為出現了虔誠信徒而解除了束縛，而是我這個代理人有意讓她離開所致。當然我只是幾座建築物的代理人，少女自稱自己才是馬斯多塔在世俗的代理者。

當我還在消化訊息時，少女告訴我試煉之塔將要功成身退了。我納悶是為什麼，少女則說沒有了收藏品，留收納盒何用？

我正想說些什麼，她手一揮四樓的門已經開了，樓梯間還傳來羅發、派克和伊彌爾的聊天聲。我沒有計算待在四樓多久了，也許七天？八天？也許九天，誰知道呢？但不重要了，此時能夠聽見三人的聲音，讓我既親切又激動。

我邊跑下來邊喊著他們的名字，並在二樓的樓梯轉角遇到他們。千言萬語不如無言，我在胸前緊握雙手，眼淚無法停止，這讓三人詫異許久。

沉默了一陣子後，羅發開口了：「想不到我們還沒回到一樓，約翰叔已經被女性拋棄了。」

此時四樓傳來了笑聲，羅發他們三人望了樓上一下，又看著我一眼，隨後一起嘆了口氣。

# 第十節　瘟疫醫生

在他們下樓梯時我經歷了好幾天的時光，很難解釋也難以理解，索性隨人自由想像了。

我拋下三人眼光獨自走到塔外，畢竟在塔內太久了。不久身後傳來了開門聲，我伸展雙手說著：「或許你們不相信，困在塔內久了，現在吸一口空氣都覺得特別的芬芳。」

這時背後傳來女聲：「你這樣就像沒有生病的人，卻一直在哀嚎喊痛。」我一看是塔上的少女不知什麼時候離開塔了。

少女一邊走過來一邊說：「好了，這座塔……。」話還未說完，右邊忽然像冒出湧泉形成了水池，垂直的水幕中走出一個拿雙手戰錘的武裝戰士，由於對方帶著鐵面具，看不清楚長相。戰士掄起戰錘用特殊的瓦倫特腔調喊著：「納命來！」隨後像我這裡衝過來。

由於來不及唸咒文或閃避，我反射性將少女拉過來擋在前方。就在戰錘砸到眼前時，少女伸出右手接住並用左手一推，戰士便往斜上方筆直飛出，再也不見蹤跡了。

「卑劣的傢伙。」少女說完將奪來的戰錘隨手一仍。

「確實是卑劣的傢伙！完全不講武德，竟然偷襲我們。」我點頭說完後，少女看了我一眼回答：「我是在說你。」

這樣的指控確實無話可說，讓我臉頰發燙。「一時情急的反射動作，非常抱歉。」為了轉移尷尬局面，我趕快問那個戰錘戰士是誰。少女正要開口：「他是第一位試煉之塔的挑戰者……，」話沒說完又傳來了一聲大叫：「啊！」試煉之塔的門口站著三個人，而發出聲音的正是伊彌爾。

少女看了伊彌爾說著：「原來是你！守門人的工作已經結束，現在可以離開了。」

伊彌爾則錯愕了一會兒，接著像想起什麼似的說：「妳是那個塔主的手下，那麼塔主呢？」

「我有說是誰的手下嗎？」少女半閉著眼睛說，接著揮了一下手：「算了。」她停頓了一下接著說：「這座塔要收起來了，我允許你們帶走一件物品當做紀念。」

「塔要怎麼收起來？」伊彌爾停住了一下：「等等。」說完轉身跑進塔了，我問著：「女神大人怎麼稱呼？」少女說著：「怎麼？難不成你也要叫我茱莉安？」我連忙揮手說：「不是，不是。」少女又說：「想怎麼叫就怎麼叫吧！」這時羅發和派克移動到我旁邊，派克小聲問著：「約翰大爺，真的是女神嗎？」我則靠近他耳朵說：「完全沒錯。」

「真的嗎？」派克輕輕呼喊，順便拿出頭套：「是哪位女神？」派克問完後羅發似乎也要開口，這時伊彌爾抱著幾本書從塔裡跑出來。羅發改問伊彌爾手上的書籍，伊彌爾說是看到一半的法術書。

「你有想要的東西嗎？」

我愣了一下，少女又說一次：「你沒有想要的東西要拿的嗎？」我想到莎拉絲瓦蒂送的手鼓還在四樓，便說：「手鼓。」少女閉著眼睛吐了口氣，接著伸出右手，沒多久手鼓便從窗戶飛出並落在她手上。她交給我時又問了一次：「你沒有想要的東西嗎？」我回答沒有了，伊彌爾則提醒：「隨便一本魔法寶典都行。」我想莊園書架上的書夠我練上幾百年了，更何況自己根本活不到那個時候。

我嘻笑著說：「應該不需要了。」少女則說：「真是個阿呆。」旁邊的羅發「噗！」一聲後，隨即用手摀住嘴。少女再次伸出右手，窗戶飛出一本書。她拿著書說：「安迪亞大人注意到你偏好故事書！」我問這是甚麼書，少女說是紀錄馬斯多塔曾打敗的各種對象的圖文集。

「喔喔喔，是〈那些年我打敗的怪物們〉這本書嗎？那個我莊園有了。」

「這一本是〈續．那些年我打敗的怪物們〉。」

「喔，這個好。」我看了一下指著封面說：「可是這本我看不懂，有我看的懂的版本嗎？」少女則伸出手晃了一下，手上多了像是貴婦隨身會攜帶的手鏡。

不過仔細看就不是鏡子了。這東西是一片透明的水晶，被包覆在龍爪造型的木柄上。少女面無表情將這道具的水晶面貼在右眼，隨後把它遞給我。我想應該是示意我照做一遍。

我模仿著少女動作，將道具貼在眼睛上，然後轉頭看著四周，不覺得有什麼特別之處。

少女展示著書本，我忽然注意的書上的字都看懂了；移開了道具，封面又恢復原本的文字。

「這太神奇了。」我說。

「那個東西就給你了。」

我道完謝後其他人都跑來看這道具，並嘖嘖稱奇。就在此時試煉之塔的每個窗口都打開了，隨後書本向鴿子那樣飛出，並在塔頂上旋轉著。書本越飛越高，最後消失在天空中。雖然我們一起仰望這奇景，但只有伊彌爾說：「真是太可惜了。」

這時派克對我說：「約翰大爺拿到的祕寶是甚麼樣子啊？」

「祕寶？」我才剛說完，少女接著說：「是這個嗎？」說完手上已經握了一把金黃色短杖，並且遞了過來。這把只有手肘長短的杖，平順光滑只在頂端有兩個圓圈。特別的是內圈的圓，居然和外圈沒有任何連接就懸在中央，似乎在印證不可思議的魔法。此外內圈裡面有一小塊灰色東西，就像快熄滅的木碳。

我接過來後少女說這是「黃金火焰」。在一百六十七年前，由馬斯多塔親自打造的短杖。簡單介紹後她叫我試一試。

「施展任何火焰魔法看看。」少女雖然說「任何」火焰魔法，但我就只會基礎的火球。我揮舞著短杖使出了火球魔法，法杖上的灰色物品就像復燃的木碳燃燒起來，讓我居然可以展現出逼進頭顱大小的火球。這樣的尺寸已經上升了數倍威力了。

少女用彷彿在唸書本的單調口氣稱讚著：「相當聰明的作法。懂得用基礎的法術，試探未知道具的增益效果。」她繼續解釋：「這把黃金火焰，能增益任何火魔法的威力；越基礎的魔法增強的效果最大。至於大魔法最多只能增加兩、三成的效果而已。」

伊彌爾露出了驚奇的表情看著我和少女，「可以讓我體驗一下嗎？」

「不行！」少女說：「非持有者一但拿到黃金火焰，將立即被火焰吞噬。」

聽完這句話後伊彌爾不僅失去笑容，連表情也黯淡了起來。我準備安慰他，但嘴巴才張開，伊彌爾就以苦笑和手勢表達了婉拒與謝意。

「這是上天的制裁。只能說我太自大了，不知道天地如此廣闊。」伊彌爾如此說。

我體會到伊彌爾的失落，畢竟他被困在這裡的日子，除了自學魔法以外，什麼都沒有得到；而我這種看起來像是來玩的人，最後卻得到了秘寶。但我也同時想到，雖然無法改變伊彌爾被困於試煉之塔的事，但也許我能替馬斯多塔補償他。

「請問這把短杖我能轉贈他人嗎？」我握著短杖說。

「嗯？」

「我想說伊彌爾當守門人這麼久了，或許可以支付他酬勞。」

「用這把短杖嗎？」少女說完，我肯定回覆。

「雖然無法轉贈，但你可以永遠授權他使用。」少女說完看著伊彌爾，「過來這裡！凡人！」少女說完伊彌爾似乎不敢置信說著：「我怎麼有資格拿這樣的神器？」我則解釋自己是無杖者，不需要什麼法杖。

由於伊彌爾再次強調自己的能力配不上法杖，少女則微皺眉頭說著：「一個是無杖者，另一個說沒資格。既然沒有人要，那我收起來了。」說完拿走我的法杖。

伊彌爾則迅速伸出了手說：「我要！我要！」少女則淡淡地說：「扭捏作態的人讓人討厭。」伊彌爾漲紅了臉說著：「原諒我的傲慢和不誠實。」

我是不覺得伊彌爾的行為不妥當，但為了讓事情繼續下去，我附和道：「確實有些做作與傲慢，但原諒伊彌爾吧！」

雖然少女沒有回答，卻將短杖高舉，這樣的行為我猜已經答應了。她接著用魔法語言說了一句話，由於聲音和先前差異甚大，是一種類似男性與女性權威者的綜合音調。這種低沈帶著迴響的聲音，讓我打了一個寒噤。

「妳……」我還沒有說完，對方已回答：「我作證了這把杖的轉移。」接著看了一眼我說：「見到了安迪亞大人的最後弟子，也是難得了。那麼，我走了。」

這時派克靠過來小聲的說：「約翰大爺，那位真的是女神嗎？」我也小聲問怎麼了。「我們不是還要到戰場上去打前鋒？大爺應該趁現在請女神庇佑我們一下。」派克說完我驚覺還有這件麻煩事，喊著：「對喔！」並一個箭步在少女面前跪下：「女神救命啊！」

「嗯？」少女說著。我握住了雙手回答：「我們將前往不可能戰勝的戰場，請幫幫我們。」

「戰場？好吧，你會受到我的保護。」

聽到這答案簡直就像久旱降大雨，讓我喜出望外。我在原地跪著連續三拜呼喊：「感謝女神大人～」

少女平淡無味再次提醒著：「我跟你的女神沒有任何牽連。」

「是、是、是。」說完我站起來，對著派克和羅發半舉著拳頭喊著：「勝利！」羅發則又拍了額頭一下。

「你又怎麼了？」

「約翰叔，這一路下來不是求饒就是下跪，完全沒有大法師的尊嚴！」

我辯稱著：「我不是路上就說過了？更何況如果下跪能解救波爾多城，那尊嚴不算什麼。」

我說完忽然派克拿出頭罩戴上，並顫抖不已；羅發則愣住了一下，隨後轉身過去，雖然看不見表情，但可知他此時一定心中激動。

看到了這一幕讓我對自己的話術感到十分滿意。就在此時派克指著旁邊叫了一聲，我轉頭一看少女已經不見蹤影。派克的聲音略覺緊張了：「約翰大爺，人不見蹤影了。」我東張西望，確實周圍也沒看到。正當絕望之際，先前塔頂的笑聲又傳來。

推測笑聲來自少女的可能性不大，畢竟她總是一臉事不關己的樣子。也因為這樣，我們一邊檢視周圍，並後退聚在一起。這時應該無人在內的塔門又打開了，讓我們一起深深吸一口氣。沒多久伸出了一個黑色的烏鴉頭，派克大喊一聲後，我們開始拔腿就跑。跑沒幾步羅發忽然喊等一下，他說那個烏鴉頭正在叫我。我雖然停下來並慢慢走回去，但為了預防萬一，還是拔出了劍。

我慢慢往回走，前面不遠處的羅發和派克則補充說：「聽聲音是個女的。」

「女人？」我重複一次，他們則點頭。

由於對方保持探頭的姿勢，我問她是誰，對方回答：「英格麗，阿卡托絲娜的追隨者。」傳來的聲音極富女性魅力，任何人聽到這種如糖蜜的聲調，都會不禁懷疑頭罩下是否為絕色美女。

我想到專門處理瘟疫流行的瘟疫醫生，就是頭戴鳥型頭套。有這樣奇特的造型，據說是「鳥嘴」部分充填了可以對抗疾病的藥草，讓瘟疫醫生在進入疫區時，不會因此染病。當然，在發現派遣醫療法師更有效率後，瘟疫醫生的人數已經減少了許多。但不可諱言的，在較貧窮的地方，還是會雇用瘟疫醫生處理災情。別忘了法師是「高貴的職業」，並且人數稀少。

我咳一聲後說：「這位女士，妳可以脫下頭套嗎？我們有點害怕。」羅發則插嘴說：「我可沒有害怕。」對方笑著回答：「你們要失望了，這就是本來的樣子。為了不讓你們緊張，就先保持某一種距離吧。」

我確認了阿卡托絲娜是那位少女的名字，而眼前的這位女性是她派來協助我的，雖然她在塔中聽到了我被困住的事情，覺得不可思議而發出笑聲。

我認知道這位英格麗來自未知之處，她知道自己外型肯定要讓我們吃一驚；但反過來講，我們的外表或許對她來說才是奇怪。因此我感受到她的行為舉止，展現出善解人意和貼心。想到這裡便為自己的失態感到慚愧，於是趕快請英格麗出來相見。

英格麗將探出的頭縮了回去，沒多久出現輕快輕微的撞地聲，接著就走出來了。她雖然有個烏鴉頭，唯獨眼睛像被兩片石英遮住；如同人類的直立身體，穿著由華麗碎布拼成的上衣，有著閃量金屬的四隻腳；最特別的是十條如鞭子的觸手，正輕微的舞動著。

等我發現自己張開嘴吧時，趕緊閉上並行禮打招呼。當然，我彎下身時發現羅發和派克站著不動，趕緊提醒他們注意對女士的禮節，他們才慌亂行個禮。

英格麗提醒我們該離開了，我則問說這座塔是否快崩毀了。會這樣說是因為在故事中，凡是被傳說英雄打敗的魔王，他的居住地必然會倒塌或焚毀。英格麗呵呵笑著說不會，並提醒太晚下山會影響回到王城的時間，這才讓我想起擔任軍隊先鋒一職之事。也讓我對擔任先鋒一職，產生了無比自信。

雖然我很快適應英格麗的外表，但我想其他人恐怕就不這樣想了。我提醒她注意我們會進入人口稠密的地區，英格麗則用糖蜜般的聲音說著：「你這個人也太不直接了。」這讓我只能尷尬傻笑。

英格麗表示可以解除我的擔憂，纏繞起她的觸鬚或觸手，在快打結的「手」中拿出了幾個像碗的金屬器皿。我問說是要施展魔法了嗎？結果答案是煉金術。

「煉金術？」在我疑惑中派克先解答了。雖然他努力用簡明方式解釋清楚，但我並沒有聽懂。我看著英格麗一眼，她回答：「沒錯，就是這樣。」於是我只好點頭說：「原來如此。」

坦白說，煉金術的東西，其實我並不是很懂。但派克說那是一門研究萬物的性質、組成、結構、以及變化原理的應用，這種技術類似魔法。

它研究的對象涉及物質間的相互關係，或物質和變化與魔法間的聯繫。傳統煉金術是關於物質間的接觸和其後的變化，即合成煉金術；又或者是一種物質變成另一種物質的過程，稱為變化煉金術。

我所知有限，像藍莓和黑醋栗放在一起，怎麼可能變成葡萄？不過派克舉例：將兩種莓果搗成泥，並加入檸檬汁和糖，就會變成果醬。我反駁這是廚藝，但英格麗替派克解釋廚藝也能算是煉金術的一個分支。我怕各位和我一樣被搞亂了，就解釋到這裡了。反正我們只要覺得這是一種神奇的技術，應該就足夠了。其他的事情，就留給煉金術師去煩惱了。

總之，英格麗像變魔術般弄出了許多五顏六色的小丸子，並將這些東西分別投入不同金屬碗中，並加以攪拌或拿在「手」上發出光芒。看著她忙碌將這些器皿的內容混和或分裝，我似乎了解她為什麼需要那麼多隻「手」了。儘管她說我的論述不正確。

由於英格麗說要等其中兩個碗裡的東西變色，這段時間我正式邀請伊彌爾和我一起回城。不過他說突然的生活變化讓自己一時難以適應，想留下幾天閱讀書本與整理思緒。對於這樣的結果讓我有些失望，因為本來我是打算帶他一起當先鋒，充實自己隊伍的力量。

我向派克要了一張紙，捲好後找了塊軟泥巴封上，並在泥巴蓋上我戒指的印章。我告訴伊彌爾拿著這個印有我名字的紙捲去找女王或女王親信，說是我推薦來的法師，就可以謀得一個職位。

伊彌爾接過後似乎停頓了一下，我才想到這張證明有點開玩笑的感覺，連忙致歉並吩咐派克設法找隻筆過來。

「不是這樣。」伊彌爾開口說著：「如今獲得新生，還得到一把神器，連生活都替我打點好了，這樣的恩惠……。」說完便流下眼淚來。我不知道如何解釋，只能拍著他的肩膀說：「沒什麼，這是你應得的。」伊彌爾則回答：「你是一個正直的友人。」

這時英格麗那邊傳來：「可以了。」我看過去她正把幾個一些小碗倒入一個大碗中。她接著用一隻觸手拿起大碗，並將觸手分成兩邊交纏起來，成了兩隻較粗的手。接著將碗中黏稠物塗在這個「手臂」上，居然長出和尋常人相似的肌膚。隨後她也將四隻腳併攏成兩隻，也做了相同動作，一雙美腿就出現了。

「借個火吧，約翰。」她聲音略帶笑意舉著金屬碗，我指了金屬碗和她確認後，唸了咒文便將一顆火球投向碗。火球碰到碗燃燒瞬間後熄滅，接著英格麗將碗內東西取出並簡單搓揉成為像皮革的東西，並用簡單針線剪刀把皮革裁縫成鳥形頭套、長袍、手套和便鞋。這樣的過程雖然沒有咒文或咒印，但我們都嘖嘖稱奇。

一切都就緒完畢後，英格麗將自己手裁衣物穿戴在身上，此時似乎傳來微弱的嘆息聲。

「怎麼啦？」英格麗問，大家都搖頭。但她看了每個人一眼後發出噗嗤的一笑，彷彿看穿了我們的心思。她略抬高腿並用剪刀在長袍右下方一劃，露出了右腳膝蓋及小腿，也引發了一陣微弱的驚嘆聲。

「滿意了嗎？你們這些人。」英格麗說完後，我嬉皮笑臉的說：「如果頭部……」話還沒說完，英格麗一向親切的聲調忽然消失：「頭部怎麼了嗎？」我感受到一種暴風雨前的寧靜，便吞了口水後才說：「如果頭部能讓我摸一下就好了。」英格麗才呵呵笑著說：「你未免也太貪心了，不行。」這時只剩伊彌爾發出嘆息聲。我望了伊彌爾一下，他則回以一個苦笑。

本來只是來試煉塔這裡觀望一下，竟產生這樣的結果，時程的緊迫也讓我們應該要準備回程了。伊彌爾再次提到心情平復後就下山，大夥和他聊了幾句，便互道珍重了。

下山路上我忽然覺得這路確實難行，想必是當時注意力都放在求生，無暇顧及山路的顛簸。當我們走到初遇伊彌爾的小塊台地，於是我提議休息一下，居然沒有人說些體力太差的話。反倒是英格麗說要送我一個禮物，安慰迷戀上不可能對象的我。本來我想問到底我是迷戀上誰，但我看著英格麗時她呵呵笑個不停，我覺得不說出來也是不錯的選擇。

我們坐著聊一下，包括了英格麗的許多故事。簡單來說她也不知道自己是怎麼到世界上來的，只知道「醒來」時四周已經圍滿了許多信眾向她膜拜，並且這些信眾是以烏鴉作為他們的圖騰。

英格麗說的地名中，風土民情和我從書本讀到的不太一樣。我想不是地名雷同，就是年代久遠，或者兩者皆是。英格麗則說過於久遠不記得了；只記得這些人多半赤裸或披著簡單獸皮，手上拿著石矛或石斧。我想到裸體世界這樣地方如果還存在，一定要去造訪一下，只是不知道那裡的人是否野蠻凶暴。

另外，英格麗說根據阿卡托絲娜的解釋，英格麗的誕生是源自一種集體意識。你們如果問我什麼是集體意識，我只能說所知有限，很抱歉了。雖然我後來也曾嘗試利用那個「集體意識」創造出美女。我和莊園的那些守衛們，依據我們討論出的理論試了一個下午，結果甚麼事情也沒發生。但那又是另一個故事了。

回到英格麗說的禮物。當我問到底禮物在哪裡時，英格麗則走到刻有雷吉達圖像的大石板旁並拿出一瓶藥水倒入，很快在大石板浮雕的右下方，溶出了一塊與肩同寬的正方形凹陷。接著她唸個咒文打開了水幕，拖出一個金屬盆，盆裡有著灰色物體；她唸了水球咒文在金屬盆內並攪拌，隨後將灰色物塗在凹陷的地方

「你可以把這次的功績，寫在上面。」英格麗說。

「在這種軟的像布丁的東西？」

「等乾掉就變硬了。」英格麗如此說明。

我半信半疑用邦卡語寫著：「約翰・斯萬到此一遊。」英格麗則略帶訝異說：「約翰，你怎麼不用更優美的文字？」我想她指的應該是魔法文字之類的，便承認只會寫一種文字，英格麗則在上方為我補上一行文字。隨後她冷不防地抓起我的手印在上面，坦白說這種像麵糊的感覺不是很好，但英格麗說了聲：「完成了。」沒多久派克也找來了一枝稍微筆直的樹幹，當作我下山支撐的拐杖。雖然上面還有些葉子還沒拔掉，但我覺得別有一番風味。

雖然剛開始我抗拒那枴杖，但後來發現有了它下山的路確實輕鬆了不少。我們聊著天走到了繫馬的地方，才想起馬被另一個冒險團隊騎走了。正當我沮喪之際，派克與羅發說附近有一個小

鎮，我們可以在那裡雇用馬車載我們回城，我立刻接受了這個提案。

「可以省下雇馬車的錢了，約翰大師。」忽然傳來女性的聲音，彷彿在哪聽過。我找了一下，旁邊的大樹後出現了六個人影。當然，我立即認出了唯一一位貌美女性，就是拿走我手上長矛的女吸血鬼。

「全隊……」我想到英格麗就在旁邊，便把話吞下肚，讓等著指令的派克和羅發一直看著我。我轉頭用氣音問英格麗：「怎樣？這些人有比妳厲害嗎？」

英格麗笑著說：「怎麼可能？不過……。」

我用手勢制止她繼續發言，「我確認這點就夠了。」

我跨出一步向前，羅發則失聲喊著：「約翰叔！」我則舉手回答：「無妨。」並接著對五男一女的吸血鬼說著：「遊戲時間結束了，很不幸的你們就要命喪約翰冒險團隊之手了。」

一位沒見過的男子笑著：「被女人奪走法杖的大法師？」隨後另兩名男子跟著發笑。

「法杖？我的法杖不是在我手上嗎？」說完我搖晃著樹枝，英格麗則靠過來似乎要說甚麼。

此時一名男子忿怒指著女吸血鬼說：「莫甘娜，妳果然隨便拿支長矛騙我們！」女吸血鬼則指著先前看過的男子說：「你快告訴他們是真的！」男子似乎一臉為難的樣子。此時另一名男子說：「大家不要被這傢伙的言詞搞到內亂了！」隨即唸咒射出一根手肘長的冰矛，正中英格麗的左胸口。

「很痛耶！」英格麗邊拔出插在身上的冰矛，邊嬌嗔喊著。這讓吸血鬼的臉色像石頭一樣灰，也讓我方的精神為之一振。正當我露出自信的笑容時，英格麗又晃動一下，胸口又有一根冰矛了。顯然剛才施法的人不相信自己看到的，又試了一次。

「你們再這樣，我可真的要生氣了。」英格麗說完後，所有吸血鬼們一副準備施法也準備後退的樣子。由於場面不是一觸即發就是對方立即脫逃，我腦中閃出英格麗曾說的「不過」而產生一絲不安。為了避免發生意外，我趕快出聲。

「雙方等一下。」我說完敵我雙方用不可思議的眼神看著我。我繼續說著：「別忘了我獨力滅了藍月之城的事蹟，各位。但由於我們有要事要辦，加上今天是我個人的馬斯多塔節，也就是不主動殺人，因此我有意讓你們離開。」我不自主看了一下莫甘娜後說：「至於你們打擾了我隊伍的女士，我只要你們……。」我話還沒說完，對方立刻有人接話：「我們會交出莫甘娜！」隨即有兩三人附和。連羅發也驚呼：「約翰叔！你好色的老毛病又犯了。」派克則在旁勸說不要再講了，這似乎讓對方更深信不疑。

本來我是想說：「我只要你們道歉。」沒想到會出現這樣的結果。

莫甘娜咆哮著：「出賣一個女人苟活，你們這幾個還是男人嗎？」說完拿出匕首頂著自己的喉嚨：「我寧死也不受淫魔侮辱。」

我則揮兩下手，示意男吸血鬼們離開。他們有人拔腿就跑；也有人警戒著後退，至於最早和莫甘娜一起的男子，則在複雜表情和猶豫中離去。我猜應該是內心必有一番掙扎。

這位叫莫甘娜的吸血鬼此時就像普通人一樣；她雖然用匕首作勢自裁，卻又流著淚並微微顫抖著，不甘心的似乎在說些什麼。冷不防的一支冰矛向我射來，撞上了我的肚子讓我退了幾步，最後還因失去平衡而跌倒。

坐起來時英格麗的手已經掐住莫甘娜，而派克也正用短劍抵著她的背。我邊制止派克他們邊被羅發扶起來後，發現莫甘娜伸出了右手望著我愣住了，這才發現冰矛還在我肚子上。不可否認這個術極具威力，冰矛貫穿法袍和皮甲，要不是奧特老哥的鎖子甲，故事到這裡就要完結了！當然，也許另有法師讀者會插嘴：「要是對方投出來的是頭顱大的冰球，你也會因重擊而死。」關於這點我不否認。

「你怎麼……。」莫甘娜聲音不是很清楚。

這時後我感覺肚子濕濕的，當時以為是流血了。為了趕快結束這一切，我強忍疼痛和莫甘娜說：「妳誤會我了，我只是看見了妳也存在善良的一面，特別安排讓你脫離那幫人的控制。」我摸了一下冰矛後決定先不要拔掉，於是接著說：「至於妳的反擊，是人之常情，我不計較了，但願妳日後重新做人。」

我向莫甘娜揮著手說：「妳快去吧！」沒想到她流著淚哽咽說：「我還能去哪裡？」

關於她能去哪裡我怎麼知道，但我不能這樣說。為了趕快把她打發走好讓自己療傷，我指著南方用堅定口吻說：「去波爾多城，就說妳已經接受了我的庇護。」

莫甘娜行個禮後好像還想說些話，但我打斷她說：「去吧，莫甘娜！全新的人生在等著妳。」莫甘娜則又行禮後放了封信在地上便離開。

莫甘娜走遠後英格麗對我說：「沒想到你是如此善良的人。」羅發則抗議隨便放走敵人。我此時慢慢躺下說：「我流血了，快治療我。」幾個人七手八腳幫我解開了法袍並拔出冰矛，發現只是鎖子甲後面的衣服被冰矛弄濕了，因此而大笑不止。

為了化解尷尬局面，我快速坐起身說只是開個玩笑消除緊張氣氛，英格麗則靠過來說：「你真是不正經的男人。」

派克走去把莫甘娜留下的信拿來。由於我雖然會說瓦倫特語，但卻看不懂瓦倫特文字，便讓羅發唸出來給我聽。

羅發說這是和瓦倫特文相似的精靈文字，內容多是對我個人的謾罵，當然主旨是要收信者找到我並消滅掉。最重要的是末端的署名：莫拉克。

「莫拉克？」我複誦一遍後羅發問怎麼了，我叫他把信給我，在用了阿卡托絲娜的道具確認一次後，隨後唸火焰咒文把信燒了。

「約翰叔，你在做什麼啊？」羅發有些訝異，我則告訴他這是要保護莫甘娜的動作，羅發說他無法理解，我則要他自己領悟其中的奧妙。

其實我是震驚於命運的作弄。在出現莫拉克線索時，卻失去召喚出布涅領主的哨子。這時把開始的線索消滅，也就不會在將來不小心循線或被線索引導找到莫拉克了。

莫甘娜離開後，我們到最近的村子裡找一個有馬車的農夫，付錢請他載我們回王城。補充一提的是這位農夫對瘟疫醫生似乎非常尊敬，原因是他父親說小時後村子被瘟疫醫生所救，但這並沒有讓我們談好的車資得到減免。

我們在約定出陣的前一天進到了王都，城門口認識我的一位軍官笑著說：「瓦肯大人，最近流傳著您害怕打仗已經逃離王都的消息，但即便到今天我們都不相信！」我向羅發要了幾個銀幣感謝他，並請他用力宣傳我沒有怯戰逃走的消息，他則充滿精神回答：「當然！」

雖然我要開始擊碎流言了，但要不是英格麗在這裡，謠言可能就成為了事實。我向英格麗解釋緣由並感謝她的幫助，英格麗卻再次強調自己是煉金術師。

「我知道妳是煉金術師啊，但妳也同時是一位強者不是嗎？」

「呃……。」雖然看不到表情，但聽聲音應該是有冗長的說明。話說她即便脫下頭套，我也無法判定表情。

「沒關係，我們回羅發家的路上慢慢說。」

「約翰，煉金術是要花時間的。」

「我之前看妳用過了，這個大概知道。」

「所以在生死一瞬時，恐怕沒有那個時間等煉金術完成反應。」

羅發插嘴說：「先準備好不就可以了。」我點頭說：「沒錯。」

「呃……。」英格麗停了一下：「我們不能帶著足以殺死許多人的煉金術結果到處跑。萬一發生甚麼事，你們就糟糕了。舉例來說，調製好的爆炸煉金術要是提前作用，就會讓自己人受傷或死亡。」

「妳是一位強者不是嗎？」我又確認一次，畢竟我親眼見到英格麗被冰矛刺中，卻沒有太大的影響。

「確實是這樣沒錯，那些吸血鬼無法對我造成重大傷害。」英格麗又接著說：「但我要配製任何消滅他們的東西，需要一點時間，更何況專心於煉金術時我騰不出時間保護你們。」說完她又想想說：「或許能徒手殺死幾個人、用身體幫你們擋住攻擊吧。但也僅僅這樣了。」

這樣說明等於我在毫無察覺的狀態下度過了一個危機。在先前下山的對峙中，如果那些吸血鬼大膽一些，那麼我的冒險也要結束了。想到這裡不禁打個冷顫。

雖然逃過一劫，但想起英格麗的話讓我又萌生逃走的念頭，無奈的是自己才剛放話說不會逃走。所以只能繼續硬著頭皮回到梅哈老哥宅邸，也就是羅發的老家。唯一能支撐我的，是英格麗說阿卡托絲娜是站在我這邊的。我不知道阿卡托絲娜到底會不會出現，或是碰巧她也是煉金術師，但我沒有問。

到了梅哈老哥家時剛坐下，娜娜卡大嫂說有熟悉的訪客已經在其他房間等我了。不得休息的我咒罵是誰如此不識相，也納悶熟悉的客人到底是誰，畢竟出了這座大宅，我根本沒認識幾個人。當然為了避開未知陷阱，我還拉了英格麗一起來。

門一開一位穿著寬鬆華麗的胖男人向我微笑又行禮。由於見過但忘記名字，我手指上下點著對方，企圖把他的名字變出來：「你是那個叫甚麼的商人，對吧！」對方搓著手露齒笑著說：「特哈哈肯瓦大人、約翰・斯萬大師，您的記憶真好。安東・汪達在此問候您了。」

「沒錯，我還記得你說我是冒牌貨。」我笑著說。沒想到對方也毫無尷尬回答著：「平庸的凡人總是會錯過真相，但遠見的先知卻能包容凡夫俗子的錯誤。」他這麼一說，我也不好追究了。雖然如此，我還是調侃他說：「該不會又需要我祝福一次了。上次要不是為了餵飽五百人，我是不會做這種事的。」我接著做出推門動作：「本次恕我拒絕。」

安東・汪達開始尷尬笑著：「我們知道規矩，一定奉上相應的謝禮。請先聽我們說明吧。」聽到安東・汪達說「我們」我才注意到後面站著三位看戴著頭罩穿斗篷的人，一看就是有意掩飾自己的樣子，這讓我更沒有好感。我揮揮手說：「我知道有些傳聞說我貪財好色，為了證明自己不是，我要拒絕你們。」說完我轉頭和英格麗說：「我們走吧。」

「約翰大師，請您等一下！」一個和英格麗聲音具有同等魅力呼喚讓我遲疑了一下，瓦倫特語的腔調雖然有些奇怪，但另有一股優雅氣質。我納悶回頭看一眼，安東・汪達身後的其中一人脫下兜帽，露出精緻而驚人的美貌。女子開口說：「約翰大師為了五百位飢民都願意伸出援手了，也請您幫助馬松森城的所有人。」

大概是等太久了，英格麗在我背後輕推一下並側頭小聲說：「你一直盯著人家看已經失態了。」我告訴英格麗自己剛好想到目前政局的紛亂，然後轉頭說：「雖然我同情馬松森城，但我已淡出政壇，不過問政治了。」其實我當下根本沒聽說這個城。

「約翰大師，請務必拯救馬松森城。」女子渴求的表情，讓我忍不住作弄她一下，另一方面也擺脫這類無止盡的請托。

我告訴他：「你們應該知道，我出手相助是要付出代價的喔。」女子搶著回答：「我願意付出任何代價。」

「嘿嘿嘿，是任、何、代、價、喔！」我說完英格麗小聲告訴我：「笑的很猥瑣。」

對面的人一陣騷動，似乎在勸解那位美女。至於安東這位商人的表情更是複雜，就像買賣賠錢還不能得罪客戶的痛苦笑容。

女子拒絕了旁人的意見，站出了兩步說：「約翰大師沒有聽錯。」此時她的表情好像準備殉死那般。

事情變成了這樣，讓我憂喜參半。憂的是自己的名聲可能更加劣化，當然也夾雜請托之事難以處理的煩惱；喜的是一位美女準備付出了任何代價，關於這點應該不需要再解釋了。更何況為了眼前的美女，即便背負好色惡名，也是值得的。

我咳一聲收起笑容，找了椅子坐下說：「先自我介紹，再說是遇到什麼難題。」

女子說自己是馬松森城的代理城主：羅米娜・蒙巴頓，其他一男一女則是護衛。至於請託的內容，則是和波爾多城一樣：特赦令。雖說是和波爾多城類似，但卻又有些不同。馬松森城是傳統貴族的領地，但卻同樣受到其他領主的威脅。

起因是作為分界的一條主要河流，因上游堵塞改道支流，但這樣就改變了大片土地的所有權。相鄰的領主堅持依河流分界，但馬松森城主張原先河流附近有警備隊的小屋，證明這裡就是分界點。

由於歷史文件只記載：雙方以馬松森河的主流為界，並沒有其他說明，因此上任國王裁定「以河流主流為界線」。馬松森城的前城主當然反對這樣的判定，而對手則用違反國王命令的理由出兵，小規模衝突持續多年互有勝負，但最近對方要聲請女王的命令，宣布馬松森城是叛亂者。

我稍微了解後，認為爭論不休的原因可追溯到馬松森的歷史。由於那裡的領主具有精靈血統，因而自視甚高而不喜歡與其他領主來往，這也導致紛爭中無人出面應援。當然不能不提這場糾紛的另一方，正是那位伯格雷德公爵的岳父。有這位主要支持者的親戚在爭端中，也會讓女王立場為難。

還有另一個為難的人，那就是我了。我想起奧特老哥的話：「政治性的問題還是要由政治人物解決；畢竟再怎麼強大，我只是個法師。」

於是我咳一聲：「政治性的問題還是要由政治人物解決……。」話還沒說完羅米娜接著說：「所以我們才來找約翰大師。」此時對面的人都以嚴肅的表情望著我。英格麗則小聲說：「原來你還是位政治大師喔。」

我看了英格麗一眼，發現羅米娜一行人還在等我做出下一個動作。此事雖然條件誘人，世上卻沒有不勞而獲這回事。我閉眼沉思許久，其實腦袋一片空白。但我再張開眼睛時，安東已經捧著一個卷軸等我了。羅米娜解釋著：「請約翰大師替馬松森城呈遞請願書，並取得女王的諒解與取回原來的土地。」

我想既然只是請願書，女王看了以後的效果就不在我的工作範圍了，頂多就是我和羅米娜的協議失效而已。畢竟我不想找自己麻煩，也不想找克莉絲汀女王麻煩。

「我會找人替你們呈上請願書。」我想請梅哈老哥代為轉交，已經是幫忙的極限了。但對方每個人都七嘴八舌起來，最後由羅米娜總結：「事關重大而且緊急，請約翰大師明天務必親自跑一趟。」英格麗則小聲說：「你忘了明天的事了嗎？哪有時間管這個。」我用嘴型回答：「對喔。」隨後向英格麗豎起大拇指。

我又咳一聲，伸出了手拒絕：「我明天就要領兵出征了，恐怕沒有時間處理好這件事。」

「那請約翰大師寫封引薦的書信，好讓我們被女王陛下信任。」安東明快的接話，羅米娜也點頭認同。

「引薦的書信？」我想了一下不知道要怎麼下筆，畢竟和編故事寫小說不同，這是有一種道義責任的。我又忽然想起那位大衛議員，回答問題從來不說「是」或「否」，山達克說這就是政治話術。

我拿了張便簽用邦卡文寫著：

「特哈哈瓦肯騎士稟報女王陛下：

請陛下接見羅米娜一行人，並仔細聆聽馬松森城的說法與閱讀陳情文件。

陛下忠實的特哈哈瓦肯／約翰・斯萬」

隨後我還在文字末端蓋上自己的章。

我遞給安東，他看了一會兒笑著說：「約翰大師這種特殊魔法文字實在看不懂。」我告訴他是邦卡的文字，並把內容念給他們聽，他們則出現不滿意的表情。安東再次露出商人的笑容說：「能否再補強一下內容，我的意思是讓女王陛下更容易理解。」雖然他這樣解釋，但我的原意正好相反：就是要透過模稜兩可，不表明立場，也不影響女王自己的判斷。

我想了一會兒，不小心筆尖就碰到了紙張，在「仔細」兩個字旁邊出現不太自然的斜線。為了掩飾自己的失誤，索性將「仔細」二字圈了起來，然後交付予安東。安東問這兩個字是什麼，我告訴了他，並解釋著這是一種心領神會的奧妙，安東看著這張看不懂的文字，卻露出了看懂奧妙的笑容。

安東隨後交給羅米娜，並小聲交談了幾句，羅米娜露出了開心的表情看著我說：「約翰大師，可以再引薦其他有力的領主嗎？」我不想拖累梅哈老哥，也不認識其他領主，想來想去就剩下波爾多城的尼古市長和議員們了。

尼古市長是位穩重正直的人，我覺得不要把他捲入政治鬥爭中，更何況他代表著波爾多城。至於議員大衛，我相信他和泥鰍一樣滑溜，自然會找到擺脫的方法。

「我寫張短信，你們去波爾多城找個叫大衛的議員。」

「議員？」羅米娜表情有點納悶，但這是必然的，我自己在不久前才聽過這頭銜。我告訴她大衛議員是波爾多城某個區域的老大，擅長處理這類問題。羅米娜則又露出笑容。

我拿了張便箋也用邦卡文寫著：

「特哈哈瓦肯騎士致大衛閣下：

請閣下接見羅米娜一行人，並仔細聆聽馬松森城的說法與閱讀陳情文件。

閣下忠實的特哈哈瓦肯／約翰・斯萬」

當然，「仔細」兩個字也同樣圈起來，這樣前後兩封才有一致性。安東與羅米娜似乎有著藏不住的喜悅，讓我良心感到些許不安。倒是羅米娜的女侍衛小聲說：「羅米娜大人，我們真的可以相信他嗎？」我雖然聽到了，但裝做沒聽到。羅米娜則以正常音量說：「醫師也是約翰大師團隊的一員，可見他關心遇到的任何人。」說完她行個禮，帶著侍從們離開了。安東則嬉皮笑臉拿出了沉甸甸的盒子說是見面禮，此後馬松森城將受到我的庇護。我收下後他也跟在羅米娜之後離去。

打開盒子，是四塊磚頭大小的黃金。雖然有英格麗的保護，還是怕意外死亡無緣將黃金帶回去，更何況自己衣食無憂，我更情願用黃金買到平安。但這時候捐給神殿恐怕會被嘲笑貪生怕死而向女神買平安。我決定全部捐給波爾多城當軍隊資金。

我委請娜娜卡大嫂幫忙，她派遣長子羅隆爾和一位隨從負責。臨行前羅隆爾問我確定要全部轉交波爾多城嗎？我自言自語需要異鄉生活費後拿起了一塊金磚，羅隆爾則說即便只捐一半也十分驚人了。我領悟到再討論下去，可能只捐出一塊金磚，甚至不捐了，便告訴羅隆爾這就是最後結論。

之後我也沒有閒著。娜娜卡大嫂知道我明天要和軍隊一起出發，她讓羅發和僕役們帶著我去市場中採買必需品：從水壺、背包、乾糧、旗幟和馬匹等等，這中間還包括一支全新的長矛。

回到宅邸時已經接近晚餐，餐後我和梅哈老哥聊到很晚，他提醒我此行有極大風險，在編隊上看起來非常不懷好意。他暗示在必要時脫離戰場或向敵人投降也不是可恥的事。即便演變成被俘，他也會準備好贖金。我明白他的立場，並且已經盡力袒護我了。

我回房躺在床上時翻來覆去睡不著。據說這是過度驚慌或興奮，我想你們也知道答案了。我想到還沒有整理行李，便起身到附近書房選了幾本故事集。由於那個阿卡托絲娜神奇道具的幫助，我也能閱讀本地文字了。另外我也帶上了手鼓，或許在危險中敲打它，女神會來幫我也說不定。

忽然走廊傳來步伐聲，我開門一看是英格麗在外遊盪。英格麗以為我和她一樣只需很短的睡眠，大概和一頓晚餐差不多。我告訴英格麗自己首次參戰，所以擔心到睡不著覺；英格麗則叫我躺在床上，她自有辦法讓我入眠。

我躺好後英格麗拉張椅子坐在旁邊，她先講了一個有趣的故事：關於一個人和她學習技術，最後成為了瘟疫醫生。不只如此，弟子也模仿了英格麗的裝扮，他的成名也讓許多人仿傚。當然，和英格麗的弟子沒有任何關連，而且也是傑出瘟疫醫生的人也不少。

之後的故事就無趣多了，彷彿來自不同的說書人。她講了一個典型王子和公主的故事，不過是從結婚典禮後開始。故事中他們從儀式前就為了細節爭執不下，一直到後來的生活種種，瑣碎又鉅細靡遺，簡直就是有人在我旁邊嘮叨不停，不知何時我就睡著了。

醒來時英格麗已經不在旁邊了，雖然我還不知道王子公主後來怎麼了，但也不在意了。

我發覺自己一覺醒來，很有精神。

## 第十一節　塔坤塔！約翰大隊！

如同往常，梳洗後我要去餐廳裡，卻被僕役們攔住了。我問發生什麼事，娜娜卡大嫂則拿著一袋餅乾和糕點，給我和羅發他們幾個路上當乾糧吃。據說主力部隊早就通過這裡去到了城外西門。我趕緊要了杯牛奶喝下後，匆匆出門。

開門時派克和羅發看起來，已經坐在門口的階梯上有一段時間了，旁邊還有僕役牽著一匹黑馬和拿著旗幟。至於旗子的樣式，如你們所知就是紅底配上插著銀杏枝酒瓶的白色圖樣。

我告訴他們現在可以出發了，但說完我又喊：「等一下，其他人的馬匹呢？」羅發替僕役們解釋是身分的問題，只有我能騎馬。我猜測先前損失了三匹馬，也是讓其他人沒有馬騎的原因之一。畢竟梅哈老哥雖然是女王的左右手，但領地卻非常小。

我讓僕役把馬牽回去，表示自己用走的。我想起故事書上的名將不都有和部下同甘共苦的類似故事。

當然走沒兩條街我就後悔了，我後來想到可以上戰場後再把馬放走就好了；另一件事是如果決定撤退，沒有馬麻煩就大了。這只能在心中呢喃，畢竟煉金術也配不出後悔的藥，這個我問過英格麗了。

我們走到約定集合點，路上偶而會有人為我歡呼。羅發說這是梅哈老哥雇來的，我告訴他這種事不應該說破，要善意隱瞞才是做人的道理。羅發似乎想要解釋，不過他舉手後就說：「算了。」

到達約定的地方時，卡特曼團已經在那裡了。團長說他們全員出動，共一百二十七人。相對其他兩位擔任前鋒的騎士所率領的二十八人與四十人隊伍，特哈哈瓦肯騎士的團隊聲勢驚人。

我們到達後，並未立刻出發，說是有位男爵還未到來。等到了快中午，一位胖胖的貴族率領了近百人團隊姍姍來遲，不少人看著他私下咒罵。雖說這位老兄以遲到聞名貴族之間，但我是覺得還好，最好多慢幾天再來，如果整個隊伍一定要等到他的話。

當然大戰不是立刻就開始，我還為了沒有坐騎而第二次後悔。從出發到目標地點約兩天行程，甚至到了晚上休息時，羅發才說有些乾糧放在馬上，讓我眼淚差點流下來了。至於伙食十分惡劣的事，就在此不提了。

由於同樣是前鋒部隊，我和另外兩位貴族還聊得很開心。他們擔任先鋒和我有著共同點：那就是人緣不好。晚上時我們啃著生硬的麵餅並喝著無味肉湯，佐以對某人的嘲笑與謾罵，還算讓人愉悅。可是指揮官的現身，讓我們回到了戰場的現實。雖然他只講了幾句勇敢與忠誠的老調，但他離開後已經沒人想再聊天了。

路上行軍並不是閒聊那麼愉快，更多時候你會聽到抱怨、咒罵和謠言。像我就常聽到隊伍的後衛部隊某某被暗殺了，可笑的是說這個風聲的人既然走在隊伍前端，又怎麼能看到後面部隊的事情呢？但他又說是聽人說的，我想這個人的腳程必須極快，才能不停奔走隊伍的兩端。

總之在不舒服的趕路中，我們來到了一座農場旁邊的空曠地。這時已接近正午，非常悶熱不舒服，也沒有遮陰的地方，卡特曼團的一位戰士說這應該是新開闢出來的空地，但還沒有開始種植。至於農場的人，我想看到這麼多人前來，應該早就開溜了。

我想這樣晴朗的天空與開闊的視野，棉花般大坨的白雲慢慢飄過，此時如果不是戰爭，而是在農場的樹下躺在躺椅上喝著冰涼的果汁與甜點，該是多麼愜意。

沒多久負責指揮的伯爵開始分配陣型，整個軍隊騷動起來，當然先鋒就是站在最前面的。卡特曼團的大叔靠過來說他有點擔心，因為我們離本隊稍遠些；而且我們的後方還有一隊人數多一倍，很像「前鋒」的隊伍。我也有點不安，但如果認同卡特曼團大叔的話，可能他們就要依合約先走一步了。

沒多久遠方慢慢出現了人群，就像前面有座市場一樣熱鬧。很快的人群吵雜聲停止了，一個整齊的隊伍在眼前，每個人看起有豆芽那麼大。派克說可能有三千多人，羅發推測有四千人。卡特曼團的團長問了羅發和派克在說甚麼後，估說是三千人，我方人數稍多一些，至少三千五百人以上。

然而並沒有像我想的那樣一觸即發，有兩個男人騎著馬從我旁邊經過。他們往前走了一會兒，其中一人向對方大喊：「談判！」沒多久對方也有幾個人騎馬出現在最前端。

前方的人看似在聊天，但有時候像市場的討價還價，談了很久出去的兩位談判者臭著臉回來了。他們經過旁邊時，卡特曼團團長說：「看來雙方沒有達成共識。」

就在我認為還有時間而喝口水時，耳邊傳來低沉號角聲。我看了右邊隊伍那位叫貝塞斯達的騎士，他看著我揮手向前，示意我們該前進了；我看了左方那位叫托德的貴族，他也舉著劍點點頭。

我們在路上聊天時雖然諸多抱怨，但此刻他們還是準備勇敢前進了。既然兩側都動起來了，隊伍中央的我也只能被迫前進了。

我舉起長矛喊著：「前進！約翰大隊！」，後面的卡特曼團也配合著吶喊。雖然沒有像左右兩側的領隊騎著馬，但我告訴各位，大聲發號施令的感覺其實蠻不錯的。

我走了可能有近百步吧，卡特曼團的大叔跑到前面喊著：「不妙了，團長！」團長則靠過來說：「約翰大師，後面的主力部隊似乎沒有跟上。」這結果和我聽說的一樣，討人厭的公爵故意這樣安排：如果我真是一代大師，就能大幅減少軍隊損失並發揮應有效應；若是徒具虛名的政客小丑，不只除去自己厭惡的人，也順便替女王除掉一位佞臣。

我想說話要言而有信，雖然自己期待發生他們自願留下來並肩作戰的奇蹟，但付了充當門面的錢怎麼能要求對方賣命？我表示會遵守諾言，但稍後用瓦倫特語發布命令時，他們只要大聲應答就可脫離戰場，團長表示這點小要求沒問題。

我和團長對話完後派克提醒我軍心浮動，我告訴派克他們等一下有戰術移動，叫他們跟在卡特曼團後離開，但他們拒絕拋下我。

原本的盤算是卡特曼團離開必定造成矚目的焦點，而我和英格麗就從反方向逃走，在兩軍的錯愕中全員撤退。反正梅哈老哥說有困擾他會盡力解決，最壞打算他會派人祕密護送我回邦卡。總之派克和羅發的義氣，反而像把槌子把我釘在戰場上，但卻無法責備他們。

我舉起長矛喊著停止前進，左右兩方的友軍前進了幾步也跟著停下來了，當然他們的領隊狐疑看著我，像在說：「你在搞什麼啊？」沒多久催處進攻的號角又響了一次，我沒有理會但用誇張的動作指著右方大喊：「卡特曼支隊前往截斷敵方退路！」雖然卡特曼團中許多人聽不懂瓦倫特語，還是大聲呼應。他們行動有些慌張，但很快就在團長帶領下小跑步離開。值得一提的是四名弓箭手留到最後離開，他們稱讚我是信用之人，臨走時每人向敵方射了一箭，讓我參考弓箭射程。

卡特曼團還在視線內時，就有使者騎著馬趕過來。傳令的使者氣急敗壞說：「為何下令撤退？立即叫他們回來！」我告訴使者是支隊的戰術移動，並且我這個主將在的地方，才是先鋒本隊。使者狠狠瞪著我說：「那你這個本隊繼續前進！」說完並未離開，明顯就是要監督我。

由於人數去了一大半，兩邊的小領主看起來也沒有信心，我從派克那裡拿回手鼓喊著：「約翰大隊前進！」就這樣只有四人的隊伍又動了起來。

當然我也不想傻呼呼地前進，我小聲問英格麗：「阿卡托絲娜不是說要來嗎？」

「我以為你忘記了這件事。」

「我怎麼可能打贏前面這堆人。」我指著前面小聲抗議著：「阿卡托絲娜如果不來，等一下喊衝的時候我們四個就繞過隊伍前面往左向奔跑。」英格麗聽完呵呵笑著。

使者又在稍遠後方催趕：「你們在做什麼？不要停下來！」我則回答：「正在裝備進擊用的鼓。」說完將手鼓掛在身上，並對著使者敲了一下表示沒騙他。

「前進！」雖然如此喊著，但我又原地踏步一會兒，順便問一下阿卡托絲娜的事情。

「這樣需要付出重要的東西做為酬謝喔。」英格麗親切提醒，卻讓我打個冷顫。

「該不會要我的靈魂或一隻手之類的要求。」

「阿卡托絲娜大人要你的靈魂或手有什麼用處？」

「這個我哪知道？」我小聲又快速回應。

「需要獻上身外之物，會從你擁有的任何東西挑選她所中意的。」

「到底是什麼？」

「唉，」英格麗嘆一聲：「你到底答不答應？」

「我有選擇嗎？」

「當作你答應了。」英格麗呵呵笑著。

我點頭後，發現身旁多了一個人。阿卡托斯娜。和上次一樣全身金鎧甲、黑批風與黑頭髮的清秀少女。

我嚇了一跳身體扭動了一下，隨後我擠出笑容：「喔喔喔，女神大人妳出現了。」阿卡托絲娜冷冷回答：「快說吧！要我幫你什麼？」我正想著有那麼急嗎？後方則有如呼應阿卡托絲娜那般，傳令的使者又喊了一句：「快前進！」

我脫口問著：「我可以請求讓巨錘森林永遠和平嗎？」

「你要我殺光巨錘森林的人類？」阿卡托絲娜口氣充滿困惑。我則趕緊澄清：「是帶來和平。」

「有人類就沒有和平，要和平就沒有人類。」阿卡托絲娜說完後我雖然想爭論，眼下卻讓我沒有時間辯駁這類哲學性議題。於是我改口道：「那麼請指導我贏得這場勝利。」或許有人會疑問為何不說「讓我贏得這場勝利！」這種說法不是更好。但由於我想在羅發與派克前保留些尊嚴，如果採用了後面的說法，感覺自己都沒有參與，完全依靠外來力量，因此我才故意這樣說。

「喔？」阿卡托絲娜嘴角勾起一抹笑意：「簡單，你用那個『天威』轟他們一下，再不然用你們人類說的『天罰雷殛』，對方的前鋒就崩潰了。」

我是沒見過那個「天威」，不過從書中得知「天罰雷殛」是它的劣化仿製版。當年據說當年南地的荷普女神要用「天威」消滅教敵，但先知伯德納認為將波及無辜，請求女神降下威力較弱的魔法，女神便將弱化後的「天威」封存在水晶中交付伯德納，而他帶著這個水晶在方圓數里內降下密林般的閃電，造成了恐怖的傷亡。

應該是我的臉面有難色，阿卡托絲娜接著說：「怎麼了？」我嬉皮笑臉伸出了食指與拇指，並在其間放著小電流：「關於閃電的法術我只會一點點，不是很擅長。」她再次揚起嘴角笑容：「你該不會要說只會『大雷神龍砲』吧？」為了維持大師形象，我只能不置可否式的傻笑點頭。

「真是沒用。」阿卡托絲娜簡潔問著：「熟悉哪一種？」

「火焰。」我說完她只說了「嗯。」接著微笑說：「看來你要用『光翼流星陣』把他們瞬間殺完？還是用『大火龍卷咒文』，把對手捲到半空來虐殺？」

「不，不是。」我想她誤會了，其實我根本不會這些。請阿卡托絲娜到這裡當然是要她出手幫忙，而不是教我該用哪些法術。

「不是？」阿卡托絲娜又露出一副看穿你的笑容，坦白說還真迷人。她接著講：「你該不會跟安迪亞大人一樣，說這樣叫仁慈吧？」

「不是這樣的。」我說完後阿卡托絲娜有點訝異，但很快露出微笑說：「我倒好奇你又有甚麼新說法。」

「新說法是，」我咳了一聲後移到她身邊，用手遮住嘴邊說：「其實我的極限就是火球咒文。」

「火球咒文？」阿卡托絲娜有點困惑，但我想起這些神人級的人通常會把製造一個房子大小火球的「大火球咒文」稱之為火球咒文，雖然差了一個字，但實際差了不止千百倍。至於神人級口中的大火球咒文，通常是太古火球咒，那是製造一個比小鎮還大的火球讓它爆裂。根據記載，先不談火球中心一切瞬間燒毀，光是那個震波就能殺光數十里內的人。

為了避免誤會，我補充說：「柏德斯火球咒文。」

阿卡托絲娜一副在思索著：「柏德斯火球咒文？」我擔心柏德斯可能不夠格讓阿卡托斯娜認識，畢竟他和南地先知伯德納的等級差太多了。

英格麗則在她旁邊說了兩句，阿卡托絲娜半張開眼睛道：「所以是那個班思科的牧羊人，弄出來那一系列不入流的東西？」我陪著笑臉說：「是基礎的法術。」她又接了一句：「所以你只會那些可笑的雜耍？」說完之後又吸了口氣：「安迪亞大人居然安排了這樣的阿呆做為弟子。」

當然她完全理解錯誤。首先，柏德斯的全系列基礎法術，我並未完全學會；此外馬斯多塔傳授我的魔法，雖然參考了柏德斯的架構，但這是為了我特別開發的，咒語內文和柏德斯的完全不同。據奧特老哥表示：我使用柏德斯書中的咒文沒有問題，但學習柏德斯基礎魔法的其他人，無法使用馬斯多塔親傳的咒文，即便他的發音如何準確與優美。

然而這樣曲折的緣由，在一觸即發的戰場上可沒有時間慢慢解釋。我想起一位商人說的：有貴族抱怨「他種的柑橘太酸」，他很難解釋自己只經手這些柑橘，不負責栽種，但為了不失去客戶只能概括承受了。因此我內心也做了相同決定。

就在這時，不遠後方的傳令使者又傳來催促喊叫，阿卡托絲娜微皺起了眉頭說：「這個凡人沒有資格對我下令。」我正在想如何解釋，旁邊有了一個應答的聲音。轉頭看：一位矮我兩個頭，渾身筋肉的紫皮膚老人，正站在旁邊。老人頭頂與身體沒有毛髮，只用一條皮革裹住下半身，皮件上有著比錢幣還大鱗片。

紫皮老者彎下身，撿起石頭丟向傳令者。比箭還快的石頭讓對方從馬上摔下，從此一命嗚呼了。這一幕讓左右兩側的領主，都用不可置信表情看著我。更讓人誤會的是：紫皮老人居然對我微欠著身子，並將右手放在左胸。他眼球上揚瞄向我，嘴角微微一笑，彷彿向我邀功。

這時又一名傳令騎馬在更遠些的地方。他用更大聲量問說發生了什麼事，我則回答：「傳令的使者被流箭擊中了！」紫皮老漢則看著我，露出了不解的神情。這表情我不久前看過，就是那個叫汪達的商人聽到我無法開示他智慧，質疑我的神情。

使者那邊大聲傳來了：「是瓦羅武武卡嗎？」

「瓦羅武武卡嗎？」我疑惑重複一次，羅發則補充說是位有名的傳奇擲矛手。

「聽說投出的矛和箭一樣遠！」派克插話道。

「像箭一樣遠？」聽完我有些擔憂，但紫皮老漢則環顧四週攤開雙手，似乎期待落空而正在等人和他解釋什麼。把他找來的阿卡托絲娜，則一副事不關己的樣子望著遠方敵營。

接著對方騷動起來，有種歡呼叫喊聲，聲音越來越大聲並漸趨統一。

「瓦羅──！」

「瓦羅──！」

「瓦羅──！」

我看到遠方的人群中似乎讓開一條路，雖然每個人看起來只有樹梢的新芽般大小，但有個相對高大的傢伙走了出來。他舉起雙手大喊些什麼，並得到眾人的歡呼，我雖然聽不清楚內容卻有不祥之感。

之後那傢伙衝了出來，正當我為距離這麼遠就開始奔跑而納悶時，他又停住了。派克指著天空，我抬頭看有個像牙籤的東西往這邊來。

「是長矛！」我心中一震，按照這個位置來看應該是向我而來。我正要閃躲時阿卡托絲娜只說：「不准躲！」這不容反對的威嚴與逃生本能互相牴觸。讓我陷入兩難而身體扭個不停。

在派克和羅發的大叫中，英格麗對老漢說了一句話，老漢則將手放在胸前致意，接著用驚人的速度向前奔跑。

他跑了數十步後忽然一跳，這一跳約比一個人高些，隨即伸手把對方的矛接住。接住對方投擲武器的他，轉身高舉長矛有些得意，接著在我面前把矛折斷。

我看到他驚人的技巧不禁問道：「有辦法接住的同時，就把矛丟回去嗎？」說完英格麗跟老漢說了一句，老漢則露出了搞砸了的表情。

當然他幫了大忙，我自然不能貪心不足。我向老漢豎起大拇指，並將手上的長矛交付予他。

語言雖無法溝通，但老漢接到了後點點頭，算得上是心意相通了。這時旁邊卻傳來阿卡托絲娜的聲音：「兩個阿呆。」我裝作沒聽到不停晃著豎起的拇指並擠出微笑，英格麗也不知道說了兩句甚麼，老漢略顯不安瞄了阿卡托斯娜一眼後，接過了長矛向前走去。

在對方譁然之際，我大喊：「特哈哈瓦肯向你們問好！」說完我舉起手往前揮，紫皮老漢看著我點頭並奮力一擲，長矛筆直飛出，速度與剛剛弧狀飛來的那支不可相提並論。在一個劃破天空的淒厲叫聲後，接著是我方兩側隊伍的歡呼聲。

我想敵我兩方驚訝與歡呼中，除了阿卡托絲娜和英格麗外，沒有表情的恐怕只有羅發了。直到派克興奮搖著他的肩膀說：「我就知道約翰大爺要製造這種令人錯愕效果。」羅發才揉著眼睛說：「那位傳奇勇士就這樣死了，不是在作夢吧？」

「所以你就是要這種讓人錯愕效果？」無表情的阿卡托絲娜說完變成輕蔑表情：「跟小孩子沒兩樣！」我則嘻皮笑臉的行禮說：「女神大人的信徒，不就和您的孩子一樣嗎？」阿卡托絲娜用鼻子用力呼出氣，沒有回答；英格麗則用手肘撞了我一下，我轉過頭去，她也側彎身子準備說話，忽然間被沒聽過的沉重號角聲所打斷。

「約翰叔，開戰啦！」羅發指著前方大叫，我則趕緊環顧四周。英格麗問我：「怎麼了嗎？」

「老漢，不，那位老爹呢？」我問。

「姆姆嗎？」英格麗說：「他完成任務了。」我向阿卡托絲娜抗議：「這種時候怎麼把戰將放回去？」英格麗在笑聲中替她回應：「你這樣誇姆姆，他知道會很高興。」

眼看著對方約五百，不，可能超過六百人吶喊並衝了過來，我的逃命本能再度覺醒。另外，對手也有十多名弓箭手從隊伍右後方奔出。

「反正你只是要製造錯愕效果。」阿卡托絲娜邊說邊抬起手，她用迷人的嗓音喊著：「塔坤塔！」我認為等一下有大魔法要出現了，不自覺微蹲著身體，後來發現什麼都沒發生，我鼻子呼了一下氣看著英格麗準備說話，忽然發現旁邊站著一個身著黑色鎧甲，頭上有著一對短角的高大紅臉妖魔。

我和他對看了一眼，紅臉妖魔不知嘟囔些甚麼，掄起手上的雙手大劍向前走去。我小聲問阿卡托絲娜「塔坤塔」是咒文嗎？但她連看我一眼都沒有。但不得不承認，這樣確實頗有戲劇性。我問旁邊的羅發如何，他因過度訝異直視紅臉妖魔說不出話來；反倒是派克向我豎起大拇指。

紅臉妖魔很快就和敵方短兵交接了。他揮劍的速度極快，彷彿手上那把劍輕的如竹竿一樣，又像風車轉個不停，令對手們難以招架。但很快我就察覺有些問題在裡面：對手太多了。雖然紅臉妖魔連斬了十餘人，數量龐大的對手讓他也不可避免的被砍了幾刀；所幸盔甲似乎十分堅固，紅臉妖魔沒有受傷的樣子。紅臉妖魔雖然安然無恙，但就算是一隻老虎，也難敵一群野狼。漸漸的人數多到光站著讓他砍，就足以累死他了，同時也代表敵軍有人力可以繼續前進了。

我看著阿卡托絲娜，她則繼續看著前面。稍後她有緩緩抬起手指著前方彷彿在唸咒語：「軋疊索」、「梅泰哈契」我又小聲問阿卡托斯絲娜剛才那兩個字到底是不是咒文？相同的她依然拒絕回答我。

忽然在右前方有兩人似乎從白霧中走出來。或許很多人會說大太陽下哪來甚麼霧？我只能說他們出現的地方，好像瞬間產生霧那樣。新出來的這兩位仁兄長的和先前的紅臉妖魔相似，但是身材更加魁梧。他們都拿著雙手戰錘，特別是那錘子每個都和頭顱一樣大，我想挨上一記還能站著的人應該不多。

新加入的生力軍很快打斷對方用優勢人力湧入的盤算，看著他們揮動武器，不知為何我想到莊園的農人在除雜草的樣子。此外戰錘偶而敲打到地面，我的位置都可以感受到大地的震動。

看到己方極大的優勢，讓我不禁手癢想施展兩招，畢竟有如鋼鐵之壁的戰士擋在我面前，正是法師施法大好時機。

我往前跨了兩步，卻出現聲音阻止。

「做什麼？」阿卡托絲娜聲音有些不快。

本來我想說要提供戰士們支援，但不等我回答阿卡托絲斯娜又接著說：「我已經在這裡了，如果你還需要出手，就是對我的侮辱。」當然話還沒說完英格麗已經踢了我腳跟一下，我趕快改口：「替戰士們加油，為自己人打氣吶喊人之常情吧！」

我看阿卡托絲娜沒有再說話了，為了表示自己表裡如一，我又把那個背在左邊的小鼓拿起來敲。我發現自己拍的鼓聲似乎和紅臉戰士的動作不協調，於是開始構思一些簡單的口號。

很快我想起自己出生的小鎮，在每年舉辦的拔河比賽中，我們會唱的一個簡單並拉著長音的歌曲。歌詞沒什麼內容，單純由「齁」、「嘿」兩個音組成。我開始唱著這個不知名的加油歌，並稍稍改個音調，不知為何羅發張開嘴巴的看著我。

在唱著打氣的歌時，覺得少了點什麼。想起早先阿卡托絲娜說的神祕字彙「塔坤塔」，我推測可能是「進攻」或「前進」之類積極又正面的意思，剛好適合眼前的場景。

我舉起雙手大喊一聲：「塔坤塔！」隨後敲打著鼓唱著打氣的歌。

「約翰叔，你在吟詠什麼？」

大敵當前的緊張加上臨時改編曲調，對了，我還要按節奏敲鼓，因此沒時間回答羅發。然而這樣似乎讓他更緊張了，羅發追問著：「約翰叔，那邊三位是瓦倫特人的祖靈嗎？」這樣說我覺得臉型有點像，但這些戰士比半獸人高大許多，更何況半獸人頭上沒有那對黑色短角，並且臉也不是紅色的，很明顯地羅發胡亂攀親帶故。

「塔坤塔？」阿卡托絲娜斜眼看了我，但為了報復她剛才的冷漠，我和她剛剛的態度一樣裝作沒聽到。

「塔——坤——塔——！」羅發忽然聲嘶力竭大叫著，我轉頭看他時羅發臉頰早已掛了兩條淚水。他用右手抹去眼淚後說著：「傳說中的瓦倫特真言、失落的瓦倫特戰詠，居然在此重現了。」

由於我不知如何解釋，只好繼續我的動作。

羅發又大吼著：「對面的瓦倫特人聽著，這就是傳說中的瓦倫特戰詠、傳奇的瓦倫特戰士！」

前面的對手並沒有反應，倒是我的右後方忽然傳來「塔——坤——塔——！」的聲音，但在一陣小騷動後就消失了。後來據說是遠處有位戰士受到感召喊出，但很快被旁人制止。

羅發與派克聽了幾次後很快便了解旋律，他們在我每唱完一輪後很有默契喊著：「塔坤塔！

塔坤塔！」我發現派克的手上舉的旗子還會配合揮舞。沒多久連英格麗也跟著喊，這讓我相信自己的推論應該是正確的。讓我更有信心的是我每加油打氣一次，紅臉妖魔的動作似乎變得更敏捷，戰技也更加華麗。

沒多久我發現紅臉妖魔和我的距離拉遠了，所以我邊敲邊唱的慢慢前進。就這樣我們離整個「先鋒」也有一段距離，成為最突出的地方。此時左方來了一隊約五十人襲擊隊伍，但由於阿卡托絲娜在的關係我並沒有特別留意；倒是羅發機動喊著：「在祖靈面前你們宛如嬰兒般無力！」我才注意到是半獸人。大概是出現了觀眾，我的詠唱與擊鼓更加賣力，並且擺出嚴肅的神情，雖然他們是敵對方。

對方的突襲隊伍停在數十步外張開嘴巴，後面還傳出叫罵聲：「快前進啊！你們這些混蛋。」派克後來說一名像帶隊的人憤怒的推開最前排的人，之後他自己也呆住了，派克說當時他判斷暫時安全了。

我當時對指揮官諸多埋怨，雖然基於某種政治因素他按兵不動，但眼下我可是創造出大好機會，再不行動他對女王的忠誠就非常可疑了。

這時右前方有騎馬者向我的方向前來，此人不僅策馬急馳還尖聲吶喊，我當時推測：可能又是某位懷抱必死覺悟的戰士。我向紅臉妖魔指著越來越近的騎馬者，其中一位把戰錘敲在馬身上，馬匹應聲跌倒並轉了一圈；另一位大劍武者將準備站起來的騎士劈成兩段，他的右肩和右手就落在離我不遠處。由於我不想太靠近這種屍塊，趁著空檔我看著派克指著那隻分離的手揮兩下，示意拿到遠一點的地方。

沒多久派克回來了手上還拿張羊皮紙，我指著派克手上的東西皺一下眉，派克說似乎是給我們的調停文書。

「調停文書？」我停止詠唱嘴角上揚：「叫我停止我就停止，那不是很沒有個性嗎？」說完我準備繼續前進時，後方有傳令的使者騎馬靠近喊著：「指揮官請特哈哈瓦肯大人停止攻擊，雙方聆聽調停人說法。」

「怎麼辦？」我看著阿卡托絲娜，她則冷回說：「是你的戰鬥，不是我的！」

於是我舉起手喊：「約翰大隊：停止攻擊！」雖然不確定戰士們有沒有聽懂，但英格麗隨後又喊了些話。三位戰士們雖然轉頭露出不解的神情，但很快就由戰鬥姿態轉換成站立姿勢。

此時對方還有兩人還搞不清狀況，趁機在戰士身上砍了幾刀，雖然立刻有人要他們停止，但早已被毫髮無傷的憤怒戰士用鐵錘打成肉餅。大概是因為沒有停戰跡象，對方的弓箭手用開始射箭，但箭就像碰到大岩石。戰士們奔入弓箭手隊伍中瘋狂砍殺，在哀嚎中有個像軍官的大喊住手，隨後吹起號角撤退。我則再次舉手喊停，這才停止戰鬥。

過了一會兒指揮官和一位穿法袍的女性經過我面前，指揮官雖然對我不屑一顧，但穿法袍的女性卻狠狠瞪我一眼。我正想此人雖然風韻猶存，無奈年紀稍大不適合我；派克剛好提醒我，那位法師是善德魔女的手下。後來我聽說善德魔女的信使被誤殺而慘死在紅臉戰士之手，這才明白這位女士如此當時看我的原因。

總之，對方的指揮官也在另一位「調停使者」陪同下騎馬走出，一切彷彿又回到開戰前的會談，並且出現了突破性的成果。我實在搞不懂既然這樣為何不早點達成和談？當然，或許如山達克先前在解釋特赦令的辯論那樣，「事情就是要有這種過場才能繼續下去。」那些死掉或受傷的人，只能算倒楣了。

所謂突破性的成果就是雙方都有暫時休戰意願，但休戰的條件隔日再談。

指揮官宣布全軍就往後撤退三里，這也是臨時休戰的一部分。阿卡托絲娜也說：「我答應你的事完成了。」語畢瞬間消失。我趕緊看三位戰士而他們也駐足原處，正當我慶幸他們還在時，兩位持戰錘的戰士向我點個頭說了句話，隨即隱入霧中消失。

「約翰叔，有些祖靈離開了。」羅發說著。本來我想告訴他那些戰士可能和瓦倫特人無關，但想想不要說或許對他比較好。我叫他們先跟大部隊離開，另外找英格麗翻譯一下。我想留下來的戰士應該是等下一個任務，波爾多城應該需要這種人才；或是當我的保鑣也不錯。

我靠近時留下來的戰士微彎著身並將手放在右胸上，他說了句話後英格麗笑了起來回了一句。我告訴英格麗我都沒開口她怎麼可以翻譯？英格麗卻回答說：「看來你很欣賞這傢伙喔。」

「欣賞？」我還在納悶時，英格麗又說：「塔坤塔非常感謝你這樣的大人物，在戰鬥中親自為他應援。」

「塔坤塔？他的名字？」我問英格麗，但她反倒提醒我該回禮。我尷尬地舉起手微笑，戰士則繼續彎著身體後退一步，隨即被像白霧的東西淹沒。坦白說這樣的意外結果讓我有些失落，原本懷抱有個可靠的保鑣或指使的手下，瞬間幻滅成為空想。我望著僅有屍體的戰場發呆，想起今後沒人在後面撐腰應該怎麼辦？許久後我才和英格麗說：「我們回去吧！」但不知為何她只是咯咯咯笑著。

另外一個讓我意外的事情是接近軍營時，羅發與派克匆忙從營內跑來。派克指著前方說：「約翰大爺，快看！」我看到士兵們排成兩列歡呼我的名字，幾個不認識的半獸人在我經過他們面前時舉起拳頭喊著。

「塔坤塔！特哈哈瓦肯！」

「塔坤塔！我們勝利了！」

「無畏前進！塔坤塔！」

「無畏前進？」我納悶看著羅發與派克發出疑問，羅發則說是他將這個字彙的語意告訴大家的，還問是否是他會錯意了。

「很接近了，但很難說明……。」我說完羅發拍了下手，「有些古代字彙濃縮了現代沒有的情感，只能意會無法言傳，我說的對嗎？」我抓著下巴說：「差不多就是這樣了。」我又看了英格麗，她沒任何反應。當然，或許頭罩下面的她，正在偷笑也不一定。

慢慢的北地人也跟著這樣喊著，雖然我不停舉手向士兵們致意，但我也想到塔坤塔的耳朵應該會很吵吧，如果他有聽到的話。

# 第十二節　會戰

停戰談判我沒有被邀請參加。我猜除了貴族和多數軍官不喜歡我外，我在士兵們之中大受歡迎也是其中一個原因。總之談判結果就是停戰十天，大家準備好後再打一場。喔，我是說再重啟「談判」。

回程的晚上總有許多人來聽我講故事。起初只有四個半獸人和一個北地人來這裡，他們表示想了解這次作戰經過、還有約翰冒險團隊與約翰軍團的故事。在我坦白講完後他們哈哈大笑，之後要求想聽真正的版本，因為他們早已知道我說話不太正經了。為了滿足大家的需求，我講了幾個驚險的故事，當然這些都是從馬斯多塔的故事中改編而來。為了增加效果，我會說這裡太暗了，然後用火球咒文點燃火把；或是在描述冰雪場景時，噴出帶雪花的寒風，增加戲劇性。

就這樣每晚的人越來越多，到最後一天幾乎大半個部隊的人都來了。我注意到一位半獸人軍官，他擁有騎士的身分。每當講到正精彩處總是被他打斷，他老是要求我再重複一次，然後緊張兮兮地搖著他的筆。我就不說名字了，反正我寫到這裡，大家應該腦海中已經浮出那位半獸人作家的姓名了，再說我個人也不想在自己的書中，增加這位粗魯作家知名度。

回到了阿克賽王城，山達克已經回來了，同行的還有一位紅袍法師會的法師。這位法師主要任務，是確認山達克沒有頂著我的名義騙他們工作；另外有三名法師已經依我信中的請求，到達波爾多城了。至於上次收費的事情，起因是使者口音不標準，而引起的一場誤會。
我和山達克聊了一下這裡的狀況，也詢問了紅袍法師會的法師，關於阿爾薩斯和山謬老爹的近況，當然也包括凱薩琳的部分。有關凱薩琳的事情這位法師回答的支支吾吾，讓我有種不好的預感。
我們談到一半時，僕役又說訪客來了。我一看是那個叫安東的商人，正當我想問那個羅米娜來了沒有時，羅米娜和隨從們也現身了。雖然安東先向我致意，但不知為何我卻往羅米娜的方向點頭回禮，而她也依正式禮儀彎腰行禮。
「尊敬的特哈哈瓦肯大人，今天的天氣也蒙受……。」商人安東開場白還沒說完，羅米娜已經用手勢暗示交給她處理。安東在向山達克遞上禮物盒後，隨即後退一步。羅米娜說是來感謝我為馬松森城做的這一切，並履行當初的承諾。
「喔？」我好奇寫幾個字居然效果這麼好。羅米娜解釋他們付了大筆錢請有力人士轉呈我的信件，而女王陛下不僅接見他們，還頒下命令重新仲裁領土爭議。
「真是太好了。」我說完後，羅米娜則告訴我一切前提是馬松森城支持女王。為了證明這一點，必須調集馬松森城軍隊擁護女王。女王特別提醒她這樣的機會，應該要感謝我。我猜這應該是克莉絲汀故意做給我的人情。
羅米娜補充她已經將代理城主的位置暫時交給她表弟，等她弟弟兩年後滿十六歲，再接任城主之位。她之所以告訴我這些，是為了證明她是守信之人。
坦白說這件得罪伯格雷德公爵的事情，本來不抱持持希望，更離奇的是居然公爵沒有阻止，讓我難以置信。但在羅米娜紅著臉說出：「我已經準備答應任何要求，包括……。」後面的聲音小聲到聽不見，但英格麗卻笑了出來，英格麗說：「是終身服侍你這位大師耶！」此時羅米娜的女隨從已經哭出聲來，但她主人出聲制止這種失禮的行為。

正當我心花怒放，嘴角不自覺上揚時，紅袍法師會的法師張大眼睛問：「什麼？約翰先生，這是怎麼一回事？」這讓我瞬間回到現實。這位我一直記不起名字的法師用邦卡語說：「你要娶這位小姐？」「這該如何向凱薩琳小姐解釋？」我才發現他也聽得懂我們交談的語言。

「不、不、不，這誤會大了。」我趕緊否認，不然傳到凱薩琳那裏就完了。「這是一種對她毅力的考驗。」我說完後轉頭對羅米娜他們用瓦倫特語又說了一次。

「這是一種考驗。我只是測試你們是否為了保衛馬松森城，願意付出所有一切，正所謂人必自助而後天助。」說完羅米娜愣了一下，女隨從則跳起來高興握著她的手說：「羅米娜大人，真是太好了。好險是……。」羅米娜則伸手阻止女隨從再講下去，並且說：「雖然是一種試煉，但覺得有些遺憾。」

雖然羅米娜確實像老練政治人物一樣，明快處理屬下的不當行為；但在說這種言不由衷的話時，卻隱藏不住逃過一劫的喜悅，讓我感到些許失落。我又隨口和他們聊幾句，便說研讀魔法書籍和冥想的時間到了，馬松森城的人這才行禮離開。

發生這樣的插曲，我想任何人都沒有興趣再閒話家常。我請僕役帶領山達克和紅袍法師休息，自己則回房間睡個回籠覺。在走廊上我問英格麗到底阿卡托斯娜是拿走什麼東西，該不會就是今天這個羅米娜的機會吧？英格麗則噗哧一聲笑了起來，但甚麼都沒有回答。我則用力呼吸一下，隨後加快腳步回房。

接下來的幾天我不是在休息，就是用阿卡托斯娜的道具閱讀那本馬斯多塔的著作。坦白說當初看完前作時，就在想說如果有續集就更好了，畢竟我可是用前作的素材，發表了〈屠魔人〉這本小說。

在休息的這幾天我又接到女王徵召的命令，是由梅哈老哥親自交給我的。他還告訴我克莉絲汀女王在這次出征中，任命我的隊伍為女王的親衛隊臨時成員，因此不需要再度深入敵前涉險了。

當然女王對上次發生這種事情非常不滿，不過梅哈老哥對他的緊急計畫不需啟動感到欣慰，認為是受到女神祝福。我跟他說確實如此，但他則笑著揮揮手。他說這些事告一段落後，要帶我參觀他的收藏品。他特別提醒我所謂的勇者，力量只是其次，需要的只是勇氣，這是當年老哥的曾祖母說的。當然我也沒有忘記下句話：還要活著才能成為英雄。

當然我休息時整個梅哈府邸還是很忙碌的，畢竟採買與調動物資，是軍隊出動前最基本的準備。這些日子以來都讓梅哈家負擔我所需要的東西，為此我特別將之前女王賞賜的錢拿一部分給娜娜卡大嫂，她則非常樂意收下。

很快重啟「談判」的日子就來了，俗話說談判要有實力做為後盾，所以女王就帶著包括我們在內的「後盾」前往約定的地方。坦白說這次約翰大隊的陣容稍稍令我滿意，除了山達克歸隊外，最重要的是自己被分派到相對安全的地方。

經過了數日的行軍，我又回到了先前戰場的附近。在駐紮營地的晚上，可以看到遠處也是燈火通明，可見敵方軍隊也來到附近了。雖然這是王位的繼承之爭，但表面都說是要主持領地的公平分配。

意外的是我又遇到了羅米娜。她和馬松森城的一千餘人隊伍，在出發後的第二天追上了主力部隊，羅米娜還特別騎馬到我旁邊和我打招呼並聊了幾句，另外也有馬松森城的騎士或軍官來向我致意。羅發說這些軍官或騎士看我的樣子，就像我看美女的神情，因而被我喝斥一頓。

克莉絲汀女王看起來就一副不願意我和羅米娜講話的樣子。本來我以為是出於某種情感而竊喜，但後來梅哈老哥說目前馬松森城的立場微妙，女王不希望我和他們有太多瓜葛。雖然知道真正的原因，但不免有種失落的感覺。

至於波爾多城的四千人部隊，到達時我已經睡著了。尼古市長和議員們本來要和我聊一聊，在得知我已就寢後，他們吩咐派克不要吵醒我，只留下上好葡萄酒與鹽烤杏仁，這本來是閒談時要用的。此外，女王似乎十分喜愛波爾多城，命令波爾多城的部隊留守後方擔任後衛。

我起床走出帳篷時，已經有些軍隊正在移動。早已起床的山達克說稍後派克和羅發就會拿早餐過來。我跟山達克聊到眼前這麼多旗幟真讓人眼花撩亂，山達克則指著右方說：「這麼多旗子我只認識教旗！」我正想問甚麼是教旗，忽然立刻頓悟，那面旗子和山達克的法袍一樣，綠色的底色上有九芒星。「這不是教團的符號嗎？」山達克微笑看著旗幟說：「馬松森城的居民有近兩成的人是教眾。」我驚訝有這麼多人，山達克回說派別不同就是了。忽然間我看到了羅米娜，她向我揮揮手，我也像她揮揮手，然而旁邊有人在催促她，所以她和馬松森城的人繼續往前進。

「該不會也是擔任後衛吧？」我問。山達克則指著右後方說：「擔任後衛的波爾多城在那個方向。」我點個頭後，剛好派克說女王傳喚我前往共進早餐。本來以為是我和克莉絲汀兩人，但多了女王未婚夫艾林公爵和討人厭的伯格雷德公爵，欣慰的是波爾多城的尼古市長也在。我們五人聽著兩個將領報告一些無趣的事情，少有交談的機會；倒是伯格雷德公爵老是嘻皮笑臉問我對將領報告的看法，但好險尼古市長和艾林公爵都會協助我回答，這讓伯格雷德公爵的笑容逐漸消失。

當然這場餐會還是有區分的，女王與公爵的菜色正是我想要的那種早餐，但無奈我和市長僅比照親衛隊的伙食。雖說親衛隊的飲食，比先前那個擔任先鋒的伙食好多了，但遠遠比不上我莊園餐桌上的食物。

不可諱言的我能安心吃完早餐，歸功於這場戰爭包覆著談判的外衣，據說在進入正式「談判」前都還有使者先行搓商談判時間。

我想到馬斯多塔說很久以前，在黑木之門南方的溫布利亞地區有著許多城邦國家，而這些商業國家都有一統溫布利亞的野心。然而在長久的交戰中誰也攻不下誰，馬斯多塔說因為這些城邦都使用雇傭兵。雇傭兵除了要活著才能賺錢，另外就是和平即失業。久而久之他們發展出一套戰場守則：盡可能活捉俘虜換贖金、約定戰爭時間、不夜襲、下雨和下雪停戰等規定。當然在北地聯盟大軍到後，完全不守這些規定的馬斯多塔以及他的兄弟輕易擊敗這些城邦。

我說完這段歷史後克莉絲汀哈哈大笑。她說：「謝謝你約翰，我知道你要說什麼。但這裡不一樣，何況我也有軍隊在戒備著。」艾林公爵略驚訝看著女王說著：「瓦肯大人都用這種隱喻的方式向陛下建言嗎？」克莉絲汀則微笑點頭。倒是伯格雷德公爵諷刺說著：「聽說瓦肯大人自己也是聘請雇傭兵，這樣說不是自打嘴吧？」尼古市長則插嘴說：「瓦肯大人的波爾多城可是全城皆兵。」這才讓伯格雷德閉上嘴。最後話題繞在各種奇異見聞及趣事，讓我差一點忘記這裡是戰場。這場餐會我想除了伯格雷德公爵外，每個人都很開心。另外，身型高大的艾林公爵則是讓人意外文雅有禮的人，並讓人感受到他的行為是發自內心的。

餐後女王及公爵們先離開了，我和尼古市長又聊了幾句。尼古市長特別感謝我推薦這麼多大法師來波爾多城，最後讓城外停留的敵軍撤退。我好奇哪位紅袍法師會的大師最讓他印象深刻，尼古市長則搖頭並伸出三隻指頭。

「是灰色鐵衛法師團的大師們。」

「居然是費司特他們！」我驚訝完後尼古市長訝異說：「原來大師的名字叫費司特，那另外兩位大師呢？」我想起先前的事，我告訴他費司特是我在莊園稱呼用的，他的名字分別是：費迪南、聖阿貝魯、聖巴布。說完我腦子想起一股聲音，勸自己趕快轉移話題。沒想到尼古市長說：「一聽就是法師的名字，想必功績十分顯赫。」由於當時派遣費司特他們只是權宜之計，我想該是坦白一切的時候了。

「市長，其實這些人只是我莊園的守衛……。」

尼古市長沒有立即回答，過了一會兒才說：「守衛？」我點頭說：「正是如此。」尼古市長用手指在遠方苦笑，「這樣的傳奇大師只能當守衛，那瓦肯大人莊園裡的人不就……。」說完他又說：「我已經找不到形容詞，來表達內心的驚訝了。」

「喔喔。」既然市長對費司特幾個有如此高的評價，我也不好意思告訴他內幕，只好說：「前任莊園主，也就是傳授我魔法的人，能力高出我數百倍以上，所以莊園內連管家都具有驚人的身分。」尼古市長點頭說：「原來是這樣的，這我可以理解。」

我好奇費司特三人有何驚人之舉，便問市長說：「費迪南大師他們表現還可以吧？」沒想到尼古市長眼睛一亮，講了幾個故事。我認為這可能是巧合，因此不浪費篇幅，只講一個最膾炙人口的。

要先說明自從帶領他們到波爾多城的羅隆爾，也就是羅發的哥哥離開後，波爾多城中沒人了解這個遙遠東方小國的人說話的內容；最後他們找來了有部分相似的普隆達尼亞語通譯，再加上手勢與意會，雖然偶而花點時間，但感覺不到溝通有問題。

市長說在剛開始圍而不攻的戰鬥中，敵人有位將領老是在弓箭射程邊緣叫罵。雖然守城的將士忿忿不平，但許多弓箭手在如此遙遠的距離，通常不是失去準確度就是因強弩之末難成為威脅。

正當沮喪之際，來自異邦的秘咒師操著無人懂的語言，雖然不了解他們的涵義，但這種像是詛咒或是謾罵的施法，讓許多弓箭手又重拾信心。接下來的挑釁中，數十位弓箭手奮力一擊。在忽然颳起強風的幫助下，居然讓那位敵方將領落馬，當天的弓箭手們都說：感受到一種必定命中的力量。

當然只有這樣還不能成為傳奇，緊接著另一位氣急敗壞將領騎上馬喊著準備進攻，才沒多久馬匹受驚前腳抬起，該將領也因此摔倒受傷。在波爾多城將士高呼秘咒師萬歲的聲音下，敵人當天的攻勢竟因此停止。

不只是幸運。在真正的守城戰中，他們幾個也手持法杖和長劍，站在城牆上吶喊著。據說登上城牆的敵軍，只要被費司特三人用法杖指著詛咒過，大部分的人沒多久就會被殺死。此外他們在城牆上無畏的表情，激勵了所有守城的人。

類似的故事有好幾個，大家可想而知波爾多城的人民有多愛他們了。

後來尼古市長把話題轉移到戰後的貿易市場那邊，我只能微笑點頭稱是，還好後來派克來叫我去女王旁邊列隊，才結束了這次談話。

我是最後到達的親衛隊成員，但嚴格來說我的頭銜是「權親衛隊」。用比較直白地說法就是雖然不是親衛隊成員，但視同親衛隊成員。親衛隊成員有一百人，當然不是女王的主要力量，比較像是保鏢之類的，但這些貴族出身的子弟是否具有戰鬥力看起來很有疑問，但想想自己也沒有立場評論別人了。女王主要的武力是王國衛隊，約八千人而且直屬女王。

女王、我和主要領主及親衛隊成員站在一處台地，視野良好並可以看到對手的主要旗幟，就飄在稍遠處的丘陵。戰爭並沒有因為我的列隊而開始，等了很久後從軍隊中跑出了一名騎馬拿白旗的人，沒多久對面也有個差不多的人騎馬過來。

由於我處的位置聽不到談判聲音，就只是站在那裡注視著這一切。約一杯葡萄酒的時間，雙方的使者離開了。沒多久我方這邊由四人撐著一個遮陽頂棚走到兩軍中間，我才發覺克莉絲汀女王和少數貴族離開大本營前往談判。

然而山達克說如果可以談判解決，大家就不需要戰場相見。果不其然雙方離開那頂巨大遮陽棚後，對方就傳來號角聲。山達克和羅發、派克都說對方人數稍佔上風，這讓我有點意外，還讓親衛隊那位叫武圖虎的瓦倫特人隊長叫我們閉嘴。

由於對方的部隊已經在前進了，面對我方無動靜，讓我不自覺看著英格麗一下。英格麗笑著小聲說如果我受傷了，她會揹著脫離戰場，我則豎起拇指回應。

忽然間大軍中有幾個人騎馬穿過並大吼大叫，慢慢的隊伍形成一種緊密的隊形。然而傳令的使者中，有匹馬停留在某隊伍旁相當久，山達克很快就認出他們的教旗和馬松森城的旗幟了。由於馬松森城的隊伍沒有下一步動作，我問山達克發生了什麼事。山達克小聲說：「不是亂命就是抗命。」本來我想說：「誰亂下命令啊？」但我立刻發覺此事複雜。

由於女王已經回到了這裡，我探頭看了有點距離的克莉絲汀，但她沒有反應；倒是伯格雷德公爵注意到我了，他露出往常標準的笑臉：「瓦肯大人，你的疑惑很快就有答案了。忠誠不只是透過言語，還需要表現在行動上。」我不想和他爭辯，轉頭問羅發梅哈老哥的位置，山達克則建議我不要找梅哈老哥。

「為什麼？」我問，山達克用氣音回答：「我們在戰場上不應該干涉指揮權，這樣會讓梅哈大人和女王為難的。」我點頭表示了解。

等了一會兒傳令的人騎馬離開了，但馬松森城的隊伍似乎有點騷動。讓我意外地是馬松森城的人接著往前方佈陣，這讓我有似曾相識的感覺。

「約翰叔，這不是像我們上次一樣嗎？」羅發皺起了眉頭說。我不開心的看了公爵，他則面露微笑。派克小聲抗議：「怎麼這個時候了……。」英格麗告訴他：「你們人類就是這樣。」英格麗的話讓旁邊的人側目看她，也讓那個親衛隊隊長說：「肅靜！」

沒多久敵方的前鋒部隊已經開始前進，我方的號角也響起了。我這才領悟到，為何我寫的信函如此順利被接受。這種帶有一絲欺騙的算計，我除了內心憤怒外無計可施。

「約翰先生！」我一看山達克將手放胸前身體微彎。「怎麼了，山達克？」我問。

「請允許我代表約翰先生前往支援。」山達克的表情非常鎮定，我小聲告訴他局面非常不利且危險。山達克則指著馬松森城旗幟旁的九芒星旗：「教旗在那裡，我有義務前往，否則我日後會終身愧疚。」正當我準備開口時，他又追加一句：「反正我已經待在世上夠久了，唯獨以寡擊眾和殉教的事還沒體驗過。更何況我代表約翰先生前往，多少也解決了您對馬松森城道義上的難題。」我猶豫了一會兒，想起這段日子的相處不禁嘆了口氣，隨即解下腰上配劍給山達克。

「在主上之後能夠繼續追隨約翰先生實在太幸福了。」說完山達克轉身昂首闊步前邁進，嘴上還哼著歌。派克問在唱什麼，我告訴他那是普隆達尼亞語，沒記錯的話曲名叫〈快樂的傳道人〉。

看著山達克逐漸走遠，我眼眶泛淚告訴派克：「山達克不只是我的隨從，也是一位好友。雖然個性上有一點瑕疵，但博學、人生歷練豐富……。」話還沒說完，忽然被一種淒厲的叫聲打斷。

「塔——！」

「坤——！」

「塔——！」

我發現喊叫的人是羅米娜，她隨後又舉著劍高喊一次。此時馬松森城的人齊聲吶喊：

「塔——！」

「坤——！」

「塔——！」

我正在想上一次塔坤塔的故事怎麼傳得如此快，而且這些人怎麼那麼容易相信傳聞；忽然領悟到應該說馬松森城，為何要如此信任一位素未謀面的異邦人。正是是自己的信件給他們希望，並將他們推至這樣的地方。看著許多向我而來的視線，這才明白山達克說的那種睡不好覺的道義責任。

「塔坤塔！約翰叔。」身旁的羅發在胸口緊握拳頭，接著派克也看著我小聲喊了：「塔坤塔！」我深吸了口氣後問英格麗：「阿卡托斯娜會來嗎？」英格麗則抬著鳥頭說：「你的那把石鍾吸引不了她。」本來想問哪有什麼石鍾，但已經沒有心情了。我用邦卡語說著：「該來的總是要來；該死時總是要死。」英格麗笑著說：「哎啊，這是說給我聽得嗎？」

想到老一輩的人總說有些事是「不得不去做」，現在總算體驗到了。反正英格麗說萬一我受傷她會帶我逃走，也只能這樣安慰自己。我帶領羅發他們離開隊伍，無視那位隊長的斥喝走向女王。我向女王說明自己對馬松森城有種義務存在。

「馬松森城有他們的責任，這和瓦肯大人的義務無關，你只要待在這裡就好了。」克莉絲汀女王雖然淡淡說著，但眼神已經叫我不要前往危險之處了。

「女王陛下，請原諒我必須出發了。」我鞠躬說完後女王伸手喊了一聲：「約翰！」雖然因為礙於身分女王沒有接下去說，但我已經了解她想說的話，並覺得這趟沒有白來了。

我轉身後舉起手邊走邊喊，「牽馬！」派克則快步走到旁邊輕聲說：「約翰大爺：我們沒有馬。」英格麗呵呵笑著：「約翰大爺，等我一下喔。」本來我以為她要用神奇方法變出馬匹來，沒想到她走到某位騎馬的領主旁，隨即將他拉下馬並扶他站起來，在那位驚訝到說不出話來的領主眼前，又將我扶到馬上。

上馬後我看了派克一眼，他略帶緊張的跑步喊：「我去把約翰大爺的旗幟拿來。」之後我策馬用輕快步伐前進，好讓羅發和英格麗跟上。沒多久我們就追上山達克了，他顯得有些驚訝，但隨即恢復表情並跟著小跑步跟上。

很快我就看到梅哈老哥了，我們互相點頭沒有交談，他和許多宮廷法師一樣站在隊伍最前端，這是法師開戰時準備使出第一擊的地方。一般來說這種長距離的攻擊魔法，以火球類型的較為常見。我說的是「常見」而不是「一定」，這樣聲明是為了怕讀者中有人也是法師，又要來找我辯論魔法理論和應用了。當然，在更前面的位置有馬松森城的軍隊，凸出在我方的前緣並顯得孤立。

我到達時馬松森城的人有些錯愕，但隨後有些人認了出來而開始歡呼；其他不知道在歡呼什麼的人，看到派克舉旗幟過來也領悟到了，隨後叫喊聲讓空氣也升高了溫度。我穿過軍隊中央前進，兩旁不時有人點頭致意或舉手致敬，最後我來到隊伍的最前端。

這種以為必勝的誤會讓我趕緊想要澄清。我高舉雙手示意大家安靜，隨後加上羅米娜的叫喊，聲音才逐漸平息下來。

我大聲說著：「各位！各位！我不是什麼勇者，也不是大法師。」說完後馬松森城的人似乎也些錯愕，想到說出真相居然演變成這樣，讓我有些不知所措。這時山達克趕快在我旁邊耳語幾句，隨後我照著提示大喊：「今天，我和大家一樣只是持矛的人，讓我們一起流血吧！」我說完後呼喊萬歲的聲音不絕於耳，連羅發哭喪的臉都皺的像老人一樣。他說如此簡短感人的演說，是炎山屠龍前那種冗長無趣內容無法比擬的，實在太真摯動人了。

當我想給羅發拍一下後腦杓時，有人先拍了我後腦杓一下。

「誰？」想說大軍之中誰敢如此無禮，卻只看到後方的幾位士兵一臉「不是我」的表情。正當不知對誰發洩時，忽然身旁的空曠處有些扭曲，接一位穿著紅色法袍的美麗女性像掀開看不見的門簾那樣走出，顯然之前她躲在一種光影的魔法中。

在周遭充斥著：「瓦肯大人變出女人！」「特哈哈大師變出美女！」之類的訝異中，我驚喜地喊了一聲：「凱薩琳！」但她卻生氣的說：「我要被你這白癡害死了！」想到她跟著我來戰場，確實陷她於危險之中。當我要問她什麼時候來到巨錘森林時，旁邊的許多人大喊：「火球！」我轉頭看十餘顆西瓜大的火球迎面而來。雖然這種尺寸的火球許多法師施展得出來，但要它飛得比弓箭還遠好幾倍，這已經是大師等級的法術了。

我思忖著自己的魔法盾應該無法擋住這些攻擊，這時英格麗拿出兩個研缽，並迅速蓋在一起後再打開，一個足以包覆整個軍隊的布匹狀物品就從研缽中拉出，隨後擋住了火球並燃燒了起來，最後只剩白煙消失了。

順利逃過一劫的大家振奮歡呼了一下，我隨即開口：「英格麗，再來一個。」

我想應該是某種煉金術吧，她回答沒法這麼快再弄出一個護盾。我告訴她：「那種遠程大魔法施展很耗時間的。」英格麗則回答：「這個煉金術在你起床前就開始配製了。」正當我心涼了一半時，凱薩琳又補上一句：「做事還是不用大腦，要不是這位女法師預先準備，你現在已經去見茱莉安娜女神了。」之後又瞪了我一下：「不去遊你的山玩你的水，跑來這裡打仗是在想什麼？」這樣的問題我只能用嘻皮笑臉來回答，畢竟太複雜了，而且瞬息萬變的戰場是不容許我花時間解釋的。

「特哈哈先生。」沒多久一名眼熟的人跑了過來叫我，由於他穿了鎧甲，直到他開口我才發現他是梅哈老哥的僕從。

他小聲說他的主人準備違反命令，稍後會為我爭取一點時間。「什麼時間？」我問，僕役則回答：「這種事小的怎麼會知道，但梅哈先生說您前幾次的任務都圓滿完成，想必都有一些旁人未知的備用計畫。」他說完兩個大火球一前一後從頭上飛過奔向另一端，對方則在半空張開了三個圓盤型護盾，可見他們有些錯愕並且無法預測我方其餘的法師是否會接著攻擊。

「替我向梅哈老哥致謝……。」我轉頭對僕役說話時，才發現他早已跑遠。這時羅米娜下令在接觸戰前保持鬆散隊形，以避免火球砸下來時死傷慘重。面對略顯空曠的部隊反而讓我有些沒有安全感，我告訴凱薩琳心得時，她說不想和我這種缺乏常識的人解釋。

所幸當下我方也沒有發出前進的指令。我個人判斷是：將馬松森城當成牆一樣的存在，消耗敵軍力量並驗證其忠誠度。雖然有些殘酷，但山達克說如果你是女王：在這種關鍵時刻冒出來的援軍，而且還是之前不滿你的領主，肯定多少也會有所懷疑。

很快敵人先鋒部隊快要接近弓箭射程了，跟在後面的又是一波十餘發的大火球。雖然估計沒有直接向我而來，但凱薩琳和山達克隊向最靠近的一個大火球，使勁發出許多光彈與連擊火球咒文，才讓它在半空中炸開變成小火塊掉落，雖然也造成一些損傷，已經算是幸運了。在同時我看到羅米娜那邊有人施展水柱法術，隨後又慌張地打開魔法盾，但估計魔力太低，當火球砸下瞬間這位老兄就被火焰吞噬了。

這情況代表馬松森城缺乏施展這種遠距離魔法的法師。當然，這只是純粹用旁觀的角度論述。至於對方沒有多轟幾次，可能就是單純施法者人數不足以及施術後的疲勞所致。

在大火球的攻擊暫時停止後，很快一批弓箭就密密麻麻地飛來。雖然我方也以弓箭反擊，但我估計羅米娜旗下的弓箭手最多不過百人。

「我來！」難得有自己可以表現的地方，不禁大吼一聲。我用最快的動作施展法術，起動了與雙臂同寬的魔法盾，正當自己稍感滿意時，有個大一號的護盾擋在更前面。我好奇誰是施術者才發現是凱薩琳，她皺著眉說：「你白癡啊，你那個盾不行。」雖然她如此挑剔著，但旁邊有個馬松森城的人喜孜孜大喊：「是雙重護盾！」不過悲劇的是魔法盾結束後，他就中箭身亡了。

至於我沒有受到重大傷害，歸功於凱薩琳的魔法盾結束後，山達克會在我前端施展一個小型魔法盾，而派克也會舉著木盾護住上方。偶而發生接不上時間的空檔時，英格麗就會走到我面前。英格麗還會若無其事從胸前拔出射中的箭，附近的士兵總是一臉驚訝的樣子。附帶一提的是儘管凱薩琳否認，但我認為剛開始凱薩琳有些介意英格麗的存在。後來大概察覺她不是普通人，所以反而親暱了起來。

箭後來不再落下了，也意味開始肉搏戰。對方首波人數也是一千多人，這是山達克估的，也讓我稍微安心。

雖然我的長矛較馬松森城的部隊短上一截，但還是可以感受到巨大的衝擊力道。大部分的時間我舉著長矛向前吶喊，靠近時我就刺兩下警告。派克伸出手上盾牌擋在我左邊並舉著代表我的旗幟，山達克在右邊施放火焰或電擊太過接近的敵人，羅發因為密集隊形無法使用投石索，他會從派克的袋子拿出瓶瓶罐罐點火，然後丟向敵人。英格麗則在山達克施術產生疲勞時，暫時和他替換。擔心凱薩琳時我會看她一眼，有時可以看見她在施術或揮劍，但有時又不知去哪裡。我估計是用那個光影魔法隱身起來，我告訴她隱身是無用的，還是會受到攻擊傷害，但她不理我。

據女王旁邊貴族形容，這第一波短兵交接的時間不長，但我感覺像一整天之久。有人說見證到我堅守不退，其實左側一位持矛士兵倒下時，我一度想要後退，但有股力量把我往前推；我一看羅發似乎把我當盾牌在使用。當然也不能全怪他，因為他後面另外有持矛的人等著推進。

忽然間我眼前的敵人大幅減少。有位持矛的敵人和我的矛正互相敲擊，他忽然發現身邊夥伴消失了，因而轉身就跑。當然他太慌張了，所以跌倒在地。這時我立刻轉身從羅發手上奪過罐子扔在他身上，罐子破裂了可是他卻沒燃燒，凱薩琳適時補上一個火球，然後他就結束在火焰之中。羅發後來說那罐子還來不及點燃。

我注意到一隊五十人不到的騎兵正在驅趕對方，是這次敵軍撤退的主要原因。他們從側面及後方攻擊敵人，讓受驚嚇的敵人還搞不清楚狀況下就潰逃。然而畢竟是出其不意、攻其無備，騎兵很快就掉頭撤退。有兩個人脫離隊伍騎馬向我過來。我仔細看才發現是大衛議員和另一位叫米拉克的議員。

「喔喔喔，真是太感謝了。」我說。但大衛和往常那種油膩到抓不住的感覺不同，他略顯緊張以劍指著一個方向：「波爾多的軍勢正在趕過來，請再支持一下。」他說完後旁邊的米拉克議員握拳在胸前喊著：「塔坤塔！」隨後大衛議員也點頭說著：「塔坤塔，瓦肯大人。」他們才策馬離開。

「塔坤塔？」凱薩琳看了我一下說：「瓦倫特語嗎？」羅發則回答：「正是！」在英格麗的笑聲及羅發問我這位小姐是誰的過程，敵人方面又傳來了吶喊聲。山達克說敵人的試探攻擊結束後，整個前鋒都出動的樣子。

「你估計他們有多少人？」我話才說完周邊的人此起彼落喊著：「弓箭！」我按著剛才的節奏施展魔法盾，唸完咒語後發現居然沒有成功；更要命的是前面應該出現的更大魔法盾沒有出現，我低吟了一長聲後英格麗迅速擋在我面前。

我看著凱薩琳小聲吼著：「妳在做什麼啊？」她回答：「我以為妳要自己來。」我擦著額頭的汗說：「好險沒怎樣！」正在納悶汗怎麼帶著橘紅色，山達克指著我上方著說：「你的頭上有箭！」我摸了一下確實有長條物，於是趕緊摸一下兜帽內部，這才發現確實有箭穿過兜帽，刺傷了我額頭側後方造成流血，所幸只刺傷表皮。

派克用那種讓人更疼痛的烈酒幫我擦了傷口，凱薩琳則把箭從兜帽拔出來。忽然凱薩琳發現了兜帽的祕密：「硬皮製頭盔？你真是法師之恥！」還好她是用邦卡語說的，我則豎起大拇指故意用瓦倫特語回答：「安然無恙！」

很快我無法再這樣嘻笑，第二次的短兵交接開始了。在接戰不久我左邊的馬松森士兵就倒下了，另一個異常是原本阻礙我後退的羅發，拉著我的法袍說：「後退兩步。」這才發現我的位置比兩側的士兵還突出一些。沒多久貼著我左後方的派克叫了一聲，他左手盾牌被刺穿，因此必須捨棄。當然派克左手也受了輕傷，他自己用烈酒敷傷口，叫得像受重傷一樣。

忽然間正前方剛被凱薩琳用火焰咒文燒到逃離的人後面，衝來兩位持矛者。剛唸完咒文的凱薩琳估計是來不及再施展一次，還好英格麗挺身而出。然而左方補上的士兵又被擊倒，出現了短暫缺口，此時擊倒他的對手將目光轉向我並刺過來，我才想起派克受傷的事情。在派克和羅發的叫聲中我似乎以躺平的姿勢跌落水裡，旋即又浮了出來。

我感到頭有點昏眩而被羅發扶住。看見自己身上沒有濕，搞不清楚是怎麼回事，但戰場十分混亂，我只能打起精神繼續舉著矛向前刺擊。我看著前方說：「英格麗，謝謝妳。」她則呵呵笑了起來，凱薩琳插嘴說：「是我救了你！白癡。」但不知為何我忽然不想道謝了。

沒多久對方開始撤退了，我則藉機施展了一個火球術扔向敵軍。山達克指著右邊讓我看，這是因波爾多城的軍隊從右方向敵軍側面前進的結果。聽著波爾多城的號角聲讓我安心不少，在這時間點我太需要喘息一下了。

波爾多城的軍勢在驅離對方後並沒有追擊，而是在馬松森城旁列隊。此時大衛議員和米拉克議員的騎兵隊再次出現，並請我到波爾多城軍隊中。我想基於剛剛和馬松森城奮戰的情誼，或許我應該站在兩軍的中央較為合適，大衛則說馬上去轉達而離開，隨後我在騎兵護送下轉移到兩軍之中的空地上。

我遠看有位法師裝扮和幾名鎧甲戰士在那裏等候了。正納悶法師是誰時，法師已經揮手並大喊：「約翰，好久不見了。」我覺得聲音很熟悉，派克告訴我：「是試煉之塔的伊彌爾大爺。」

我趕緊跑過去和伊彌爾打招呼，並好奇問怎麼會在這裡。伊彌爾說他拿著我的推薦函被波爾多城的人發現後，半強迫的被留了下來。當然只是開玩笑，否則以他的能力誰也留不住他。但我要問伊彌爾詳細的內容時，鎧甲戰士紛紛過來寒暄，我才發現他們都是議員。議員們告訴我他們收到我給波爾多城的信件時，大衛和羅斯曼兩位議員因為解讀不同，在市長前扭打了起來。我很難想像貴族們會如此粗暴動手，在我們邦卡貴族都是用決鬥的方式解決紛爭。當然不是自己動手，而是派出代理人決鬥，通常是他們雇用的保鑣或傭兵。但我又記得大衛曾說他不是貴族，可是王城中的貴族認為議員就是一種貴族頭銜啊。但我不想在書中釐清或詮釋貴族的身分，有興趣的人可以去找邦卡的貴族：里奇．阿克曼，他很樂意和你討論這個，不過前提是你也要有貴族頭銜。

「看到了伊彌爾在這裡我就安心了。」我這樣說完，伊彌爾直呼自己不敢這樣想。他說自己準備踏進波爾多城時，剛好遇見城內市民歡送三位大法師離開，而法師們自信威嚴的容貌，才是強者應有的樣子。當然知道答案的我，只能尷尬地藉由注意敵人動態來轉移這個話題。「我忘了這是戰場。」伊彌爾說：「稍後請允許我來施展第一擊。」在我伸手做出禮讓的手勢後，我望向最前面的軍官等著他下令。

此時又一波大火球飛來，由於兩軍距離縮短，火球飛的更低更快。伊彌爾唸起咒文，張開了足以從馬松森部隊左側到波爾多陣地右方的弧形金色光盾，有效將火球阻擋在光盾外。

有位議員說我推薦的法師總是讓人吃驚，尤其是最近才來的那位。我問是哪位？他說是莫甘娜，還追加了一句「美到讓人吃驚。」

「莫甘娜？」凱薩琳看了我一眼，我則趕緊解釋：「是位棄邪改正的法師。」議員除了附和外，還指著前面說要緊盯對手的舉動，顯然正幫忙轉移敏感話題。

在伊彌爾光盾結束後，一輛馬車載著兩個士兵出現了，士兵們共持一幅未張開的方形手拉旗，後方跟著約五百名弓箭手。

「這是……。」我指著馬車問，伊彌爾解釋是秘咒師的詛咒魔法陣。沒多久士兵們打開手拉旗，黑色的布用白色的漆畫著類似魔法陣的東西。弓箭手們向敵方大喊著：「死吧！」隨即有人拿火把燒掉手拉旗。我看了山達克一下，好奇他對這樣的誤解有何反應，但他居然一臉正經似乎毫不懷疑旗子上魔法陣的效力。

終於最前方的軍官開口了，他大喊：「各位弟兄，我們合法殺貴族的時刻到了！」波爾多城的將士們一陣大笑，但旁邊馬松森城的人驚訝的看了一會兒。此外軍官接下來的話更驚悚：他說對面的前鋒指揮是珀杜雷尼的領主，大家不要活捉貴族交換贖金，一定要將他當場擊殺。說完又是一陣呼聲，讓馬松森城的軍官露出複雜的表情。這樣的行為不只是對方，在事後女王方也很多貴族表示野蠻。但如果各位常在波爾多城與市民聊天，或許就會知道這些權貴被人痛恨的理由了。

這時凱薩琳開始唸起了很長的咒文，咒文結束後從背後颳起強風。前端的軍官揮著劍，弓箭手立即搭箭上絃並射出，這些超出射程的箭矢似乎讓對方傷亡慘重。

「原來妳會使用戰場上的輔助法術。」我轉頭問凱薩琳，才發現她呼吸有些沉重。但她還是說：「別忘了我可是阿爾薩斯的女兒。」這讓我只能用微笑回答。

「弓箭！」一個警告聲後又飛來了一批箭矢，伊彌爾雖然又再次以能量盾擋住，但顯得有些勞累。畢竟在接觸戰前就是用這樣的方式，互相消耗對方法師力量。當然，法師眾多且強大的一方，總是較為有利的。

「約翰你先頂一下。」伊彌爾說完把那把叫「黃金火焰」的短杖交付予我，並說：「我沒有拿捏好對方的魔力而施用過多法術，休息一下就好了。」我拿了這杖在眾人期待眼光走，只能無奈向前並希望伊彌爾趕快恢復精神力把我叫回來。

我向前走了約二十步以上，並大喊著：「特哈哈瓦肯在此，不要命的就過來。」我發現在紛亂的戰場這種叫陣沒有作用，重整後的敵人依舊繼續前進。雖然這支名為「黃金火焰」的短杖有加持的作用，但原先拳頭大的火球與幾十步的距離也無法因加持產生什麼逆轉作用。然而已經到這個節骨眼了，只能嚇嚇對方拖延時間。

我用緩慢且大聲的方式唱出咒文，並在頭上旋轉著法杖，「黃金火焰」和咒文產生共鳴而在前端發出火焰，我覺得應該有產生戲劇效果。後來我才知道戰場上法師如此暴露自己的行蹤，是一種愚蠢的自殺行為。即便對方不知道你要施展何種法術，反正先阻止你就對了。

就在我咒文念到一半之際，眼前有個兩個火球直射而來，在我準備放棄咒文向左閃躲時，再次出現跌落水中的感覺。在模糊中周遭布滿搖晃的橘紅色，並在之後的震動聲中變成黑暗。在我還來不及釐清發生什麼事情中，我又重見光明而且還有個小震動。

沒多久我有浮出水面之感，但衣服卻是乾的。我聽到許多驚呼聲，便舉起法杖大聲說：「安然無恙！」我轉頭發現英格麗就站在我旁邊，她一看到我就不分青紅皂白把我拖回隊伍中。「你還真的是阿呆啊！」英格麗的聲調出現了難得的氣憤。回到隊伍中我看到凱薩琳，她似乎用唇語說：「沒事吧？」或是「你白癡！」莊園的守衛們聽故事到這裡，除了巴布外都說應該是後者。

據山達克說他看到火球快速地向我飛來，隨後產生巨大火花；緊接著一個桌子大小的巨石在相同位置砸落，讓現場我軍一片錯愕；隨後英格麗衝出去舉起石頭並扔到旁邊，然後我在驚呼中出現在原地。

我回到隊伍後伊彌爾快步走過來，他看起來非常嚴肅。

「約翰！」

「是！」

「戰場是嚴肅的地方，不要再開這種玩笑了。」他說完後我不好意思點著頭，伊彌爾繼續說：「用魔法儘快結束戰爭，就是一種仁慈。」我聽完後將法杖交還給他。這時波爾多城的部隊已經舉矛前進了，對方士兵的表情清晰可見。殺伐聲、號角聲與戰鼓聲不覺於耳。我特別好奇這震動心臟的鼓聲何來？派克指著右後方的馬車，尼古市長正在親自擊鼓。

由於現場聲音太大，伊彌爾用吼叫的方式對我說：「約翰，麻煩你護法了。」我還沒會意過來，他已經唸起了咒文。我連忙喊著凱薩琳，雖然她皺著眉頭瞪我，但很快就走到伊彌爾前方位置。

「我大概能抵擋一擊吧。」凱薩琳說完開始施法，我則請英格麗保護她，英格麗笑著回說那這樣就沒人揹著我逃走了。接下來議員們像我道別，回到他們自己的崗位。

伊彌爾高舉著法杖，從法杖頂端射出一道強光並隨後淡去，但天上的白雲開始以漩渦方式向敵軍上方聚集。這樣的效果立即讓對方有所反應，十多顆大火球朝我們的所在地飛來企圖打斷施法。這時我軍後方飛出十餘個大火球，我發現是梅哈老哥與其他宮廷法師們。雖然很多火球互相碰撞後在空中爆炸，但還是有兩個沒被擋住的大火球正準備落下。

這時凱薩琳舉起雙手，出現了屏障的魔法盾，讓派克和羅發小聲歡呼了一下。但大火球卻沒有在魔法盾外爆炸，而是以緩慢的方式穿過凱薩琳的魔法。當然兩個火球意味著兩位大法師的魔力結晶，要求凱薩琳完全擋下是強人所難，也讓我進退兩難。

忽然英格麗往前走去，我問她要做什麼，也提醒她就算毫髮無傷擋下來，爆炸與延燒還是會讓周邊的人死傷慘重。英格麗則像一座空殼呆住，我會這麼說是因為她背上有巨大影子竄出並快速膨大，之後我在黑暗中聽到淒厲的叫聲，比魔龍的聲響還讓我顫慄。黑暗結束後英格麗撫著胸口說：「痛死我了！」凱薩琳則抱緊她說：「謝謝妳。」英格麗則笑著說已經不痛了。

後來聽說火球落在我方中出現的巨大鳥形黑影上，黑影痛苦的張開觸鬚般的翅膀；敵方有位大法師趁機補上致命的薩提爾光束咒文。然而紅色的強光射中黑影後，卻有如被吞沒那般，在施咒後這位叫班都拉的大師卻忽然倒地，並且再也沒有爬起來。當然我那時候還不知道這件事。

我當時看到的是伊彌爾得咒文唸完了，他開始揮舞短杖，很快對方上頭的雲層顏色加深，緊接著敵方上空張開了許多大小不等的護盾，顯然他們也知道要對稍後的魔法加以防範。在天空低沉雷鳴後聲後，連續劈下五道閃電，讓對面陣腳大亂。事後我聽說有兩位大法師當場死亡，另一位受到了電擊的輕傷。

施術後的伊彌爾踉蹌後退幾步，他說這是他第一次正式施展這個咒文，雖然之前常用魔力冥想術演練多次，還是沒想到耗費如此多的魔力。我和羅發過去把他架起來往後走，伊彌爾則笑著說希望能平安撐到太陽下山。「為什麼?」我問，答案是他自己推測可能要到傍晚魔力才會恢復。

我們往尼古市長的後方前進，沿途的議員或軍官紛紛向我們致敬，戰士們也振奮向我們喊著「塔坤塔」後快速前進。由於整個部隊在前進中，很快我們就到市長旁邊了。市長旁邊有位自稱克雷頓的大叔軍官和我打招呼，我才發現他是波爾多城的總指揮。這位指揮官笑著說我們的施法讓敵軍大本營混亂，也導致對方前鋒變得脆弱。沒多久一人群大喊著：「殺了珀杜雷尼的領主了！」我方歡呼聲不斷。

讓我心情複雜的是我方總攻擊號角這時才吹響。我看著指揮官，開心地說終於要逆轉局面了，沒想到他笑著揮揮手。他看著尼古喊了聲：「市長！」市長擊鼓的風格開始添加了一些緩慢的要素。沒多久旁邊幾位披著奇妙披肩的士兵或跑步或上馬開始離開，並大喊著：「五號命令！放慢腳步！」對照著馬松森城的人向前追擊形成一種反差。

很快後方的部隊就超過波爾多城了。指揮官邀請我和伊彌爾上馬車，我、伊彌爾、尼古市長在馬車上看著軍隊前進，波爾多城的軍隊以備戰的方式緩緩前進最後回到後衛的位置。停止擊鼓的市長笑說這樣既符合跟隨瓦肯大人的定義，又沒有違反任務中擔任後衛的安排。

我問這樣不追擊好嗎？市長笑著說留點功勞給別人。停了一下後，他才正經的看著前方說波爾多城的市民生命重於一切。我點頭說很好的判斷。

馬車視野就像騎馬一樣比步行好了許多，讓人有心曠神怡的感覺。我看到右後方有隊捲起塵土的騎兵朝女王方向前進，便指著騎兵隊說：「那是大衛議員他們嗎？」尼古市長指著騎兵對指揮官說：「有突襲！」指揮官匆忙派出騎兵與輕裝隊伍先行去保護女王，隨後下令全軍轉向調頭。

這時我才注意到由於是總攻擊之故，克莉絲汀女王身邊除了少數貴族與將領外，僅有百人的親衛隊與艾林公爵的貼身侍衛而已。面對這批近兩百人的騎兵突襲隊，可能無法支持下去。

所幸接戰沒多久，波爾多城的騎兵趕到了。在波爾多城的輕裝部隊到達時，對方已經失去了戰意，很快就撤離了。後來到達的波爾多城的主力，就停留在女王的右前方。我們去看克莉絲汀時，她的隨從剛好才在擦拭克莉絲汀戰斧上的血跡，可見狀況的緊急。另外伯格雷德公爵也安然無恙，讓我心裡複雜；但想到我也無事出現在他面前，他應該也是相同的感受。

由於凱薩琳與大貴族們都在，在確認克莉絲汀安全後，基於身分與禮儀我們便回到了波爾多城的隊伍中。

回程我指著脫離戰場中的佐羅公爵派軍隊，向凱薩琳說：「看到敵人撤退，剛才的苦戰好像在做夢。」

「還不是你害的。」凱薩琳冷冷地回答。

## 第十三節　莫拉克大君

或許有些人看到這標題會說，前面的這些事關莫拉克甚麼事？我想過好像真的不關他的事，但又和他有密切的牽連。不管各位讀者相信與否，我個人修改本章節標題達十次之多。

回到話題，這場被稱為「和解之役」的戰爭，在討論和談時意外地順利。據不能透漏姓名的權威貴族表示：女王派有許多貴族反對戰爭持續下去。除了財務考量外，最大的問題就是波爾多城表現過於優異。持續戰爭不僅會消滅許多領主導致王權提升；還會讓戰爭表現突出的波爾多城，開始增加政治影響力。

至於原本兩位領主的土地爭議，則按照支持女王的那位領主方案劃分。然而女王對失利的領主，也以祝賀他女兒生日為名給了一筆金錢為補償。這讓山達克稱讚克莉絲汀女王的政治手腕。

當然在政治上的命令由女王簽署，女王派的伯格雷德公爵與女王堂兄佐羅公爵副署，無形中更確立了女王的地位，雖然這些對立依然持續存在。

最重要的是要處罰引爆這場戰爭的「罪魁禍首」。以我的觀點來說，這個人就是女王堂兄佐羅公爵，起碼也是挑起爭議糾紛的領主。但政治上並不允許這麼做，更何況佐羅公爵及其擁護者提出了怪異的聲明：他們受到了某位邪惡法師蠱惑與操控，以致不明白發生甚麼事情。更荒謬的是這樣的理由被認可與接受了。

來自某位透漏名字就和我沒完沒了的大法師，他所提供的祕密消息：這位邪惡法師其實是公爵重金聘請的顧問。公爵保障他的居住處不受打擾，並按時支付金錢與所需物資；而邪惡法師則提供各種諮詢與法術人力，完成公爵的心願。

由於我已經在章節中預告了發展，因此這場糾紛的主謀就推給邪惡的法師：莫拉克，同時他是吸血鬼的身分也被披露出來了。起初這件事是否宣布還在討論中，佐羅公爵為了劃清和主謀的邪惡法師界線，他特別供出「魔窟」所在地並派出支援討伐隊的法師。雙方並同意在討伐隊出發前，宣稱用審視文件釐清罪魁禍首。

雖然莫拉克插手巨錘森林的政治紛爭，但佐羅公爵旗下見過他的法師們一致認為，即便佐羅公爵派的法師聯手，恐怕也難以與莫拉克匹敵。這似乎又顯示他並未將全部心力放在這個地方，起碼我確認他最多只能算從犯而稱不上主謀。但光從他隨便派人，就足以在戰場上發揮巨大作用這個角度，很明顯可知道討伐隊是極為危險的差使。

當梅哈老哥和我提到莫拉克及討伐隊伍時，我已經有一些不好的預感。雖然女王並不想讓我加入這件危險的事，但由於政治上的壓力極大，因此梅哈老哥問我是否願意主動向女王提出要求參加。

「老哥，不是開玩笑吧！你是知道狀況的。」我說。梅哈老哥說：「問題在別人並不清楚這狀況。」當我覺得可嘗試開誠布公時，他又接著說：「如果我們企圖解釋能力上的問題，不只女王身邊的人會懷疑你是否有政治考量，連佐羅公爵那邊都會認為女王要保存戰力。在大法師們出動討伐的時間點上，女王卻有王牌法師按兵不動，佐羅公爵那邊會睡不著覺的。」

想到都是盛名所累，我詢問著：「那怎麼辦，沒有更好的辦法嗎?例如我退隱之類的。」梅哈老哥笑著搖頭。我則接著說：「不能當作莫拉克不存在嗎？」

梅哈老哥說上次會戰前，佐羅公爵曾經請求莫拉克到戰場上助陣，結果莫拉克只讓隨從或徒弟之類的人前來。「有這種事？」我問完後梅哈老哥解釋：戰場上對前鋒部隊上方之黑影施放薩提爾光束的班都拉大師，就是其中一位。我想他應該是指英格麗擋住魔法的時候，便解釋當時像被烏紗罩頭，自己甚麼也沒看到。

「那班都拉大師在哪？」

「死了。」梅哈老哥又說：「還有一位已經被囚禁了，就是怕走漏消息。」我回答：「這不就顯示莫拉克可能不是主謀？」梅哈老哥似乎在想如何解釋，最後他說道：「這樣說好了。如果你是公爵，有個像手下的人擁有你無法控制的巨大力量，最後發現他沒有真心要協助你，你會怎樣？」我則點頭說：「嗯，了解。所以趁這機會聯合女王的法師，共同除掉這個人。」

梅哈老哥笑著：「正是這樣。同樣的女王也不想要這樣的人存在自己的國家中。」

「可是要我加入是強人所難啊。」我說。梅哈老哥則向上伸出食指：「這件事我有個初步構想。」

「關於人身安全的嗎？」我問。

「不只人身安全，政治上也安全。」

「有這樣的好事？」我說完梅哈老哥開口：「我推薦你當討伐隊的隊長如何？」我小聲說：「我還以為擔任後勤補給或後衛之類……。」他則爽朗笑著：「那多沒意思啊。」然而就在我半張眼睛心裡想這算什麼方案，他又開口說：「特哈哈老弟，這幾位大法師都自恃甚高，想必不太願意聽從指揮。」我發出嗯哼聲後他又接著說：「這些臨時的大法師組合，你無法也不需要指揮他們，由他們自行攻擊即可。勝利了你是領隊自然有功勞；萬一失敗了就算需要大家共同承擔，也沒貴族敢責難一群大法師，不然他們自己來。」老哥接著說：「你所要做的事，就是保障自己安全無恙就行了。而且你說過英格麗小姐十分可靠，安全上應該沒問題。」

「這就是傳聞中的政治算計嗎？」我打趣說著，梅哈老哥說他不僅是法術大師，也是政治大師。說完我們一起大笑，有一剎那讓我覺得很像故事書中壞人們，計畫陰謀後的笑聲。

「那失敗了怎麼辦？」

「先不要想著會失敗。萬一真的發生了，自然有準備備用的方案。不過你先不要問。」梅哈老哥說完伸出手制止詢問。

「那你會參加討伐隊嗎？」

「不會。」梅哈老哥說他將和其他大師們，帶領精銳軍隊從山腳下正面進攻。

「正面進攻？」我感到疑問，他則解釋攻擊部隊將吸引莫拉克的大批隨從出來，討伐隊就可由祕密小徑進入莫拉克山上藏匿處。至於祕密路徑的來源，則是透過一些殘酷手段讓那位囚禁的法師吐實。不只如此，若消息正確並順利消滅莫拉克，此人不僅可重獲自由，並將受到豐厚獎勵。梅哈老哥稱為「恩威並濟」。當然，目前是宣稱他與班都拉大師共同陣亡。

「我可以多帶幫手嗎？」我問。

「當然，一位指揮官有許多助手是理所當然的。」說完梅哈老哥又好奇問：「老弟，你要找來奧特大師嗎？」我告訴他奧特老哥已經退休了，就算世界末日他應該也不會管了。

「那麼是哪位大師呢？」

「約翰大師。」由於小約翰和我同名，為了怕誤會，我又補充：「黑木之門的約翰·凱瑞大師。」

「黑木之門？」梅哈老哥面有難色：「黑木之門太過遙遠，再說確認路徑的密探這幾天就會回來，我們恐怕無法等到那個時候。」這時換我糾結起來，雖然凱薩琳與山達克應該也會前往，但沒有必勝把握時總覺得有種不足之感。

「呃……。」我太掙扎了，但梅哈老哥好像想到什麼拍了下手說：「前些日子黑木之門使節團到來，聽說有位隨行法師，或許你可以去拜訪看看。」這讓我燃起希望，或許小約翰恰巧也同行。當然我的目標並非打倒莫拉克，而是萬一失敗時，盡可能全身而退，當然也包括討伐隊的所有人。

我請梅哈老哥幫忙寫封要求拜訪的信件，隨後派遣信差前往。當我覺得要完成了一個段落先休息一下時，僕役說有位自稱古奈德的老先生，正在門口等著。

我想起了那句俗諺：「平安無事不會造訪神殿。」人通常遇到麻煩才會去求助別人。明顯地有人想解決自己麻煩，但這可能會替我帶來麻煩。

「不見，說我進入長達十天的冥想期。」我的說法梅哈老哥也點頭認同。

這時走廊傳來笑聲說：「約翰大師忘了我們的約定嗎？」隨即步入大廳。我一看是個留著灰色絡腮鬍的老人，後面跟著三位穿著農裝卻披斗篷的年輕人。雖然老人穿著整齊的法袍，但隨從們不合時宜的打扮，讓我有點戒心。

我直接說：「老先生，我並不認識你。」這時從他後面有位年輕人上前指著自己說：「約翰瓦肯大師，是我啦。」我才想起是先前三面盾牌旅店裡的年輕人，但看他故作親暱的樣子，讓我沒有好感。

這時老人向梅哈老哥開口了：「這位先生，可否讓我們單獨談談。」老哥看了我一眼徵求意見，我則小聲說：「找英格麗或山達克來這裡。」梅哈老哥隨即離開大廳。坦白說這樣突如其來的拜訪，我認為有必要保持某種程度的警戒。

老人露出微笑說：「首先要恭賀約翰大師又建立了偉大……。」

「等等。」他還沒說完我立刻伸手制止這些無聊的客套話：「直接說明來意吧。」老人轉頭看了後面一下，接著說：「請允許我們加入約翰大師的討伐隊吧。」

「討伐隊？什麼討伐隊？」我故作不知道，心裡卻在想才剛和老哥聊完，怎麼全世界都好像聽到了。老人自信回答：「我在宮廷有一些熟人，聽到他們說討伐隊這件事。因此推測約翰大師如果不是擔任隊長，就是擔任主要攻擊手。至於你還沒收到消息，應該在這一、兩天就會……。」

「古奈德！」有聲音阻止談話，我發現是跟在老人後面的其中一位年輕人。才在想對他自己的父親或長輩如此無禮，到底是怎麼回事。沒想到古奈德居然很有禮貌稱：「是！」

「這位是？」我伸出手詢問，但年輕人卻只與古奈德對話：「約翰大師？看起來平凡無奇，該不會是宮廷中表演雜耍的魔術師吧！」面對這樣的質詢讓我些許不快。年輕人轉頭問之前旅館送信的人說：「你真的確認過嗎？西蒙拿。」

「他唸咒文時自稱全知全能者……。」這位被稱為西蒙拿的人話越說越小聲，彷彿做錯事一樣。我這才想起馬斯多塔的咒文似乎是如此。

古奈德試探性地說著：「可能將實力隱藏起來了。」年輕人則說：「他毫無隱藏。」隨後看著我說：「對吧！」

我露出虛假笑容說：「沒錯，在下正是表演雜耍的人，我想你們應該找別人了。」在古奈德的尷尬中，年輕人露出輕蔑的笑。但很快他的笑就消失了。

「約翰先生。」山達克打了招呼後看年輕人一眼，隨後靠過來小聲說：「這傢伙是吸血鬼，而且來頭不小。」年輕人則指著山達克：「你是莫拉克那邊的人！」隨後瞪我一眼：「這是怎麼回事！」

山達克告訴他自己已經離開莫拉克，現在是服侍喀斯金達加的僕人。

「喀斯金達加？」年輕人剛提出疑問，英格麗走進來說：「約翰，又有客人了。」她說話時年輕人目視遠方抖個不停。讓我想到當初卡拉斯特鎮上的鄰居中，有個飼主的妹妹對狗極為殘暴，每次這位妹妹來訪，那隻狗害怕的樣子，和年輕人非常相似。我想任何人聽到英格麗的聲音通常直覺認為是美女，除非他以前見過英格麗。

我用手來回指著兩人：「你們認識？」英格麗在說完「沒見過。」後，向年輕人走去。由於年輕人一副慘白臉色，古奈德問：「老師，怎麼了？」讓我有些意外。英格麗手叉著腰說：「小弟弟，什麼名字啊。」對方說了好幾次，才把名字說完。

「叫辛格萊是嗎？」英格麗問後，對方用快哭出來的臉點點頭，山達克則向我提示說：「辛格萊是和莫拉克齊名的始祖吸血鬼。」看到對方遇到英格麗就嚇到要撒尿，任何人換成是我，也會傲慢起來。

「辛格萊，你來找我這宮廷耍寶大師用意何在？」說完我身體往後靠在椅背上，並翹起了腳。

「這剛才已經說明過了，是希望能參加討伐隊。」古奈德鞠著躬代替回答。我看那位辛格萊一段時間都沒敢說話，便走到英格麗旁邊說：「這傢伙被妳的美震懾到說不出話來了，你先離開好了，免得他失魂落魄。」英格麗歪著頭說：「約翰。」隨後呵呵笑著離開大廳。

英格麗走後辛格萊過了些時間才恢復均勻呼吸。我讓山達克拿張椅子給他與古奈德，兩人經過猶豫後才坐下。

「你們也和莫拉克有過節？」我說完過很久辛格萊才開始侃侃而談，但已經沒有剛才的自負氣息了。他說自己原本預測會是討伐隊的主要力量，看來真是太無知了。大概是為了增加威信，山達克還提到我是喀斯金達加，也就是馬斯多塔的最後弟子。我則用隨便的口氣說：「不過是最差勁的一個。」這讓辛格萊站了起來，我又勸了一會才再次坐下。

辛格萊說他當年被喀斯金達加擊敗時，得到活命許可而率領剩下血族，離開原居住地到指定處居住。沒想到昔日的戰友莫拉克卻趁機落井下石，到處狙殺他們。只剩不到一成力量的辛格萊，無法保護旗下眾人只能讓大家各自逃命。辛格萊最後被法師古奈德所救，出於感激他收古奈德為弟子，並在當地療傷。當然在談話中，辛格萊不斷強調被喀斯金達加打敗從無怨恨，我想這也是出於恐懼吧。

本來我還想問古奈德是否也成了吸血鬼，但他蒼老的外表已經替他回答了。我沒有讓他們直接加入討伐隊，但將視為我個人助手隨同出征。當然一切開銷需要自行負擔，這點辛格萊沒有異議。由於我還不清楚詳細的時間點，他們則說會在附近的旅館等候通知。

最後我們在「合作愉快」聲中握手道別，他助我完成政治性任務，我則幫他復仇。

晚餐後我正在聽山達克解說普隆達尼亞的歷史人物時，忽然凱薩琳走進大廳。她丟下了一句：「搞不懂蹩腳法師，怎麼會有見不完的訪客？」這句話，便轉身離開了。我在想是白天的信使回覆？還是哪個領地的陳情代表？這時出現我熟悉的身影——費爾南多大師。由於我和小約翰及費爾南多曾經共同征討黑木之門的狂人法師，頓時有種老戰友的親切感。

「山達克幫我翻譯一下，說我歡迎他的到來。」由於我這句話用瓦倫特語說的，費爾南多張大眼睛用著和我不同的異國腔調回答：「約翰大師也會瓦倫特語？」說到這裡我們一起笑了出來，原來可用另一種語言溝通，當初還需翻譯就顯得很荒謬了。

僕役們看到費爾南多大師確實是我認識的客人，隨後便端出了飲料與餅乾。我們聊了很多，包括小約翰已經隨其他使節團到姆瑞爾大陸進行貿易會談。確實，在語言不通的異域，雙方使用魔法語言溝通是不錯的選項。

費爾南多大師因為通曉瓦倫特語，跟著使節團來到巨錘森林。稍早前克莉絲汀女王曾送上精美禮物祝賀黑木之門的國王生日，而國王則派人回贈禮物給女王。雖然是簡單的任務，但後來山達克解釋國際間維繫友好關係，就從小地方做起。所以費爾南多大師也可說是肩負重任了。

在費爾南多大師聽聞討伐隊的事情後，主動表明有興趣參加。「怎麼能錯過這種歷史性的魔法之戰？」他如此說著，並且不介意擔任助手。至於使節團即將返國之事，費爾南多說他稍後後會向使節團報告此事，而他相信使節團也會贊同。

雖然可能不需擬定什麼戰術，但我覺得個人團隊還是該討論一下。我招集了山達克、凱薩琳和英格麗，詢問有甚麼戰術建議。

英格麗說自己會開始收集材料配置藥水、藥膏，做為發生意外時治療用。我問是那種瀕死時喝一瓶就會恢復原狀的藥水嗎？英格麗笑著說：「約翰，沒有那種東西。」但她說如果被打成遍體鱗傷要躺個把月在床上，喝了她的藥水也許幾天就能下床了；至於手斷腳殘，如果用針線縫好在塗上配製的藥膏，應該在十日左右就可以活動自如。雖然緩不濟急而且不能在現場發揮立即救命效果，但我還是認可了。

山達克則又是「天意」說法，我就跳過去了。

凱薩琳露出奇妙的笑容說：「雖然我沒有打敗那個莫拉克的辦法，但可是你唯一能活命的救星喔。」我納悶看著英格麗一下，她則歪著頭看我。「真的是妳？」我看了凱薩琳，她說不相信的話我就靠自己好了。說完一副走出大廳的樣子，我幾乎把這輩子學到的馬屁術與甜言蜜語用上，才讓她停下步伐。

「注意囉！」凱薩琳剛說完，我就像跌落水中那樣眼前一陣模糊，很快又像浮出水面那般，就和先前戰場上時同樣。「妳到底做了什麼？是那個光影的魔法嗎？」我問完凱薩琳笑嘻嘻說：「才不是那個。」隨後伸出食指。

「手指？」我問，凱薩琳說：「才不是。」隨即用另隻手比著上面的戒指。

我問：「是『巴隆的指令』嗎？」她露出得意的笑容說：「沒錯！」

凱薩琳宣稱和阿爾薩斯，也就是他養父共同開發了這個魔法，並且把它稱為「幽界的狹間」。這是種處在普通世界和幽界邊緣的地帶，就像看似要進入屋子內了，但卻站在大門門檻上不進去那樣。透過這種雖然站在原地但又不在原地的方式，在短時間內可以躲避外界攻擊，只不過必須配那枚戒指使用。

至於夾帶另外的人非常困難，開始時測試的蚱蜢與兔子都在施法結束後死亡，因此判斷無法夾帶他人。但經過書籍考證和諮詢某位知名召喚法師，獲得結論是：幽界認可的人不受此法則約束。

順帶一提的是，召喚法師對於凱薩琳的戒指訝異到難以形容，但凱薩琳囑咐我不可詳述細節。比較值得提的是：凱薩琳說完的當下我腦中已經浮出絕妙的戰術。雖然我沒有立刻講出來，但向凱薩琳問了許多施法感受與限制，作為將來實戰的參考。最後我在睡覺前，吩咐派克購買鋒利的匕首，並塗上他所知最強的毒藥再交給我。

第二天早上我則被請去參加檢閱儀式，這是因為聚集的各地領主們要開拔回去了。特別的是在校閱完畢後，女王在波爾多城隊伍前向他們說：「謝謝約翰的波爾多城。」市長則大喊著：「約翰的波爾多城，效忠女王。」克莉絲汀女王露出陽光般的燦笑，隨後還和議員及前排士兵聊了幾句。

女王後來在馬松森城的軍隊前，同樣笑著說：「謝謝約翰的馬松森城。」馬松森城帶隊的羅米娜則帶喊：「不！我們是女王的馬松森城！」接著底下的人也配合高呼。我看到女王以手遮住嘴吧並泛著淚光，但很快克莉絲汀就順勢用遮口的動作咳了一聲，看起來若無其事的樣子。隨後克莉絲汀女王向大家點頭示意，很快便離開了。我猜羅米娜的動作讓女王感動，並有相當的政治手腕，這點山達克非常認同。當然我特別請伊彌爾同行，他在和尼古市長確認不影響波爾多城後，欣然接受邀約，成為我的助手。

就這樣我過了一天後，晚餐前被告知密探已經回來了，證實這條隱密道路的事情屬實。由於我以另有重任拒絕派克和羅發，讓他們這段時間加入女王的親衛隊，並向梅哈老哥修正我的助手人數。其實後來有人捎來口信，要求私人的助手成員必須精簡之故。

之後準備工作將由梅哈老哥負責，我目前唯一的工作便是早點休息。

雖然很早便就寢了，但凌晨被叫醒時還是有頭昏腦脹的感覺，讓人體會能睡到天亮是種幸福。我問叫我起床的僕役怎麼只有我和山達克兩人，才知道眾人已經分批離開了，包含不住在大宅裡的辛格萊和伊彌爾他們。

負責帶我出城的人是其中一位密探，由於他未來將持續擔任各種密探的工作，所以就不寫出名字了。

我們是最後到達的一批人，另外兩位密探和討伐隊的成員已經在城外的一座小屋內等候。凱薩琳、英格麗、費爾南多、辛格萊和伊彌爾已經到達，尤其費爾南多的白色法杖正受到許多讚揚；伊彌爾背著用灰色厚布包住的棒狀物體，我望著他看時我們相視一笑；辛格萊用布巾遮住口鼻，看來十分小心低調；英格麗頭上多了頂繡花的寬邊帽，是凱薩琳送的；辛格萊的弟子古奈德沒有出現，據說本來辛格萊就沒有打算要他們參加。我想也對，身為助手兼隨從的辛格萊還帶上隨從，這成何體統。

女王派出了聞名的納維爾與布蘭登兩位大師，這兩位留著雪白長鬍子的老爹，會讓人誤以為他們是兄弟還是雙胞胎。密探先生說兩位大師平時很少參加宮廷事務，過著隱士般生活，因此不太有人會注意他們的動向。

佐羅公爵方面則是有克萊兒和兩位中年人，其中一位也留著長鬍子，只不過顏色是深棕色而已。也許他們有自報姓名，但長鬍子法師和女王派遣的大師一樣不太說話，所以我只記得多話的密特朗和女性法師的克萊兒。我和她說在遙遠的邦卡有位領主的外甥女就是這個名字，後來嫁給了一個英俊的吸血鬼了。這話題開啟了這位克萊兒的興趣，並和我聊了起來。當然她的隊友曾警告她少聽我說話，還說我說話口氣宛如胡說八道的吟遊詩人，這點我既不承認也不否認，不過那是後話了。

當然，也許有讀者會擔心我的安危，我的意思是來自凱薩琳的憤怒反應。由於克萊兒大師目測約四十歲左右，因此凱薩琳並不在意。儘管如此我可以從克萊兒臉上猶存的風韻推測，她在年輕時也是位讓人吃驚的美人。

話說回來，我進入小屋後三位密探分別介紹各位大師互相認識。納維爾大師問說帶這麼多隨從是要照顧飲食起居嗎？這個問題讓我略顯尷尬。我後來發現佐羅公爵旗下那位沒有鬍子的密特朗法師表情奇特，原來他也帶了兩位隨從。依隨從打扮看來應該是服侍他的僕人；我的隨從能力都勝我一籌並且有戰鬥力，讓我對那位密特朗產生優越感。

大概是為了轉移話題，密特朗問我作戰的策略。哪有甚麼策略？但我立即想起梅哈老哥的看法，便開口說：「在場各位都是一代大師了，由我這種平凡法師指揮大家，恐怕延誤了行動。各位大師請依自身直覺判斷，自行展開攻擊即可。」

「喔喔，我正是擔心受到外力影響，無法充分發揮。」納維爾大師說完後，其他人也紛紛發言，「和我想的一樣」「我也擔心指揮者的存在會引發失敗」。伊彌爾小聲問：「這樣沒問題嗎？」費爾南多則拍著他肩膀微笑點頭。

面對這種指揮上的難題，相信各位如果是我，也只能這樣選擇了。

密探們後來引導大家到小屋後方稍遠處，那邊繫著許多匹騾子。這種由馬和驢所誕生的後代，據說非常適合這次長途與登山的需要，因而被評選為坐騎。另外密探也說在我們出發後的兩天，正面攻擊的討伐隊將聲勢浩蕩的出發，包括我在內的在場各位大師也在其中，只不過都是替身。

經過數天的旅程我們來到了西南山脈，想到魔龍往返炎山與此地，讓我驚覺原來魔龍還真的和莫拉克有關係。途中密特朗法師老是喜歡和凱薩琳與英格麗聊天，讓我感覺就是不正經的法師。

幾位鬍子大師話不多也很難攀談。除非聊到魔法，否則總是一臉要睡著的樣子，而這也是我最不想討論的話題，不過伊彌爾與費爾南多和他們聊得很來。讓他們有些憤慨的是我居然把法師當成僕役，還好我趕緊解釋自己都是團隊行動，這才在「原來打敗強敵是靠團隊行動」的結論中化解。

但也由於我強調團隊，他們還談論起神話中許多英雄的單獨冒險中，經常出現幫助英雄的小動物，如：偵查的小鳥、鑽進隙縫的螞蟻等等，應該就是隱喻被埋沒的無名隊友，如同我的團隊中只有我享有盛名那樣。當著我面前評論這種事情，已經略帶嘲諷了。我除了以大師的風範不與計較外，英格麗的笑聲並承認自己就是團隊中的小鳥，也化解了不少尷尬。

路上伙食還算可以，密探們會選在村鎮附近紮營，然後去購買食物；即便進入了山脈一帶，他們也展示了從自然中拿出食材的方法與驚人的廚藝。

就在進入山脈的第二天，密探們指著某條山徑說前面就是了。密探與無戰鬥力的隨從留下，當然我的坐騎：二十七號，也就是騾子，牠對我的服務也到這裡為止。

其實西南山脈的諸山峰沒有一座高於炎山。但由於密集之故，山腰處經常雲霧繚繞，氣勢不凡。密探指著一條被周圍的草遮蔽的小徑說，沿著路走就是目的地，並說萬一的狀況發聲時，優先用第一條撤退方案。

由於在場的人都用點頭或揮手方式表達「知道了」，讓我緊張了起來。山達克補充說任務說明書送來時我已經入睡了，所以沒有拿給我看。撤退方案就是萬一任務失敗時，立刻突圍並和梅哈老哥的隊伍會合，當然途中須穿過莫拉克的手下。

由於該地區早晚時間較易起霧，說明書建議攻擊時間為中午左右。前提當然是在正攻隊伍發起攻擊並吸引莫拉克大部分手下之後。密探們講解完後分配乾糧和飲水，帶著騾子和非戰鬥的僕役離開了。

「其實我也是非戰鬥員啊！」我很想這樣吶喊，但莫名其妙的自尊心卻讓我停止了。反而我言不由衷指著前方說著：「各位大師，讓我們邁向勝利吧。」克萊兒大師與山達克以點頭致意回應，凱薩琳靠過來說：「好爛的演說。」只有密特朗嘴上揚起不屑的笑容。其他人則面無表情，好像我沒有說話。

當然看不到表情的還有英格麗與辛格萊。英格麗呵呵笑著：「約翰，你變勇敢了。」凱薩琳則對她說：「妳不要寵壞這傢伙。」

「寵壞這傢伙？」密特朗好奇地向英格麗攀談：「我聽說他是女王信任的政客。」說完他用放低音量我依然能聽見的聲音說道：「所謂瓦肯大師的功績，都是在你們幫助下建立起來的吧？還是說其實妳們也能獨自完成媲美瓦肯大師的事業？這樣的話他就能專心從政了。」面對這種諷刺的話語，正在登山的我實在沒有力氣回應，我寧願他說的更惡毒一些也沒關係，只要給我騾子就可以了。但我們的英格麗變了低沉音調說：「別招惹他。」密特朗才識趣地離開。

我們安靜的走了一趟山坡後，坡度漸漸趨緩。隨著路面越平坦路面也越平整，最後通向遠處一個山洞。大家經過討論後，由凱薩琳和辛格萊志願前往探路。沒多久他們回來了，證實說明書所言，山洞後方就是莫拉克的根據地了。山洞口雖然有猛獸在把守，但凱薩琳和辛格萊評估可以輕易收拾掉。由於需等待梅哈老哥他們展開攻擊，因此我們全體稍微後退，在一個凹陷的山壁後方休息等待。

什麼時候開始我並不知道，吃完乾糧後我正在小憩，是山達克把我搖醒的。「約翰先生，攻擊已經展開了。」他如此說著。我看了四周，除了英格麗和密特朗外，其餘的人已經離開並往山洞附近前進了。我抱怨著什麼都沒聽到，走到一半果然聽到依稀的吶喊聲與爆炸聲。

我剛擔憂起洞口的猛獸，才發現凱薩琳正一手持著劍，另一隻腳踏在猛獸身上。由於猛獸很快被擊斃了，納維爾大師請凱薩琳移開腳，他要取下紀念品。我這才仔細看「猛獸」，牠是一隻很像老虎的動物，但皮是綠黑的條紋。最大的特色應該就是牙齒，就像戴上三副獠牙那樣，讓牠的牙齒看起來像雜草一樣多，想必被咬到時會很痛。納維爾大師敲下較長的其中一顆後，克萊兒大師也拿出匕首取走一顆，當然我也加入，但由於手法不純熟，最後山達克主動替我代勞。正式成員每個人都拿了顆牙，居然只有密特朗沒有動手，著實讓我意外。

大家輪番採集中密特朗曾開口說：「這樣會不會太殘暴？」眾大師只是看了他一眼，便繼續收集紀念品。

當然不會有人要去爭辯拔牙的事情，大家注意到山洞並沒有很長，也許說是十倍城門厚的大門也說得過去。在這個和豪宅大門一樣寬的山洞口，我們可以從所站的地方直接看到後面的出口處，是座修建整齊並栽種著各種鮮豔植物的庭園。我們擺出警戒姿態通過山洞，發現庭園中央有座白色大理石男性全身雕像。「那就是莫拉克。」辛格萊指著雕像解釋。

「所以他被石化了？」我問辛格萊，他面有難色。凱薩琳則沒好氣的說：「那個東西就是雕像。」這讓克萊兒大師笑了出來：「真是幽默的男人。」

忽然傳來一句話，我看到拿著園藝大剪刀的人好像在質問我們，隨後他旁邊的人發了道閃電攻擊，納維爾大師則在唸了幾個字後，搶了幾步向前並揮著法袍的寬袖將閃電彈開。接著密特朗從旁閃出並左右手不停連續推動，發出十餘發火球，這兩名疑似園丁的人，很快就變成黑炭。

「太小題大作了，密特朗。」克萊兒才剛說完，便跑出了五名拿長劍或單手斧的年輕男女，為首者左手另外拿了木杖。領頭者喊著幾句話，山達克告訴我說對方以為派去抵禦正面攻擊的人被殲滅了。

其中四個人拿著斧頭和劍衝過來，伊彌爾唸了簡短咒文便以極快步伐游走四人之中並放出閃電，巨大聲響後在四人中傳遞著，雖然他們分別使出護盾咒文，但有位持劍者顯然魔力太低，率先被電成焦屍。其餘人光是防守已經吃力，更遑論攻擊。伊彌爾周旋剩下三人中有如舞蹈的施法，正是當年奈潔拉大師的獨創咒文。她將咒文極度精簡，並將咒文的威力最大化，這可稱是大師級的魔法門檻，被稱為「奈潔拉二式」。

「喔喔，奈潔拉二式的雷擊咒。」布蘭登大師摸著鬍子說出咒術名稱，他強調雷擊咒是因為還有另一招火焰咒。伊彌爾似乎有意讓布蘭登大師知道，他不是只會半套，於是換個手勢噴出烈焰，很快在無法跟上的移動中其他人也燒焦了。

我注意到拿木杖者正在唸咒語，沒多久他手上發出紅色光芒。「當心，伊彌爾！」我喊完立即有道紅光射出，正是薩提爾光束。這時棕色鬍子大師擋在前方用雙手畫出弧形，瞬間產生巨大綠色光盤，正是書上所記載的「生命之環」咒文。綠色光盤在承受紅色光束攻擊時急遽縮小，最後成為拳頭大小的光球，這位我記不清名字的大師揮了下手，光球反射回原本施術者，對方在慘叫一聲後便一命嗚呼了。

這位大師面無表情說：「沒有像樣的對手嗎？」我接著說：「沒錯，本大師都還沒……。」話還沒說完，一個氣爆聲讓這位大師便被彈射到數十尺遠。

我順著方向追本溯源，穿著紫色金紋法袍的年輕人出現在貼近山壁的豪華大宅前，後面還有位持雙手劍的短髮美女。我指著他們問：「你們是誰？」接著轉頭叫山達克去探望那位大師的傷勢。山達克還沒到時，我已經聽到他努力呻吟著：「有醫療法師嗎？」

「老弟，非常遺憾。我們都不是醫療法師。」納維爾大師說時還警戒著對手。

「醫生……。」倒地的大師求救著，起初我不知道什麼意思，直到英格麗說：「哎啊，我不是醫生。」才了解後面的狀況。

這時對方看著我們喊了聲：「辛格萊？」接著辛格萊就和他對罵起來。精靈語雖然有些類似瓦倫特語，但我不專心的話幾乎無法理解。在雙方互罵中我戒備並後退兩步，請英格麗把那個準備的療傷藥水給傷者。英格麗本來不願意，後來我強調自己有領隊的責任她才答應。但英格麗說這個傷勢就算有了她的藥，他今天已經無法再站起來戰鬥了。

對罵中山達克可能是要幫忙翻譯，然而他才剛走到我旁邊，忽然也受到年輕男子大罵，接著便和對方互相吼叫起來。山達克用力的以雙手伸向我，大概是介紹我出場吧，沒多久罵聲忽然安靜了，我發現對方的眼光在我身上。對方說了幾句魔法語，但我無法回應。山達克又說了句魔法語，對方才用和瓦倫特語類似的精靈文說話。

「你就是那個叫瓦肯的人？」

「沒錯，正是本大師。你是莫拉克嗎？」我說完還用手上長矛敲了地上增加氣勢。

對方指著我說：「原來殺害了可憐的嗶哺，就是你這個壞蛋！」

「我沒有印象有遇過叫做嗶哺的，再說這名字也太可笑了。」我說完後，山達克靠過來說：「莫拉克說的可能是指魔龍。」

旁邊的短髮女大吼著：「殺害了嗶哺還嘲笑他，可惡至極。」這時費爾南多靠過來說：「約翰大師，沒想到你又做了消滅惡龍這樣的大事。」莫拉克則驚訝地看著我們這邊：「白龍爪之杖？你是雅可夫的兒子？孫子？還是弟子？雅可夫是我的摯友。」

費爾南多則用鼻子哼了聲音笑著：「我不認識什麼雅可夫，倒是有位邪魔歪道被我們約翰大師捏死了。」說完還用手做出捏東西的動作。

本來我還想繼續辯論魔龍摧毀農田與傷害無辜生命的事情，但在費爾南多做出那個有點好笑的動作後，一個金色光球急遽飛來，許多大師連忙唸咒張開魔法盾，然而在我方形成的六層相疊的魔法盾中，居然被金色光球打穿四層，這讓眾大師都發出訝異聲。

更訝異的是伊彌爾打開包裹黃金火焰短杖的布，除了我方一陣驚呼外，連莫拉克都大聲問：「那是什麼！」

我本來想鄭重介紹這把短杖，但因為短髮女劍士喊著：「惡魔！」拔劍飛耀起來並劈向我這邊，我向右閃躲但估計可能被砍中。幸好此時有個更大的力量將我往右方拉走，英格麗將我抛向更右方的地上。雖然在側身在地上滑行有些難看，但總算躲過一劫。

也因為這個緣故，我和其他大師有些距離。在他們那邊光芒閃閃又是雷電又是光球，每個人都忙到不可開交，沒注意到我這邊。我爬起來時只剩凱薩琳、英格麗和山達克在身旁。短髮女劍士伸出兩根手指輕撫著劍刃並唸著咒文，很快劍身上就繞著白的波動條紋並滋滋作響，這是一種雷電附魔。咒文能在短時間內為普通的武器附加電流，也就是說砍傷你的同時，你也將受到電擊，當然效果是因咒文強度和施法者能力而定。

由於我只是站著警戒沒有攻擊，短髮女劍士有點憤怒的說：「虛偽的傢伙，你要說你不殺女人？」英格麗則笑著說：「約翰，戰場上是不分男女的。」話剛說完女劍士揮劍向前，隨即在響聲中迸出閃電，凱薩琳極快的使用護盾擋住電擊並喊著：「你白癡喔！」女劍士也跟著說：「認真點吧！大師。」

由於形勢所迫，我開始唸了火球咒文，剛開始她似乎有些吃驚，但我咒文唸完投射火球的瞬間，女劍士憤怒喊著：「混蛋！你這麼看不起人！」隨後用劍撥開飛來的火球。女劍士刺過來時凱薩琳用劍擋住並在相碰時發出火花，隨後二人均向後彈跳幾步。我這才發現凱薩琳的劍上也同樣有著電擊的附魔，應該是在我唸咒時她利用機會施加上去的。她們兩人都在左手結了盤子大小的常駐型魔法盾當盾牌，然後用劍上的電流互相攻擊。

不知為何我想到奧特老哥說的故事，據說在古代泰卡王國有位宮廷「法師」經常展示用沙子變成沙金的煉金術，並聲稱這種藥粉是獨門秘方。後來有位看過他表演的軍官成為攝政者，便向這位法師索取配方。史書上記載這位法師受到各種非人的待遇卻堅決不透漏祕密，最後被刑求致死，當然配方也失傳了。

奧特老哥說此人可能是江湖術士而不是法師，否則魔法到點石成金的層級，隨手一揮都能殺死一群人，怎麼可能被捕？當時我曾以對方是煉金術師來解釋；後來我向英格麗講這個故事，她大笑說能做出這樣配方的煉金術師，隨便都能毀了一個城市或小國家，怎麼可能發生這種事。

我要講的是當你沒有能耐，但對方認定你故意有所保留，這就是災難的開始。就像故事中的法師，不是他不交出配方，而是他真的交不出配方。

話說回來，凱薩琳和女劍士隔了數十步距離互相揮劍，周圍電流響聲不斷。凱薩琳非常專注，女劍士卻還有力氣向我叫囂，讓我有不好預感。

很快凱薩琳姿態越來越低，表情也越發凝重，我看了山達克一眼，他唸咒文發出兩顆冰球，但很快被女劍士繞在周圍的電流擊碎。女劍士在與凱薩琳揮劍的過程往旁邊一刺，一道電流從中竄出攻向山達克，山達克唸咒形成一個魔法盾，雖然勉強擋住但他連續退十多步最後還跌倒。我看了英格麗，她輕喊聲：「加油！」就結束了，讓我只能開始思考在有限條件中發揮作用。

既然對方認為我有所保留，何不善加利用這點？好像兵法書有這樣說過。我舉起長矛大喊：「看我的魔法之矛！」便將它朝女劍士丟去。果然女劍士大吃一驚隨即向後彈開。當她發現上當準備破口大罵時，凱薩琳劍上的閃電已至，隨後劍尖還刺向女劍士。女劍士以飄過的方式閃躲，移動中她伸出手後有灘水朝我潑灑過來。會這樣說是在那當下我想起了小時候，和家裡的大哥及附近小孩在溪邊用水瓢互相潑水嬉鬧的情景。

忽然有個身影擋在我前面，英格麗正面對著我，但頭上及身上均冒著刺鼻的煙。「約翰，這是強酸箭咒文。」英格麗說著。她口氣平和但沾在身上的液體正侵蝕她的外表，雖然她全身穿著皮頭套與皮外套。

「英格麗，還好吧。」我說完她沒有回答，只是從袖口中取出一瓶白色藥水往自己頭上倒，很快不僅是外表，連頭套與外套都恢復成原樣。我問英格麗明明有這樣的療傷藥水怎麼不早拿出來，英格麗笑著說：「你們人類沒辦法用啦。」

忽然間英格麗轉身，原來女劍士已經刺向她後方。英格麗用左手接住了劍，劍上的附魔也跟著消失。女劍士曾試圖拉出劍來，但很快便察覺不可能而向後彈跳。

這過程中英格麗手上長出影子般的紅光長刀，並快速閃動了兩次。女劍士雖然順利閃躲並撤退到百步之外，但緊抓著右肩的痛苦表情，讓人注意到已經失去了一隻手。

但即便失去右手她也很快唸起咒文，因為凱薩琳的電擊由來臨了；英格麗倒是沒有繼續攻擊，我不確定是否因為騎士精神之故。

女劍士很快伸長了指甲足足有匕首的長度，她以此代替武器反擊凱薩琳，並有效打亂了凱薩琳的節奏。隨後女劍士手部向左一揮，忽然凱薩琳被地面快速長出的藤蔓類植物纏住。此時山達克也剛好爬了起來，為了轉移注意力，我趕緊叫山達克一起攻擊。

山達克連續發出三個冰球後，我丟出去的幾個石頭也接著飛到。雖然山達克的冰球全被魔法盾擋住，但我的石頭竟意外命中一顆。女劍士憤恨看了我一眼，但我瞄到剛才絆住凱薩琳的地方，只剩植物立在那裡。我在想莫非凱薩琳已經知道我要如何使用「巴隆的指令」？沒多久凱薩琳卻從我旁邊現身，她吸了一大口氣說好險。我小聲告訴她可以進入「幽界的狹間」再從背後攻擊，凱薩琳說她沒辦法，因為從「幽界的狹間」出來後，施術者會有短暫僵直時間。當然我立即領悟到，為何凱薩琳要在離對方有點距離的地方現身了。縱然是只有一剎那，但在變幻莫測的戰場上是致命的。

我的「幽界的狹間」經驗是沒有任何身體不適或那個短暫僵直，可能我不是施術者吧。其實我的想法很簡單，就是用那個術繞道敵人後面再現身攻擊，如此而已。但由於路上眾多大師在旁邊，以致不方便跟凱薩琳說明這個有點卑鄙的策略。趁這個時機我和凱薩琳解釋，而且也不怕對方知道。凱薩琳只說：「只有你這種人才會想到這招。」隨即我那種掉入水中的感覺又出現了。

「幽界的狹間」移動時視線有些模糊並且步伐稍微沉重。但我可以看到山達克無後顧之憂使出冰球咒文，而女劍士除了防守還需左顧右盼。當然對手畢竟是經驗豐富的人，她似乎預估我們到達的時間而開始在周圍揮舞著利爪。這和所謂「隱形」的光影魔法不同，我們雖在她身邊卻又不在她身邊，我也很難詮釋。總之我看她舞動了一陣子有些鬆懈時，我向卡薩琳喊了：「現身！」此時自己的聲音聽起來漫長又笨拙。

很快我從女劍士背後現身。由於在「幽界的狹間」時我已拔出派克塗上毒藥的匕首，因此現身後立刻刺向女劍士；女劍士叫了一聲後轉身掐住我脖子，讓我感到雙腳離地並且呼吸困難，所幸隨後我又有落水的感覺而知道自己得救了。在繞了對方幾圈精神恢復後，我又喊了：：「現身！」並準備使用匕首，這才想起東西還插在女劍士背上。女劍士喊著：「卑鄙！」再次單手勒住脖子舉起，然而我期待的獲救沒有發生，正當我覺得意識開始模糊時，忽然我雙腳著地了。

原來凱薩琳利用這個時機，用劍送對方去見女神了。

我咳了幾下並撿回不遠處的長矛後，在凱薩琳催促趕緊去支援其他大師。我們趕到時克萊兒與布蘭登兩位大師腳步不穩，顯然已經受傷。我來時納維爾大師鬆了口氣說：「約翰大師來了，你們先休息一下吧。」兩人則警戒後退。克萊兒大師還提到剛剛明明擊傷莫拉克，但轉眼卻毫髮無傷，要我們多注意。

莫拉克閉起眼睛深思說：「愛麗絲也被你殺了……。」隨後張開眼睛說：「我有得罪你嗎？」

「有！」我先聲奪人說：「你的魔龍殺害村落居民、燒毀農田以及你陰謀顛覆女王；此外，你拿走了我老朋友的寶貝石頭，趁現在交出來可以饒你一命。」莫拉克則反議：「哪位朋友？」我則回答：「布涅領主。」

雖然莫拉克一臉震驚，但旁邊卻傳來密特朗聲音：「居然摻雜貴族的財務糾紛。」納維爾大師解釋說：「沒聽過的領主，應該是邦卡那邊的人吧。」

莫拉克隨後恢復鎮定：「你哪裡聽來的啊？」我告訴他：「布涅領主親自委託。」對方「喔，是嗎？」一臉不屑樣，但手腕似乎在轉動什麼。費爾南多提醒：「約翰大師，莫拉克正在施法。」

莫拉克旁邊有水波紋急遽張開，他用左手魔力盾擋住納維爾大師進攻的三道神聖光束，一手指著旁邊：「吹牛大王！去和他對質吧。」他說完時費爾南多的爆炸烈焰咒文已經發動，讓他不得不向後閃避。

水幕中有個普通人大小的東西出現，此物就像背上長著長毛的大魚，並在臉上有個比豬長十倍的那種長鼻子，雖然有類似手的東西但看起來短小，尾巴則為長條狀。牠漂浮移出水幕外，伊彌爾則大喊：「小心！是阿空嘎！」眾人露出棘手眼神，莫拉克則有些得意並趁勢對納維爾大師以強大電流回擊。

我看了英格麗小聲問：「這是幽界來的嗎？」英格麗則點頭。

我邁開大步向前，費爾南多喊著：「約翰大師！當心！」這個被稱做阿空嘎的召喚意識體注意到我而靠近過來，後面傳來許多喊著要注意的聲音。阿空嘎忽然停下並發出幾個字節，山達克走到我旁邊翻譯說：「對方說：『致敬！』」我則故意舉手大喊：「免禮！」當然我是用瓦倫特語，山達克另外翻譯了一遍。雖然我沒看到眾大師的表情，但可推測應該是十分吃驚。阿空嘎接著朝向凱薩琳說了句話，但凱薩琳則氣急敗壞用劍指著莫拉克說話，大概是下達進攻的命令吧。

莫拉克大喊著：「你到底是誰？」我也大喊：「我是你的剋星！」莫拉克則回應：「放屁！」然而阿空嘎並沒有展開攻擊，而是稍微靠近英格麗並講了相同的音節，讓她呵呵笑個不停。

山達克靠近時我阻止他發言：「我知道，阿空嘎還在致敬。」就在這時紫色的強光貫穿阿空嘎，讓這位幽界意識體發出低沉的聲音。

阿空嘎揮動短臂在自己與莫拉克的中間，發出夾雜光點的黑霧般寬帶，對此莫拉克張開雙手形成漩渦狀光環抵擋。阿空嘎發出的是種耗損生命的魔法，我想任何法師遇到都應該會優先抵禦；但對我方來說這是大好時機。

「就是現在！」我首次表現象領隊那樣發號施令，瞬間許多純粹的魔力光束打在莫拉克身上，「哈！哈！哈！哈！哈！」一連向來低調的辛格萊都發出邪惡的笑聲喊著：「你完蛋了！」

莫拉克就這樣與眾大師僵持，短時間內難以分出勝負。為了打開僵局，我告訴凱薩琳繼續使用剛才「幽界的狹間」的方式，這次她沒有說什麼。很快我們又進入其中並慢慢移動到莫拉克的背面，這是因為我們似乎無法快速移動，有點像在水裡走路的感覺。

就這樣我們走到莫拉克身旁，看到他流汗並額頭露出青筋的模樣，讓我不禁笑了出來。除了我的笑聲漫長詭異外，凱薩琳的「不要笑」三個字聽起來也十分驚悚。想必這是在奇特空間造成的作用，雖然我並不太理解這原理。

在喊出「現形」後，我出現在莫拉克右後方並舉矛刺向他的右背，由於沒有刺入的感覺，我又來回再刺一次。我的攻擊雖然對莫拉克影響微乎其微，但他憤怒的騰出原本抵禦眾大師魔法直擊的手，朝我施展大範圍火焰咒文。當然代價是他受到眾大師魔力衝擊而痛苦慘叫，而我又遁回「幽界的狹間」。

在模糊中看到他狼狽的樣子，我說：「再一次！」其實我的意思是這樣的攻擊稍後伺機再來一次，但卻在毫無準備下出現在剛才的地方。慌亂中我只能再拿起長矛攻擊，而此刻正處於眾大師法術空檔，因此莫拉克抓住並奪走長矛，隨後還摧毀它。當然在危急時刻我又躲回安全的地方。

雖然看不到我，但費爾南多喊著：「約翰大師，掩護伊彌爾大師施法。」自己也在伊彌爾前方張開大型魔法盾咒文。納維爾大師與密特朗則在魔法護盾側緣連續以火球攻擊。辛格萊也在唸咒文，我猜應該是花費時間介於伊彌爾與納維爾大師他們之間的某種攻擊方式。

莫拉克則像是在和時間賽跑。他結束了奇特的魔法護盾，改口唸出「生命之螢」咒文，以生命之螢的淺綠色霧霾和阿空嘎光點黑霧抗衡。他承受連擊火球而燒毀部分外表露出猙獰面貌，準備在伊彌爾施咒前戰勝阿空嘎。

在此我要先對入門法師說明一下，所謂「生命之螢」並非什麼治療的魔法，相反的是種奪去生命的魔法。淺綠色霧霾中除了以魔力攻擊外還含有強酸及各種毒物質，因此不要在範圍內行動是法師的常識。

在莫拉克放棄防禦專心攻擊下，很快淺綠色霧霾壓過黑霧並包覆住阿空嘎。對於我沒有現身的理由，是因為持續擊中莫拉克的火球產生外溢的殘焰，如果貿然出現在周圍難免受到波及。

很快阿空嘎在低吟聲中捲入一種漩渦中消失，這不僅讓我吃一驚也讓納維爾大師與密特朗嚇一跳，兩人改變咒文唸起護盾魔法；但莫拉克卻用雙手發出兩道紅色的薩提爾光束，擊中費爾南多的魔法護盾。

由於情況緊急萬分，於是立刻現身在莫拉克右前方稍遠位置。我拔劍並伸出左手用魔法語大喊：「大雷神龍砲！」莫拉克嚇了一跳並用右手施法防禦。我趕緊大喊：「撤退！」接著被凱薩琳拉回到安全的區域並移回大師們附近。

就在費爾南多的魔法盾失效之際，兩位受傷的大師發出魔法光束短暫抵禦，隨後納維爾大師與密特朗分別移動大型花盆朝莫拉克撞去，就在莫拉克晃動身體時，辛格萊在莫拉克上方弄出一個光球，光球擴大至車輪大小後，刺眼的強光從上傾瀉而下讓莫拉克發出慘叫聲。本來我以為對手將在強光中消失殆盡，但莫拉克居然還活著，不過就像被融化到一半那樣。

正當我準備鬆口氣時，卻發現他連服裝都完好無損站在原地。克萊兒補充說：「剛才也是這樣。」費爾南多推測：可能須直接將他一擊斃命，才不會讓莫拉克又恢復過來。

這時伊彌爾唸完咒文，他用短杖指著莫拉克，不僅以莫拉克為中心的大面積區域全部下陷，也讓莫拉克被壓到無法挺起身子。

「天空墜落咒文！」納維爾大師驚訝著，伊彌爾更正說：「爆靈地域！」天空墜落咒文是利用風的往下的力量將敵人壓死，據說力道不是任何狂風所能比擬的；但爆靈地域則是在這基礎上加熱並焚毀施術範圍生命。

很快莫拉克影像氣溫扭曲起來讓我有如立於火爐之前，可見莫拉克所在區域內溫度灼熱異常。雖然他張開隔熱光球包覆自己，但依舊燃燒了起來。高溫不僅燃燒著莫拉克，也讓區域內火焰不時閃爍。魔法結束後他比之前樣貌更慘幾乎體無完膚，但怪異的是不知何時恢復原樣，唯一的差別是看起來有點喘。

這時英格麗拍了我右肩，她說莫拉克作弊。我問什麼意思，才發現周圍的景象已經靜止，正確來說是緩慢到接近靜止；而莫拉克則不知何時又躺在血泊中掙扎。我問怎麼回事？莫拉克失聲叫著：「報喪女妖！」

英格麗說：「約翰，你知道『須臾之間』吧？這裡就是了。」英格麗的意思是我們處在一剎那之間，但卻可以感覺時間一如往常，就像早先在試煉之塔的時候一樣。

「莫拉克大可用這招殺了我們啊！幹嘛那麼大費周章魔法對決。」英格麗則笑著說：「這個招式只有你想得到。」隨後英格麗指著上方一團翻滾的彩雲說：「莫拉克沒有能耐發動『須臾之間』，只有在召喚大傢伙時才能進入。」這解釋了「須臾之間」其實是某人出場時的附加效果。

這時彩雲散去開啟了澄清黑暗的洞穴，一隻半透明的大手伸出向英格麗一指，英格麗瞬間被強光打成黑色粉塵。在我驚訝中黑色粉塵不斷擴散讓周遭一片漆黑，在這黑暗中旁邊地上忽然發光，接著阿卡托絲娜就從光中浮了上來。

「娜娜女神！英格麗被怪物消滅了！」我悲鳴著，阿卡托絲娜卻說：「阿呆，做得漂亮。」說完阿卡托絲娜舉了手後，黑暗不僅散去，黑色粉塵還聚集起來變回英格麗。

我激動喊著：「英格麗！」她依舊用笑聲回應。此時阿卡托絲娜用毛骨悚然的聲音說了幾句，隨後伸出無限延長的右手進入那正在縮小的洞中。我可感受到洞口正在抗拒阿卡托絲娜伸進來的手，兩者交界處有著各種巨響、閃電和異樣光芒，沒多久天空恢復正常，而阿卡托絲娜也回歸原本模樣。

阿卡托絲娜似乎完成一件事情那樣仰天大笑，笑聲令我起雞皮疙瘩。受傷的莫拉克躺在地上對我叫：「你帶什麼東西到世界上了？」

「東西？」阿卡托絲娜回復冷漠說著：「阿呆，替你的女神懲罰他。」阿卡托斯娜這樣說顯然是種認可，我立刻說：「遵命，我的女神！」隨後走過去踹他幾腳。這時我發現有個視線在看我，原來是辛格萊。只是不知道他站多久了。

辛格萊張口不言，倒是阿卡托絲娜說：「又一個違背自然律定的人類。」這種聽起來像是準備收拾辛格萊的話語，讓我趕緊替他辯解：「此人是我的戰友。」沒想到辛格萊爭辯著：「不是這樣！小人是得到約翰大師允許，並且受他節制的僕從。」阿卡托絲娜則面無表情說：「既然是僕從就算了。」當我問如何處理莫拉克，阿卡托絲娜則說：「隨便你了。」隨後停頓一下說：「阿呆，稍後褒獎你。」便消失了。

莫拉克自暴自棄攤平在地上說：「讓你殺吧，反正你們這些強者就是為所欲為！」

我告訴他：「所謂能力越強責任越大，難道你不知道嗎？」莫拉克則叫著：「你怎麼不去跟每個人說？」隨後他側著身體看著我：「你的隨從僅用一擊就把我打成這樣，原來從開始就是在看我表演，為了你的樂趣在捉弄我而已。還說甚麼強者的責任。」

「我要聲明，英格麗不是隨從，她是我的朋友。」隨後我為了怕莫拉克因此突襲我，就如俗諺說的「擒賊先擒首」，於是補上一句：「我要打倒你可能要用到三招吧。」莫拉克則閉起眼睛不再回答。

「請等一下！」我想應該如何才能給莫拉克致命一擊，沒想到辛格萊居然替他求起情來。

「為什麼？」我問。

辛格萊則說當年他被喀斯金達加擊敗，臨死前他大喊不公平；他抱怨為何吸血鬼中只有自己受到命運無情的對待。喀斯金達加最後饒恕他的性命，並答應他為了展示自己的公平，將會找到莫拉克並且同樣把他打殘。

當然我知道馬斯多塔，也就是喀斯金達加沒有找到莫拉克。既然身為他的意志繼承者，或許應該完成他的諾言。我告訴他交出秩序之石就饒他一命，當然莫拉克只能乖乖交出來了。他伸出指頭從身體挖出葡萄般大小的正方形深棕色物體，我請英格麗確認無誤後伸手去拿，但英格麗卻阻止我。隨後她拿出透明藥水倒在正方形物體上形成包覆，才告訴我可以收下了。

莫拉克確實受到重大傷害，眾大師幾次讓他受傷，莫拉克都召喚出「理想之主」來治癒自己。莫拉克對「理想之主」所知有限，早在莫拉克首次遇到時，他早已存在千年以上，據說是位悟得魔法奧妙並長生不老之人。也由於阿卡托絲娜的追捕，「理想之主」經常隱藏在須臾之間。

我看了英格麗，她說：「約翰，你怎麼處理我都支持。」

令我意外的是辛格萊走過來蹲在莫拉克旁，還旁邊拿出一個深棕色石片，接著把它剁成兩半並將其中一半交給莫拉克。

「秩序之石碎片？」莫拉克一臉不可置信樣：「你要送給我？」辛格萊告訴他即便不再是朋友了，但如果漫長生命中連同等級對手都沒有，豈不是太寂寞了。

辛格萊向我解釋會強調「同等級」，就如同小孩子撿到樹枝，以為自己成了天下無雙法師那樣。當然，在看到真正法師拿著真正法杖，才發現自己原來是在扮遊戲。此時回憶起拿樹枝玩法師遊戲的玩伴，有種唏噓又親切的感受。

當然這個「秩序之石碎片」辛格萊解釋是和幽界的意識體交換來的，不會有被追討的問題。慢慢的辛格萊和莫拉克有了對話，我想應該有化解了部分的仇恨。

我問了辛格萊「馬斯多塔的裁決」，他回答必須遷徙到西邊某海島上待三百年。我猜馬斯多塔可能已經忘了這件事，但我沒有說出，只要求在事件結束後他必須履行馬斯多塔的命令去那個島；當然我也問辛格萊要去的附近還有其他小島嗎？

我讓莫拉克也去島上待三百年，完成公平的約定。辛格萊說他要去的島嶼北方四百餘里還有另一座島，但莫拉克以太冷為由請求更換；隨後辛格萊提出西南七百餘里還有另一個島，莫拉克才接受。

有點荒謬的是，我們接下話題是如何擊敗莫拉克以及莫拉克投降後，莫拉克與隨從的安全事宜。我會這樣說是有一度我感覺自己是謀劃方案的政客，而不是保衛世界和平的法師。當然我們三人作了許多推演，我偶而回頭看英格麗，但他總是側著頭並用手勢叫我繼續。

討論最後居然選用我的方案，其實我的方案是在兩人都各執一詞後，我胡亂湊上去的，僅僅是表示我也有自己的看法而已。但有時人性就是這樣，當你有優勢地位時，所提的狗屁方法眾人都會覺得妙不可言。

由於花了點時間，我請大家儘量回到原來位置。我和莫拉克說聲抱歉後，請他躺好並把腳踩在他身上。接下來我舉劍向下，然後跟英格麗說可以了。

我剛和英格麗說完便驚呼四起，凱薩琳還叫我快回來。

我大喊著：「莫拉克！立刻投降，本大師可以饒你和你的隨從一命。」莫拉克立即接話：「我願意投降！」就在莫拉克說完，凱薩琳又補上一句：「到底怎麼回事？約翰。」費爾南多則做出安撫動作向凱薩琳說：「想必又是約翰大師的古代封印禁咒。」

「禁咒個……。」看的出凱薩琳忍住到嘴的話，只說：「等一下再說清楚。」這時旁邊的眾大師雖然看起來鬆了口氣，但也以同情眼光看著我。

就像先前女王前面辯論波爾多城特赦令問題那樣，事情就是要有一些動作，才能讓人信服並繼續下去。我只能裝作凱薩琳的質疑不存在，繼續照劇本走下去。

「莫拉克！本大師要將你放逐到遙遠的小島，並且永遠不能再回來。你可有異議！」我會這樣說，是因為三百年對所有的人來說，就是永遠了。再者說出三百年這個字彙，反而會留下「三百年後魔頭歸來」之類的傳說。

「絕無異議！」莫拉克說。由於莫拉克表情太認真了，還讓我笑場。為了掩飾我索性大笑了起來，之後說：「如果你違反放逐令，我將以封印秘咒致你死地；相對的，我也不讓任何人打擾你。」講到這裡克萊兒大師問這樣擅做主張，在女王和公爵那邊沒問題嗎？伊彌爾開口說自己及波爾多城全力支持。納維爾大師也表示我的功勞將讓發言具備權威性。

就這樣討伐莫拉克的事情，在帶點荒謬中告一段落了。

我後來和莫拉克走向正門制止戰鬥，梅哈老哥則用力握著我的手說：「老弟，我早就知道你行的。」我告訴小聲他：「其實你知道我不行的。」沒想到他也小聲說：「你受到幸運女神眷顧，沒有問題的。」隨後他閉隻眼說：「女神向來眷顧勇者。」

「女神眷顧嗎……。」我看著死傷的雙方人員百感交集，此時凱薩琳問我到底怎麼回事？我反射性回答：「女神眷顧！」凱薩琳看著英格麗說：「妳把他寵壞了。」

「我嗎？」英格麗說完噗哧笑了起來。

# 第十四節　歸途

雖然莫拉克討伐戰結束了，但還有許多事情沒有解決，包括如何保證莫拉克確實離開巴隆納大陸以及移動過程的各項安全。莫拉克的隨從對於失敗感到震驚，殘存的三十九人中就有三十二人不願意跟隨到小島生活。於是莫拉克向我請求能否比照辛格萊，隻身前往海外孤島。我答應了，於是莫拉克解散群眾，要他們離開巨鍾森林自己找地方生活。

要到預定島嶼並非簡單的事，除了離開巨鍾森林外，還需要穿越精靈的國度，然後才能乘船渡海。雖然恐懼的力量必定讓莫拉克遵守放逐令，但我相信想找麻煩的貴族，依舊會對這結果提出各種質疑。

我和梅哈老哥商議並取得納維爾大師和克萊兒大師的同意，由他們代替女王和公爵見證此事，並隨行至港口監督莫拉克的離開。除了兩位大師外，梅哈老哥另派兩位軍官隨行，處理通關、付款之類的問題。另外為了避免紛爭，我請山達克用北地通用的三種文字書寫，證明莫拉克已經投降並受到我的保護與放逐，最後蓋上我的私人印章及簽名交給軍官。

密特朗特別強調這樣的處置，政治後果須由我全權負責，他聲明自己沒有為這個決策背書。雖然我拍胸脯保證沒有問題，但還是私底下問了山達克有什麼辦法。山達克則建議向波爾多城求助，於是我寫信給尼古市長並請梅哈老哥派出信使。為了以防萬一，回程中我還經常在腦海中演練，如何為自己的決策辯解。

然而就在回程的第三天早上，有軍官說營地外面站著十二名穿著祭司服裝的人。由於這些人指名要見我，軍官問我是否要把他們驅離。我制止了軍官並親自到外面查看，這些或拎著香爐或扛著旗桿的祭司，看到我顯然有些激動。當然我明白原因，因為他們的白色長袍中有著和山達克一樣的圖案，說明他們和山達克有著相同的信仰。

對方請求我造訪只有半天距離的馬松森城，對這種貿然邀請我回答要好好思考。回到營地內山達克當然是贊成的，凱薩琳和英格麗也樂意去馬松森城遊覽，至於伊彌爾和費爾南多，他們另外有自己的工作要完成。我詢問了梅哈老哥，他也認為我晚點回到阿克賽王城，能讓質疑放走莫拉克的聲浪稍微冷卻。

我到營外告訴這些宗教人士願意到馬松森城，這些宗教人士幾乎要跳了起來。我不明白自己為何能讓他們如此感動，便對山達克小聲說：「只有你知道我是普通人，而且無法展示奇蹟。」沒想到他卻回答：「約翰先生確實是平凡的普通人，然而平凡的普通人卻完成了這麼多不平凡的事，這不就是神蹟了嗎？」雖然我很想討論幸運女神眷顧的問題，但凱薩琳說：「大家都出發了，你怎麼還站這裡？」

正當我心裡抱怨怎麼能讓宗教的使徒步行時，在轉彎處忽然有數百人大聲歡呼，接著我們在呼喊中被請上了一輛馬車，朝馬松森城前進。本來以為同車的凱薩琳會罵說怎麼把白癡當成寶之類的，但她卻不發一語。英格麗倒是講了一個女人復仇的故事，由於我準備將這個有趣題材納入正在執筆的小說中，在此就不透漏了。

到達馬松森城已經是下午了，馬松森城白色高聳的城牆和領地面積有些不相襯。我記得山達克曾說以前的領地更加廣大，但由於繼承、婚姻與領土紛爭等原因，最後只剩一半不到了。另外，城裡的人多少都混入精靈的血統，由於這個原因在王國內有著難以解說的種族愛恨與認同的問題。

入城時我們由於是城內知名宗教團體，沒有任何盤查很快就進城。稍後祭司們引領我們到神殿附近的房子休息，而且準備了讓我滿意的晚餐。我問為什麼會想要找我來這裡，祭司們則說除了傳聞外，戰場上的傳奇讓他們確認我是使徒無誤，因此請求我代替臥病在床的大祭司主持明日的光榮日儀式。

當然，我誠實告訴他們我不瞭解這些儀式，甚至不是信徒，他們似乎有點吃驚。隨後山達克向他們解釋了一番，並承諾將在旁邊輔佐我完成儀式，他們這才開心地行禮離開。當然，山達克向我保證儀式並不複雜。

雖然我也想見城主羅米娜，但祭司們勸我儀式後再拜訪，所以我答應了。

喀斯金達加神殿並不大，和我莊園的大宅相差無幾，然而儀式複雜的很。另外由於宗派不同，山達克僅能被視為普通信徒在兩側觀禮。隔日我坐神殿上方的位置上哈欠連連，通常只有在觀禮的山達克暗示時，我才起身拎著香爐繞祭壇一圈。至於繞行的祝禱詞則由後面幾位祭司負責，我只要動動嘴巴裝個樣子就行了。有幾位祭司趁著儀式空檔向我表達謝意，說是因我的到來，讓今年的參加者變多了。

接著是入教儀式，這個意外簡單。六歲以下兒童只要祭司將手放在他們額前說：「你入教了。」這樣就結束了。我總共為兩名馬松森城的嬰兒舉行入教儀式，正當我以為結束時，有個人跑到某位祭司前交頭接耳，接著祭司走過來說還有一位成人想入教。沒多久一位穿著和我相同花色衣服的老頭，被兩個人攙扶過來。他走的很慢，我想那位入教的成人要等他走到這裡主持儀式，恐怕也一樣變成老爺爺了。

這時有位祭司拿一束用絲帶綁在一起的藤條給我。我問什麼意思，這位祭司說稍後用這束藤條毆打入教者的背部，以苦刑除去入教前的罪孽。然而遲遲未見那位成年人讓我有莫名的火氣：本大祭司都站在這裡了，居然敢遲到。我又站了一會兒，遞藤條的祭司則再次提醒可以開始了。

「人呢？」我有點不開心，但祭司卻指著被攙扶的老人說：「懺悔者阿朗．穆斯朗請求入教。」我小聲說：「看他的衣服應該也是祭司吧？」得到答案是老人是大祭司，但今天要請使徒幫他重新入教。

「真的要進行這個儀式？」我說完祭司肯定的點頭。雖然心中對阿朗老人有些不捨，但既然是自己要求我也只能照辦了。我舉起藤條往大祭司的背上抽打過去，他慘叫一聲跪倒在地。陪同他慘叫的還有觀禮的所有人，大概不相信他們所看到的景象。

「使徒大人！做個樣子就可以了。」遞藤條的祭司連忙擋在我和大祭司中間，阻止我抽打第二下。

「原來是這樣的。」我說完向大祭司說抱歉，阿朗大祭司則說感覺自己身上罪孽消失，身體也變輕盈了。雖然他這樣說，但痛苦的表情讓我懷疑他的話語。

本來我想確認阿朗大祭司是否真的沒有太大傷害，然而時間是不等人，必須盡快進行繞城祈福才能趕得上下午的儀式。於是我和需要有人攙扶的阿朗大祭司上了馬車，開始了祈福活動。當然阿朗大祭司已經沒太多力氣誦唸經文，我則是不懂經文，因此完全由馬車旁步行的祭司們負責。我要做的事就是搖晃拎在手上的香爐；阿朗大祭司更慘，他連香爐都還要別人握住他的手一起搖晃。

然而我才繞了幾條街就被認出來了，跟在這隊伍後面的非信徒越來越多，出了街口到廣場時甚至有些人阻擋我們前進。

「特哈哈瓦肯大人是我們神殿的貴客，請大家讓一讓。」一位祭司向擋在前面的群眾如此說著，但不知為何群眾喧嘩了起來。

「你們劫持了特哈哈瓦肯大人」、「他才不是你們的貴客」、「快讓他離開馬車」之類的話此起彼落，聽起來似乎是善意的，但也不是那麼確定。更糟糕的是凱薩琳和英格麗逛街去了，山達克則在隊伍後端，沒人可以商量。

我舉起雙手想要大家平靜下來，旁邊的祭司則趕緊制止我說：「使徒大人，交給我們處理就好了。」這時旁邊有個中年大叔怒吼著：「他才不是什麼使徒！」讓旁邊的吵雜聲大幅降低，隨後中年大叔彷彿用全身的力氣舉起拳頭喊著：「他是馬松森城預言中的馬斯多塔，是馬斯多塔！」隨後他淚流滿面。

「馬斯多塔！」有幾個人開始附和喊著，「馬斯多塔！」漸漸聲音像外圍擴散開來，呼喊的人越來越多。我根本不瞭解城裡流傳的預言，覺得有必要立刻制止這個事情。

「等一下！大家聽我說！」我再次舉手請大家安靜，並且達到了一定的效果。然而我正要開口時，赫然看前方有座銅像，銅像右手正指著我的方向。銅像除了似乎傳達某種訊息外，還讓我產生了似曾相似之感。我走下馬車查看銅像，在逐漸安靜的四周中我辨認出這張臉，除了短髮外，他根本就是馬斯多塔。

我激動大喊：「是馬斯多塔！」此時四周沸騰起來歡呼聲不斷，並逐漸統合為一種聲音。

「馬斯多塔！」

「馬斯多塔！」

「馬斯多塔！」

在「馬斯多塔」的群眾呼聲中山達克擠到我旁邊，他也流著淚舉起雙手說：「神蹟不斷啊！約翰先生。」

沒多久有個騷動，讓我附近的人都後退了幾步讓出小片空地。地上正有個車輪大小圓形黑影，阿卡托絲娜就從黑影中升了起來。

阿卡托絲娜搶先在我之前開口：「不准在俗人面前透漏我的名字。」隨後接著說：「我來褒獎你。說出願望吧，阿呆。」由於事發突然，沒有好好規劃怎麼能脫口說出願望。但阿卡托絲娜催促「快說」時似乎已經不耐煩了，我忽然想到那個夜間可當光源用的「魔光術」，我請求一個以她為名的魔光術咒文並教導我使用。

「這個簡單，我會交代英格麗的。」阿卡托絲娜接著說：「這種小要求不算願望。」我猜意思是還能在許一個，於是浮現了統治世界或取得無數美女財寶的願望。當然我也想起故事中，許這樣願望通常有種陷阱，例如有個英雄向魔神許過得到世界的願望，結果魔神送他死亡世界。有鑑於此，我到嘴的話又吞下來了。

因此，我認為願望要在避開語言陷阱和真正實用之間取得平衡非常困難，想到這裡阿卡托絲娜又催促一次，讓我開始厭惡一連串沒有喘息的事件，並懷念起莊園的悠哉生活。

「不是有那個高等移動術？黑色閃電的那個。我要用那個回到莊園。」

阿卡托絲娜愣了下說：「高等移動術？」不過隨後又說：「『黑雷移行』對人類來說確實算是。」然後她露出難得的微笑說：「還以為你會要財富或權力。你們人類口中傳奇的白銀大帝，可是我讓他完成心願的。」說完阿卡托絲娜露出微笑並揮了下手說：「果然是阿呆。」

「等等！」我正準備要求從新許願，但這時我忽然不斷長高，並可以看到每個人都仰望著我發出更大的歡呼聲。很快我發現自己下半身不見了，取而代之的是黑色閃電般的長條光影；我直覺注意自己的上半身，才發現奮力揮著手，結果只是閃電中的微小波動。一轉眼我覺得已經沒有踏在地上了，並可以看到馬松森城的樣貌。

很快身體開始有傾斜感，馬松森城城已經從視線中離開了，我嘗試大喊大叫但卻開始聽不到自己的聲音，就算手腳抖動，身後的黑雷也沒有發生太大變化。應該來說一切感覺都沒了，除了可以看見之外。

從空中俯瞰地面讓我驚奇，但過了一頓飯時間我對這樣的奇景就失去興趣了。雖然很快越過了好幾座城鎮上方，但速度還是和自己認定的「瞬間到達」有些落差。大概又過了一個吃飯時間，我感覺速度開始變慢接著頭往下傾斜。由於從未在高處俯覽自己的莊園，但憑直覺我猜那應該是莊園沒錯了。

有一瞬間我覺得自己的長度快速縮短，很快就感覺腳縮過頭頂並穿過頭部往另一個地方伸出。這種感覺就像是本來趴在半空中被人壓扁後，又從另一端拉長而變成平躺的姿態，接著雙腳往莊園大宅的空地上掉下去。在落下時我看到莊園外圍有些人向這裡聚集，我想應該是現身時刻到了，於是張開雙手擺出大師的架式。忽然我感到自己站在地上了，然而我這才想起這個移動術只能移動「自己」，也就是除了自身以外無法攜帶任何物品，包括衣物。

我趕快將高舉的雙手放下並遮住重點部位。

莊園的幾位守衛紛紛朝這裡前進。「約翰先生，您回來了。」阿貝魯從右前方過來邊說著，右後方的費司特則接著說：「您還差園主大人一點，缺少他的那種豪放不羈。」說完用拇指和食指比了個縫隙。

我則大聲說：「少廢話！快拿衣服來！」

「是的！約翰先生。」守衛們一齊應答著。

# 第十五節　後記

凱薩琳和山達克則是在半個多月後回到邦卡，當然我遺留在那邊的秩序之石、書籍、阿卡托斯娜的道具、莎拉絲瓦蒂的手鼓和隨身財物等等都被運回來了。凱薩琳非常生氣，因為來回兩次我都一聲不響跑掉，完全沒知會她。

至於莫拉克投降後遺留的政治問題，因為這種逃避式的處理方式竟意外獲得解決。我要聲明的是個人並不支持用逃避解決問題，而我很幸運的是有波爾多城的政治協助及討伐莫拉克與魔龍的威望，再加上女王陛下刻意的壓制，讓質疑的聲音變得微不足道。

由於魔龍被消滅之事，已經透過莫拉克討伐來證實，兩個月後女王的正式使者來到了莊園，並在一名騎士見證下冊封我為男爵。當然這也是沒有領地的爵位。克莉絲汀另外私底下寫信給我，表達了友誼及感謝之意。在我離開巨鍾森林不久，克莉絲汀還見了凱薩琳，並把自己戴在手上的大祖母綠戒指贈送於她。

我和凱薩琳再踏上巨鍾森林已經是隔年了。凱薩琳受到克莉絲汀邀請參加女王的婚禮，我則以主婚人之一的身分參加，另外兩位主婚者是善德魔女和密特朗大師。雖然我們三人互看對方不順眼，但全程仍以一種詭異的笑容互相面對，梅哈老哥說這就是政治。附帶一提的是我並非以男爵的身分參與主持婚禮，而是波爾多城與馬松森城的茱莉安神殿代理大祭司身分參加；另外密特朗大師也在法師的身分外，擁有佐羅公爵領地內茱莉安教團主教的頭銜。總之政治和宗教總是分不開關係。

英格麗則在事件後居住在波爾多城，派克也是。派克並和英格麗學習了一陣子的煉金術。英格麗在波爾多城非常受歡迎，迷人的嗓音和舉手投足的女人味，讓不分男女的許多人為之瘋狂。

值得一提的事，某位議員宣稱見過英格麗真面目，並且正在追求英格麗，這讓另一位也宣稱是英格麗男友的議員十分憤怒，兩人還在議事廳扭打了起來。類似的故事很多，恕我就不再舉例。對於這樣的求證英格麗全然不置可否。這態度不但無人指責英格麗，反而認為魅力十足的人本當如此。至於這些宣稱是否屬實，相信各位可以在書中找到答案。

英格麗在波爾多城住了快兩年。有一天她對旁人說她要離開了，隨後往外走去。這個消息震驚波爾多城，在城外送行的人綿延數里之外，哭泣的聲音還讓路過的商人以為是送喪的隊伍。尼古市長宣布當天是波爾多城的「黑暗日」，每到黑暗日波爾多城市政廳外牆懸掛黑布以示哀傷。

在這約兩年時間中，我到波爾多城一定會去找英格麗；而每隔幾個月英格麗也會造訪莊園。英格麗到訪時我都會派守衛用快馬通知凱薩琳，並且在她停留時間舉辦盛大的餐會，雖然我從未看過她吃東西。英格麗說的故事都很有吸引力，雖然內容不見得有好結局。有一次在葡萄園旁講到一半要離開，守衛們還搥胸頓足請她一定要講完。

值得一提的是：英格麗後來還主持我和凱薩琳的婚禮。婚禮由奧特老哥和泰卡國王出面向阿爾薩斯說媒，並獲得阿爾薩斯同意。泰卡國王在派出正式使者前還另外派人私下詢問阿爾薩斯和凱薩琳意願，確認無誤後國王的使者才出發，這麼做據說是為了避免提親失敗讓國王顏面掃地。

還有，我老爸文森本來對他未能當上主婚者非常不滿，但在典禮中看到英格麗後，忽然安靜了下來並沒有再反對。

婚禮中奧特老哥和英格麗似乎聊得很開心，老哥說和長者聊天有種恢復年輕的感覺，但我用他自己的話反駁他，因為他說過和年輕人聊天有年輕的感覺。奧特老哥只是摸鬍子大笑。

婚禮是非常繁瑣的，像我這樣討厭麻煩的人，覺得一輩子有一次婚禮就夠了。

就在英格麗離開波爾多城的前一個月，她來莊園告訴我即將回去了，這消息讓我非常震驚與感傷。英格麗說哪天說不定會再見面的，但我告訴她這些話都是安慰別人的謊言。英格麗則嘆了口氣並脫下頭罩說：「給你拔一根毛當紀念。」由於我怕她會痛，遲遲沒有動手。英格麗索性自己拔一根給我，我收下時眼淚掉個不停。英格麗只說：「約翰。」就沒有再說話了。

我後來將這根羽毛裝入盒子放在書房中，成了我的至寶之一。但我當天忘了告訴凱薩琳英格麗即將離開，這件事也讓她生了一整天的氣。

派克開發了新藥水並且銷路不錯，但那是後來的事情。派克最初因為女王賞賜大筆的錢，讓他有資金在王城開了小酒館。他的酒館除了食物與酒外，偶而也販賣一些治療牙痛和退燒的藥水。派克自己說，「生意還過得去。」

派克和英格麗學習煉金術的成果有限，但卻包含了後來暢銷的新配方：一種薄荷提煉的藥水。據送藥水的信使說這種藥水接近萬用，大凡外部疼痛或不舒服都可以塗抹；另外肚子不舒服甚至也能喝上幾滴。我拿幾瓶給費司特他們，大家似乎很滿意。後來我和幾個守衛到廚房拿了薄荷浸泡或熬煮，卻做不出一樣東西。派克來信說是由於薄荷品種不同，另外煉金術的程序也是錯誤的。

派克信上說煉金術的工序有溶解、凝結、淨化、鍛燒、腐蝕、敗壞、結合，英格麗還另外註解這些階段應合魔法的施法過程與精神力量的運用，要我多留意。雖然信被我妥善保存，但我始終無法參透英格麗的字句，我特別記錄下來給有興趣的法師們參考。

雖然我在王城周遭毀譽參半，但在波爾多城和馬松森城卻有極高的聲望。每到我赴巨錘森林為女王效命的時節，波爾多城就會派遣軍士到邊界迎接，然後這百餘人的隊伍在浩浩蕩蕩的先到波爾多城，再到王城阿克賽。

由於馬松森城的歡迎儀式過於誇張，所以我告訴他們每兩年才造訪馬松森城一次。到了約定的年份時，馬松森城的軍隊和喀斯金達加教團的祭司們都會在王城待命，然後等著我到馬松森城主持馬斯多塔節。順帶一提的是自從第一次離開馬松森城後，喀斯金達加教團便將「光榮日」改成「馬斯多塔節」。雖然喀斯金達加的信仰並非主流，但這個節日是全城性的。

曾有旅行商人拿著我的上一本著作，在波爾多城酒店和周遭的人討論其中的故事，並與大家聊得很開心。但當旅行商人指出這些內容都是坦率與真實時，卻引起所有人的憤怒。此人不只遭受酒店群眾毆打，還被衛兵趕出波爾多城。取消他經商許可的官員只留下：「你不曉得瓦肯大人是『嬉鬧者』嗎？」

此人後來向我求救，在我的保證信函下才恢復了通商的權利。但由於我不想持續書寫這些無意義的信件，因此特別希望攜帶我的著作到波爾多城或馬松森城時，務必要謹言慎行。

馬松森城領土的爭議在協調了近一年後獲得了解決。馬松森城取回了部分的土地，但需付給對方大量補償金。財政困難的馬松森城只能付出七成，其餘三成則由波爾多城和我來墊付。

如大家所知，波爾多城和馬松森城最後結盟了，這就是著名的「塔坤塔同盟」。這個以效忠女王為前提的同盟，後來還陸續加入了一些小領主，這些領主們雖然擁護女王，但他們不喜歡女王親信的伯格雷德公爵。波爾多城要求加入同盟者必需成立「諮議會」。這些由村落推舉出來的代表雖然沒有像波爾多城的議員那樣握有權力，但領主需注意他們的聲音。

三年後波爾多城便以曾經行刺瓦肯大人的理由，對原本的領主下達通牒。通牒中要求割讓梅吉迪亞河以南的土地謝罪，原來的洛斯諾領主當然不會答應這樣的要求。波爾多城在伊彌爾等多位大師協助下，出兵佔領全境並處死洛斯諾領主，並和隨後趕來的佐羅公爵方軍隊對峙。

由於波爾多城拒絕歸還領土，而且塔坤塔同盟也擁有不遜於佐羅公爵方面的軍力，最重要的是公爵似乎不想造成兩敗俱傷，因此最後由密特朗大師出面斡旋。

最後洛斯諾領主的外甥收回幾個村莊，並獲得一千枚金幣的補償，而我也因此收到道歉信函；佐羅公爵方面則得到五萬枚金幣的勞軍費用，但需承認波爾多城合法擁有該地區。這件領土轉移事後立即受到女王簽署文件認可，為了報答女王，波爾多城僅合併梅吉迪亞河以南的土地。梅吉迪亞河以北則獻給女王，成為女王的直屬飛地。

我認為伊彌爾的魔法已經登峰造極了，但他常告訴周圍的人說：「這不算什麼？世界太大了。」我造訪伊彌爾家時，黃金火焰這把短杖就放在門內玄關的牆上，並配上精美的木架。我第一次造訪時順手拿起揮舞，造成僕役們一陣驚呼。後來聽說有兩次在玄關發生火災，就是遭受竊賊的緣故。當然，竊賊都變成了焦屍，其中一位竊賊似乎還用鉗子夾取。但相信我別試圖盜取它，這是馬斯多塔充滿惡意的作品。

此外伊彌爾似乎非常喜好我的書房，起初他到訪時我們除了用餐時間外，幾乎難以聊上幾句，因為他都在書房中忙著抄寫。後來我請專人將他要的那幾本書預先抄錄一份，在他到達莊園時直接給他，我們才有時間閒話家常。

莫甘娜雖處於波爾多城，但她選擇了城外東北方稍遠的沼澤區居住。波爾多城的人在那裡為她蓋了一個小型碉堡，莫甘娜和她後來招募的隨從就住那裡，成為波爾多城的東北方屏障。米拉克議員說可能追求者多如蒼蠅般揮不去，他還提到某位議員，指控他的糾纏不休是讓莫甘娜搬出波爾多城的元兇。

莫甘娜居住的沼澤邊緣，有個半永久性的營地，卡特曼團的人就駐紮在那裡。在衝突過後卡特曼團由於臨陣脫逃而名聲敗壞，雖然團長曾經解釋是策略的一部分，但幾乎不被接受。沒有工作的團長特別跑來找我抱怨，並要求我要負起全責。

後來在山達克建議下，我將卡特曼團推薦給波爾多城，並用書信保證他們當時逃走的行為，全部是因我的計謀之故。波爾多城後來和他們簽約，成了波爾多城的附屬軍隊。卡特曼團並不直接負責作戰任務，主要是替波爾多城擔任部分的巡邏與偵查。當然在一定合約期限後，他們可以選擇成為市民。

羅發則回到了農場。同樣由於女王賞賜之故，他的資金又充裕了起來。羅發會和派克來莊園拜訪我，而我也都是盛大的歡迎他們，畢竟曾經是戰友啊。

羅發會帶來新的作物種子讓莊園的人試種，也會把沒看過的農作物種子帶回去。此外他會表演精準的投石索技巧，讓莊園的人拍手叫好。雖然我、派克及羅發後來還有幾次旅程，但那實在稱不上冒險。羅發自己都說投石索用在冒險的時機，遠不及表演來的多。

由於我們幾個人的聊天內容，常圍繞在試煉之塔與巨錘森林的兩次戰爭之中。凱薩琳都說我們談論這些事情的時間，比這些事情本身發生的時間多了至少兩百倍。我是覺得她形容的太誇張了，但我沒有說出來。

秩序之石後來請阿爾薩斯幫忙，他規劃了一個簡單方法並找了召喚法師的朋友前來協助。我們在隱蔽無人的森林中展開召喚法術，施法前我問這位法師能叫出阿空嘎嗎？他氣憤地大喊：「你不要來亂啊！」

最後在阿爾薩斯保證下，這位著名大師召喚了他能力範圍內可以控制的貝德羅加。這種帶著黃色黏液的巨大怪獸，在穿過召喚水幕便向我和凱薩琳致意。這出乎這位大師意料外的舉動，讓他驚訝到嘴巴合不起來。隨後我向貝德羅加下令找出最接近布涅領主的高位幽界意識體，並由凱薩琳翻譯一遍。這位大師只是含糊說著：「什麼領主？」

貝德羅加消失沒多久提婆拉康出現了，我又和凱薩琳重複一次，接著出現是拉莫古加和稍後的邪眼。邪眼出現時這位大師顫抖地說出：「邪……神……！」我則告訴他這傢伙還不算老大，阿爾薩斯則急著安撫受驚嚇的大師。

最後水幕中飄出一個黃色光球，周圍有個金屬環不停的繞著光球自轉。對方自稱「堅定者」，並說秩序之石讓他代轉交即可。凱薩琳問我可行嗎？我告訴她我們在炎山時見過一次，確實是布涅領主那邊的。我拿出秩序之石，然後秩序之石立刻化為輕煙消失。隨後對方說了句話，凱薩琳說是代表布涅領主感謝之意。

很多天後的某個夜晚，夢中身處漆黑之處，這時布涅領主向我走來。布涅領主在說出致謝的言語後，我問他自己是在作夢嗎？布涅領主則大笑了起來。至於布涅最後沒有現身，答案則是普通人是沒資格看到他的。

我告訴布涅說：「太好了，終於找回重要的秩序之石了。」布涅則疑惑地說：「重要？」隨後笑了起來說：「這東西多的很，對我來說沒什麼重要。」

「那我何必要……。」我正要抗議，布涅領主打斷我的話說：「這是尊嚴問題！有人在從你的家中偷走你的東西，就算不重要也是種恥辱。因為讓你看起來無能。」

大概是為了安撫我的不滿，布涅領主提出了謝禮。

「什麼怎樣？」我問。

「薩羅斯之光怎樣？」

「它可以瞬間毀滅一個你們人類的城市，或是提供非常有用的能量。是許多人類法師心中的終極逸品。」

「我要這個做什麼？」

「水霧之珠如何？可在海邊隨時招來海嘯，威力還可深入到非常遠的內陸；如果不在海邊，可以製造連綿不絕的大雨淹沒城鎮，或是隨意弄出個大湖泊。許多人類的魔頭都很愛它。」布涅介紹著。

我納悶：「沒有實用的東西嗎？」布涅領主回答：「直接說要什麼吧，這樣也不會浪費時間。」

「財寶！」

「財寶？不能具體一點嗎？叫什麼名稱？數量多少？」

我想到黃金或白銀又重又佔空間，脫口說出：「寶石。」隨後立即修正：「鑽石，我要可以裝滿雙手的鑽石。」

布涅領主笑了起來，他說在某個領域中鑽石就像下雨一樣落個不停，根本沒有價值。但布涅像自問自答接著說，「也對，你們人類也到不了那裡。」隨後布涅說謝禮送到了，我也該回去了，便往我的方向靠過來。

「等等！」我伸出手勢制止他，布涅則問是要更改謝禮嗎？

我請布涅不要用吼叫這種驚嚇的方式送我回去。布涅說：「一陣清爽的風如何？」我點著頭後吹來一陣風，醒來時發現房間的窗戶不知何時打開了。床頭櫃上堆著豆子般大小的鑽石，我用喝湯的盤子剛好可以裝滿。

我將鑽石分成四份，一份送給波爾多城當作經費，一份獻給克莉絲汀女王。剩下的我和凱薩琳平分，凱薩琳似乎又拿了部分回贈紅袍法師會。波爾多城後來用這筆經費充實財政並做貿易制度改革；經費也同時武裝波爾多城並促成後來的「塔坤塔同盟」，還開發了聞名的波爾多戟。這種集合了斧頭、鉤刺和長矛的新式戰戟讓周遭領主紛紛仿效，最終影響了整個北地，不過這是很久之後的事情了。

返回莊園不久，我便以自己的名義向馬松森城的喀斯金達加神殿奉獻二十枚金幣。這件事讓某些人像發現把柄一樣說：「抓到你是喀斯金達加信徒的證據了。」其實我依然信奉茱莉安和茱莉安娜，只不過看法稍微歧異而已。

至於馬松森城那位大祭司，則在接受入教儀式的半年多後上了天堂去見他的神。我寫出這段的原因，是在指出他受到鞭打與過世的時間距離。因為我聽到有些地方謠傳著：喀斯金達加大祭司遭受特哈哈瓦肯鞭打，並且在隔天一命嗚呼。

至於我在馬松森城遇到的銅像，確實是馬斯多塔本人。但當地民眾是以薩蒙王安迪亞的名義興建的。旁邊另外還有其他兩座銅像，只是我沒有注意到。這三人在巨錘森林與精靈王國的戰役中有著無比威望，被稱為「巨錘森林三英雄」。反之，精靈王國則稱他們三人為「東方食人魔」。

會有這樣的稱呼據說來自誤解。但馬斯多塔，也就是薩蒙王安迪亞不僅不澄清，反而渲染這樣的傳說。戰爭中安迪亞的軍隊有著極強的行軍距離與機動力，因此被謠傳著這樣能力的背後，就在於完全沒有輜重部隊；而不需要運糧的輜重部隊所隱藏的祕密，就是軍隊完全以敵人的屍體為糧食。也因此安迪亞的直屬軍隊都被稱為「食屍鬼軍團」。

當然，如果你是精靈王國的士兵，你得知敵方主將是「東方食人魔」之一，並且列陣在你面前的軍隊叫「食屍鬼軍團」，你的戰鬥士氣就可想而知了。

安迪亞，也就是馬斯多塔在征伐西方的故事非常精采，但再續續下去會偏離本書的主題，請恕我就此停止討論。

阿卡托絲娜的咒文後來在英格麗幫助下，順利用邦卡的文字拼音出來。我稍後又花了近兩個月練習，才算真正成功。英格麗還幫我圈出其中一段，只要在該段咒文用其他字語替換，魔光術就會發出不同的光芒。這真是一個實用的魔法，例如在說故事的夜晚，描述吸血鬼時弄個紅色的光球出來，這對帶動氣氛很有幫助。

奧特老哥則在首次聽到這個咒文時大吃一驚說：「老弟！你還好吧！」隨後愣了一下大笑說：「都賦予咒文的權力了，怎麼會有事？」奧特老哥請我告訴他這段故事，精采處他還會肆無忌憚地大笑著。當然，其他聽過咒文的法師都會倒抽一口氣，因為咒文中阿卡托絲娜自稱「奪去一切希望的世界吞噬者」。有幾位法師解釋了這個名詞的含意，但我卻不這麼想。

奧特老哥說我的旅程受到幸運女神的庇佑，並說如果自己只有六十歲，肯定要和我冒險一次；我則告訴奧特老哥，我現在就想停止冒險，不想要有什麼成就。他先愣了一下，隨後大笑說：「這種事不是你能做決定的！」我問為什麼，老哥則說我們人類的成就有六成來自運勢。我問另外四成是努力嗎？他說不是，「另外的四成來自人為創造的運勢。」

我問奧特老哥成為大賢者難到也是運勢？他回答：「那當然。」奧特老哥說壞的運勢讓他失去父親，但好的運勢讓他成為法師。就在壞運勢與好運勢中掙扎並用盡全力努力活著，這就是人生啊。

我想起自己同樣經歷丟了餬口工作的壞運勢，以及被馬斯多塔帶入莊園生活的好運勢中，因而感概萬分。沒想到老哥最後拍著我的肩膀說：「老弟，不用太在乎生活哲理的話，活的自在才是最重要的。」這讓我們兩個一起笑了出來。

雖然如此，但奧特老哥卻告訴我一個故事。他說自己遇過最強的敵人，是在討伐帕里安盜賊團時，遇到的盜賊團法師。這位法師其實是隱藏在盜賊團中的巫妖。

當時還被稱為七劍法師的奧特老哥，與夥伴「聖盾」伍爾德大師以及綽號「癩痢狗」的魔法劍士瓦金斯，在這個以為是輕鬆任務的過程中，苦戰了近一天才將之擊倒。對方沒有留下姓名，但奧特老哥說後來沒遇過比這位巫妖還強的對手，即便是自稱無垠之王的那個魔物也是。

討伐帕里安盜賊團在奧特老哥的事蹟中，遠遠不如其他怪物或惡魔的廣為人知，但卻讓奧特老哥有著極深的印象。讓我覺得這個故事，好像要呼應著運勢之類的話題，但奧特老哥卻說這只是一個不為人知的小事而已。我忽然想起伊彌爾的遭遇，並告訴奧特老哥。關於運勢的歷史故事，當天我們聊了很久一直到夜深。

由於布涅領主對哨子或說短笛之事隻字不提，讓我反而好奇了起來。很久後在某件事的因緣際會下，有位不可透漏名字與特徵的幽界意識體告訴我，布涅領主曾因為這個道具再度前往炎山，偷竊道具的人在看到布涅領主後命令他「坐下」。

被無禮激怒的布涅領主大吼一聲，此人與炎山之頂同時化為塵煙，已經沉睡的火山也因此再次被喚醒。由於竊賊已經受到了懲治，我如果再指出他的姓名未免顯得心胸狹隘，因此就此打住了。

對了，後來克拉瑪大師來過莊園拜訪我，還因為收到幾本魔法書籍而顯得十分開心。

我想有關巨鍾森林的事跡，交代到這裡停筆應該十分合適。

（全文完）

釀奇幻68　PG2747

# 大師：馬斯多塔
## ——秩序之石


作　　者　約　翰
責任編輯　喬齊安
圖文排版　陳彥妏
封面設計　蔡瑋筠

出版策劃　釀出版
製作發行　秀威資訊科技股份有限公司
114 台北市內湖區瑞光路76巷65號1樓
電話：+886-2-2796-3638　傳真：+886-2-2796-1377
服務信箱：service@showwe.com.tw
http://www.showwe.com.tw
郵政劃撥　19563868　戶名：秀威資訊科技股份有限公司
展售門市　國家書店【松江門市】
104 台北市中山區松江路209號1樓
電話：+886-2-2518-0207　傳真：+886-2-2518-0778
網路訂購　秀威網路書店：https://store.showwe.tw
國家網路書店：https://www.govbooks.com.tw
法律顧問　毛國樑　律師
總 經 銷　聯合發行股份有限公司
231新北市新店區寶橋路235巷6弄6號4F
電話：+886-2-2917-8022　傳真：+886-2-2915-6275

出版日期　2022年4月　BOD一版
定　　價　370元

讀者回函卡

**Printed in Taiwan**

國家圖書館出版品預行編目

大師：馬斯多塔. 秩序之石/約翰著. -- 一版.
-- 臺北市：釀出版, 2022.04
面； 公分. -- (釀奇幻；68)
BOD版
ISBN 978-986-445-639-0(平裝)

863.57 111002973